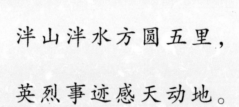

泮山泮水方圆五里，

英烈事迹感天动地。

红色洋境

◎何英

主编

海峡出版发行集团

海峡文艺出版社

图书在版编目(CIP)数据

红色泮境/何英主编. － 福州:海峡文艺出版社，
2020.12(2021.4 重印)
ISBN 978-7-5550-2508-5

Ⅰ.①红… Ⅱ.①何… Ⅲ.①散文集－中国－当代 Ⅳ.①I267

中国版本图书馆 CIP 数据核字(2020)第 236312 号

红色泮境

	何 英 主编	
责任编辑	任心宇	
出版发行	海峡文艺出版社	
经 销	福建新华发行(集团)有限责任公司	
社 址	福州市东水路 76 号 14 层	邮编 350001
发 行 部	0591－87536797	
印 刷	福州万达印刷有限公司	邮编 350008
厂 址	福州市闽侯县荆溪镇徐家村 166－1 号厂房第三层	
开 本	787 毫米×1092 毫米 1/16	
字 数	180 千字	
印 张	14.5	
版 次	2020 年 12 月第 1 版	
印 次	2021 年 4 月第 2 次印刷	
书 号	ISBN 978-7-5550-2508-5	
定 价	48.00 元	

如发现印装质量问题,请寄承印厂调换

序

李安东

  我去过泮境两次，它是闽西大山里一座普普通通的乡村，没有出过将相佳人，没有多少奇闻逸事，是中国无数个不知名的乡村中的一个。但读完《红色泮境》这本书，却让我对它另眼相看了。泮境就像一面镜子，人们从中看到了100多年来中国革命的历史和发展，有时高歌猛进，有时千转百回；看到了普通百姓在被革命洪流裹挟时奔跑呐喊的情景；看到了一次次激情过后平静如初的人民本色。历史不只是伟人推动的，历史更是群众创造的。我拍摄过许多红色历史题材的纪录片，不止一次去过井冈山、沂蒙山、太行山、大别山、瑞金、照金、延安等许多革命根据地。在拍摄《走读大别山》时，曾经四次寻访大别山深处的一个叫四角曹门的小村庄，试图从中解读中国90多年前那场大革命和轰轰烈烈的农民运动的历史动因。我相信解剖一只麻雀比泛泛地描绘一群麻雀要有益得多，也更具有社会学的价值，正所谓窥一斑而知全豹。泮境亦然。

  讲到大革命，不能不讲白色恐怖；讲红色历史，不能不讲流血牺牲。为了崇高的信仰，为了创造新世界，有太多太多的仁人志士舍身就义慷慨赴难，其悲壮惨烈惊天地泣鬼神。如今岁月静好，和平安详，但昔日的腥风血雨，刀光剑影，炮火硝烟，虽已被时光之锤敲打成了一片薄铁般的记忆，却依然山一般沉重。远的不说，仅仅是在泮境，就有太多可歌可泣的故事。当年的革命基点村白石坑，大革命时期，村里几乎所有的青壮年都参加了革命。其中9位当了红军，牺牲在战场的就有7位。而罗家山这个仅有25户的小村庄，在英烈谱中有名有姓的烈士就有17位。在反动派猖獗的时日，泮境单单是乡村两级的苏维埃正副主席被杀害的就多达13位……

何英是从泮境走出来的作家，她深深地爱着生她养她的这片土地。这些年来，她不仅自己写，还邀请作家们一道来为家乡鼓与呼，为乡亲们唱赞歌，先后出版了《净土泮境》和《福地泮境》两本书。十几年来，她创作了上百万字的文学作品，字里行间无不浸润着故乡的山色水印。如果说她的《抚摸岁月》为读者展示了一幅客家人生活的长卷工笔，那么，十几首散发着泥土清香的乡村歌曲则是大写意。有人可能会联想到风靡华夏的户县农民画，而我却像走在山间小路上，遇到了一丛丛烂漫的山花和闪烁着露珠的野果，忍不住就想采。

在以往的作品中，作者抚摸流年似水的岁月，也是在抚摸时代刻在心灵深处的印记。人们看到的是作者对故土的眷恋，对人生的感悟，还有一种借文学艺术渲染的乡愁。如今，何英开始走向一个更加广阔的境界。在建党99周年之际，她和作曲家李式耀联手创作了十几首讴歌闽西红色历史的歌曲《古田颂》，晚会演出和网上播映后，社会反响强烈。接着，她又开始组织作家采写家乡的红色历史故事。这位有着几十年党龄的老党员充满感情地说：如果我们不写，谁还会去写？如果我们不去寻找，谁还会记得他们？她四处疾呼：为革命牺牲的烈士不该被遗忘，泮境的红色历史一定要传承。在她的心目中，泮境不仅是山美水美的净土福地，更是被烈士鲜血浸透过的一方圣土，于是有了这本《红色泮境》。我在想，如果有更多的人有这样的情怀，英烈们当会含笑九泉。

书稿付梓之际，时逢2021年中国共产党建党100周年，意义非凡。可以想象，再过百年，这本书和它所记述的历史将会价值连城，就像考古学家发掘的文物，年代愈远愈弥足珍贵。在此，特向所有参与采写的作者致敬。

有一句名言：忘记过去就意味着背叛。

我们不能做背叛者。

2020年国庆节写于北京

（李安东，著名纪录片导演。曾任中央电视台高级记者，人民武警出版社副社长、编审。大校警衔。中国视协纪录片学术委员会副会长，享受国务院政府特殊津贴。曾获得"五个一工程"奖、中国新闻奖、金鹰奖等国内外200多个奖项，多部作品被中国国家博物馆和中央档案馆收藏。代表作有《毛泽东》《刘少奇与新中国》等。）

目 录

红色泮境

泮境，不可忘却的红色记忆

李治莹

　　闽西红土地上杭，在将近3000平方千米的广袤土地上，有一个地理位置较为独特的乡镇，芳名为"泮境乡"。此地原称"半迳"，一说是因为上杭县城东部的溪口、太拔等地乡民到县城时，途经这里刚好是一半的路程；另一说是古时广东省东部的人北上，途经这里后，往蛟洋、连城、长汀方向走，进入江西瑞金后再北上，这一大段的行程在福建路段，行至这里时正好一半，"半迳"之说就更加理直气壮了。日久天长，屡出人才的半迳成为一方福地。秀才们为自己的家乡之名动起了心思和笔墨，看着翰林院门前有一池灵动之水，有感于"水"之情怀与风骨，便借助谐音，变"半"为"泮"，以"半之迳"寓为"泮之境"。千百年来，本地人仍将"泮"字念为"半"，传承至今，并祈愿泮境这灵气福气兼备之地，能够才俊辈出，泽被八方。

　　登上风灯岗，放眼望去，泮境乡群山簇拥，如一座直径达6.19千米的天然莲花座，今辖泮境、彩霞、祖加、院康、乌石、定达、元康7个行政村，还有众多的自然村散于各处山岭。泮境乡这个地方，虽然是"半之迳"，枢纽要地，却是在重山叠岭的围裹之中。山多林深，故人烟稀少。据年长的乡亲们说，直至20世纪50年代这里还多有老虎出入，那时的乡亲们仍然恐于虎患之害。正因为竹密林稠，不少泮境人也就靠山吃山，伐竹以造纸，以纸换粮、以纸为伴度岁月的泮境人不在少数。自古多有乡民直接把造纸作坊设在深远的竹山里，就地伐竹，当场做纸。回望百年前，泮境人有造纸手艺的乡亲，比比皆是。

如此树木与竹丛竞长的地方，哪有多少大片的平坦田园给乡亲们种庄稼？在电视剧《铁嘴铜牙纪晓岚》里，纪晓岚有这么一句台词："瘦田无人耕，耕开有人争。"谁争？那就是心狠手辣的土豪劣绅与恶霸。他们各种算计，巧取豪夺，造成农民耕者无田、种者无地。佃农大多缺吃少穿、家徒四壁。如，元康村这一仅仅几百个村民的小村庄中，在土地革命之前竟然有3户地主、9家富农，他们都是靠着向农民收重租或放高利贷才富起来的。

正因为泮境的穷人太多太苦，当20世纪初外界传来闹革命、求翻身的号角声时，泮境民众迅即响应，一时间风起云涌。回看1928这一年，闽西地区龙岩后田、上杭蛟洋等地的暴动，就像天边的滚雷，纷纷炸响，惊天动地。"叭叭叭"的枪声冲天而起，泮境哪能平静？一声声一句句"起来革命"的呐喊，让穷人们热血沸腾。特别是由伍克绥、伍能藩领导组织的"铁血团"，先是"限制米价、防匪抗匪、保境安民"，接着就是"打倒军阀、反对强暴、救济贫民"，之后高喊"取消苛捐杂税、打土豪分田地、穷人要翻身解放"。在那段特别的日子里，"铁血团"的队员们觉得不仅自己站起来了，家里穷了一辈子的祖父母、在苦水里泡着的娃娃们也直起腰杆站起来了。

贫苦的泮境乡亲心中，仇恨剥削阶级的种子早已萌芽，于是揭竿而起，走出家门。穷苦人明白，领着自己翻身的引路人出现了，改变穷和苦的日子来到了。革命的激情在泮境各个村落燃烧起来，人人都以昂扬的革命斗志，在暴动队伍中冲锋陷阵。

1929年春，朱毛红军入闽后，闽西的革命已成星火燎原之势。在朱毛红军的坚强领导下，泮境群众纷纷打土豪分田地，开启地富的粮仓，收缴并烧毁田契，押着地主恶霸走上土台批斗，还冲出村寨，支援外乡的暴动。在横渡汀江攻入上杭城的战斗中，泮境的暴动队员们一起用绳索把多条船只捆扎成浮桥，通过浮桥冲到江对面，向上杭城发动攻势。不仅是暴动队员们挥大刀、挎火铳走上第一线，就连儿童团、少先队员们也都臂戴红袖章，手举梭镖红缨枪，到各个乡村张贴标语，在圩日的集市演讲。

大规模暴动后，各乡村建立起苏维埃政府，夺取政权，打倒地富与反动势力，开仓放粮，分田分地。这一切前所未有的大变革，让泮境农民真正成了土地的主人。那时泮境如火如荼的分田分地场面，恰如毛泽东主席在《清平乐·蒋桂战争》一词中所描写的："红旗跃过汀江，直下龙岩上杭。收拾金瓯一片，分田分地真忙。"

共产党领导下的革命者要翻身得解放，反动势力却要固守其利，因此你死我活的较量从一开始就血雨腥风。红军队伍驻扎上杭时，泮境的穷苦人和各地群众一样，挺直腰杆、慷慨激昂。但红军队伍转移北上，国民党反动派便对红色乡村进行反攻倒算，当初跟随共产党的泮境人，成了反动势力的眼中钉，不是被抓捕关押就是被杀害。

一批又一批跟党走的泮境革命党人，跟着红军队伍北上了。留在乡村里的革命者则在当地党组织的领导下转入游击战争，在敌强我弱的情况下，利用广袤的山地开展游击战。于是，泮境的前山后岭、密林深处，大多成了战斗在杭川大地上的游击队的另一种战场。

但在革命斗争的初级阶段，革命队伍鱼龙混杂、良莠不齐，视死如归的坚定革命者与趋炎附势、卖身投靠者鲜明对立。在残酷无情的对敌斗争中，泮境的革命党人不惧流血，与反革命势力进行了殊死的较量。

人的生命只有一次。然而，在凶悍的敌人面前，让生命消失于人间的手段却是令人发指。

翻开泮境的革命斗争史，100多位革命烈士，就有100多种悲壮的牺牲过程与场景。有不少革命烈士遭遇的是惨无人道，甚至惨绝人寰的酷刑或残杀。

如，元康村的先烈伍上同，早在1928年春就进入平民夜校，1929年5月参加闽西暴动，为赤卫团战士，之后历任班、排、连长，奋勇转战于闽西苏区。1933年所部整编为主力红军，就任红12军24师营长，参加中央苏区第五次反"围剿"作战。1934年跟随大部队走上了二万五千里长征。全面抗战时期，所部改编为八路军一一五师，再次历任三四三旅六八六团连长、营长，以及游击大队大队长、副团长等职。在参加平型关等战役和开辟山东抗日根据地的斗争时，率部打击侵华日军和伪军，屡建战功。解放战争时期，担任了山东野战军团长、副旅长、旅长等职，1949年任第三野战军某师师长，参加了济南、淮海等战役。1949年4月，人民解放军发起渡江战役，他在强渡长江时冲锋陷阵、冲坚毁锐，就在中华人民共和国成立的黎明前夜，牺牲在敌人乱枪重炮之中。

元康村的伍能振，于1929年参加革命后加入共青团，参加红军后，成为福建省军区特务营的传令兵。1934年随部队前往江西省后，在征战四方时，不知所踪，杳无音信。中华人民共和国成立后，当年的部队寻找他的下落。据知情者说，伍能振革命意志坚定，作战异常勇敢，在征战途中被敌人所抓，虽然敌人以酷刑逼供，但他始终紧闭牙关，只字未吐。最后，受尽酷刑的他，被丧心病狂的敌人丢在百姓用来打谷子的木制斗榫里。敌人残忍地把一桶桶煮沸的开水倾入斗榫里，将伍能振活活烫死。

泮境村江夏原东一区第二十七乡苏维埃政府主席黄进兴，1929年参加革命并加入了共产党。不久因叛徒出卖被捕，于1936年农历八月十四那天，被敌人连刺7刀，倒在了泮境的土地上。

泮境村李屋的李富东曾任杭中独立营游击队队长，1929年参加革命后，很快就加入了共产党，敌人曾悬赏 500 大洋抓他。于 1937 年在嫩洋马尾背不幸被捕，后押到上杭西郊场，被残忍杀害。

泮境村凌屋乡赤卫队中队长凌银兆，1929 年参加革命后加入共产党，成为敌人的眼中钉。1934 年 7 月间，因为回乡运盐不幸被捕，后来被杀害于上杭县文馆背。

彩霞村原东一区第二十六乡苏维埃政府主席黄太林，是 1929 年参加革命的中共党员，于 1935 年被敌人杀害。

彩霞村原东一区第二十五乡苏维埃政府主席林志科，1931 年参加革命后很快就加入共产党。于 1933 年的一天，在彩下村路口为革命组织把守路口要道时被残忍杀害。

泮境村人凌屋原东一区二十七乡苏维埃政府副主席凌维义，1929 年参加革命，1934 年在茶地千龙村被敌人围捕后，被杀害于泮境墟风碑头。

元康村原东一区大燮乡苏维埃政府主席伍福祥，1929 年参加革命后不久就加入共产党。1932 年在参加元康村一个秘密会议之后，不幸被抓捕，牺牲于文馆背。

在那白色恐怖笼罩的日子中，单单泮境这个并不大的乡村里，被杀害的各乡各村苏维埃政府正副主席就多达 13 人。还有当年那小小的祖家村，1931 年，因敌人到处搜捕，12 名手中没有武器、躲藏在装谷子的禾仓里的革命人士不幸全部遇害。在党内"左"倾错误路线的"肃反"运动中，泮境乡被错杀的就达 26 人。

当时斗争的残酷，迫使我们的革命志士为了有效地保存实力，常常从"地上"转战"地下"。当村子里出现敌人时，他们是田地里耕种的农民，是造纸作坊里的帮工，是山林中砍柴火的樵夫。革命者之间谁也不认识谁，在高度隐蔽的革命斗争中，也让敌人眼花缭乱、无从下手。据见证者回忆说：一次，数位地下党在被反动派抓获后行刑。此时，其中一人喊出"共产党万岁"，竟然一呼众应，临死时同心同志。这也让被迫围观的人群，在那时那刻知晓谁是真正的共产党人，谁是守护革命成果的游击队员。他们牺牲了，但他们的大忠大义，却镌刻在人们的心坎里。

此次重走泮境乡是带着一种使命感而来的，我们下决心要在当年革命者走过的路上寻踪觅迹。于是，我们登山入林，寻找当年游击队伍用石块垒起来的驻扎之地，仅容一两人立足的游击队哨位，石崖壁下的根据地，等等。当我们绕行于崇山峻岭，穿行于草木深深的森林，脚踏于只容一人越过的羊肠小道时，当我们面对那只背靠一片山崖的宿营地、仅能挡雨却不能遮风的山坳时，或许无法用语言描述当年的游击队员是怎样艰苦卓绝、出生入死的。在一边走一边看的寻访中，似乎有一块铅沉沉地堵在了心窝口，但同时敬仰之心也油然而生。我们面对先烈依稀难辨的足迹，发出的是质朴的崇敬！

下山了，我们饱含着一种情感走进村庄的一家一户。淳朴的乡亲们翻箱倒柜，拿出了祖父辈参加革命时留下来的信物，一把刀、一截棍、一杆红缨枪、一双筷子，或是一只海螺。有一位已过了花甲之年的乡亲，从一个包里翻出写满文字的有关材料时，双唇和双手都在颤动着。从这位乡亲的表情中，我们似乎觉察出他心里头有太多的话要说，有太多的故事要讲。乡亲们在诉说中情深意切，我们在唏嘘中记住了、写下了……

相当多的泮境人走出乡村，跟着共产党的队伍南征北战，在征战中牺牲了。魂散于天南地北的英烈，或许最放不下的就是家乡和骨肉亲人。今天，家乡人也没有忘记在域外牺牲的烈士们，心心念念远在异地他乡的乡亲们。

在至今也仅有6000多户籍人口的泮境乡，有名有姓为国捐躯的革命烈士就有145人！长征路上有泮境烈士的英灵，艰苦卓绝的三年游击战争的战场上有泮境烈士的尸骨，大军南下的渡江战役中又有几多泮境烈士为创建中华人民共和国而捐躯……这着实让我们接受了一次震撼心灵的洗礼！

见证者不必有我，发声者必定有我。十分感佩知名作家、泮境乡贤何英女士站出来领衔，开启"寻找革命人、挖掘革命事"的"抢救性"特殊工程。2020年夏，一行来自省城的作家在她的引领下，深入村寨、农家，并前往当年革命者驻扎过的山岭、站岗放哨过的实地考察、考证，寻觅革命者的脚印与踪迹。点点滴滴地收集资料，四面八方寻找革命烈士的后代，翻山越岭实地求索革命者当年的革命征程和足迹……

作家们的目的只有一个，那就是在抢救泮境乡革命斗争史料的同时，告诉世人，特别是告诉泮境后人，在如火如荼的革命斗争年代，泮境曾经发生过什么，当年的泮境乡亲是怎样拥戴革命的，大批大批的泮境烈士是怎样牺牲的，还有那有血有肉的红军战士是怎样失散的……

行文至此，还得说说当年的革命基点村白石坑。革命之潮掀起之时，这个小小的村寨中几乎所有的青壮年，都奋不顾身地走出大山，跟着共产党走、跟着红军走。因此仅60多户农家的白石坑，竟有11户37人先后3次被移出白石坑，6户人家还遭到灭门绝户之灾，14人魂飞天外。他们中，有9位青年果敢地当上了红军，走上了红色之路，其中7人成了烈士。还有那罗家山（今彩霞新春村），这个中华人民共和国成立前仅二三十户人家的山旮旯小村落，竟然在英烈谱中有17位为革命捐躯的革命烈士和2位失散红军。村子虽然小，然而对革命事业的贡献，却是何等之大！

在这里，我们还了解到一个让人唏嘘不已的真实故事：一位曾经转战南北、因伤病无法继续驰骋在战场上而辗转回到村里的勇士，一如既往地继续自己的农民生活。这位名叫江树经的勇士，在江西广昌的一场战役中，一颗子弹从他的左大腿穿过睾丸后又射中右大腿，但他仍顽强地活了下来。在贵州的一次战役中，他跟随的首长张宗逊（中华人民共和国开国将军）身负重伤，又遭遇敌机狂轰滥炸。在紧要关头，说时迟那时快，江树经以在白石坑山岭中练就的本事，一把抱紧张宗逊滚下不远处的一截山崖，躲过一劫，而这时炸弹不偏不倚地落在了抬张宗逊的担架上。

早在1929年土地革命中就参加暴动，打土豪分田地，1936年走进红军队伍的卢汉章（在战争年代曾用名为卢汉生），在枪林弹雨的战场上摸爬滚打，屡屡立功受奖，当上了副班长。然而，命运捉弄人，"皖南事变"的一幕悲剧，让原本在红军队伍中理直气壮的他，竟然委屈地被打上了一个个问号。但在革命道路上遇到了坎坷、碰到了磨难的他，仍无上光荣地加入了共产党组织，雄赳赳、气昂昂地跨过鸭绿江，以一个中国人民志愿军的荣光，又冲向了抗美援朝战场……

这许许多多不可磨灭的真实历史人物和历史史实，让今天新时期的泮境人，矢志"发扬革命传统，争取更大光荣"，高高擎起继续革命之旗。让英烈们用鲜血染红的红旗，永远飘扬在泮境这方灿烂的红土地上。

在此用本土乡贤何英作家作词的红歌《无字碑》的歌词，来祭奠那些为了今天人们的幸福而献身的英灵们，无疑是极为妥帖的：

在繁星中，我寻寻觅觅，在闪耀的群星里，哪一颗是你？
在原野上，我觅觅寻寻，在茫茫的大地里，哪一株是你？
啊，无字碑哟无字碑，岁月的长河里，那光芒的日月有一缕就是你。在阳光下，那灿烂的阳光有一束就是你。在那辉煌的大地上，最鲜艳的那一朵就是你。在共和国的基石中，那奠基的一块就是你，就是你！

参考资料：

1. 上杭县民政局提供的泮境乡英烈名单。

2. 泮境乡提供的史料。

伍洪祥回忆录（摘录）

伍洪祥

一、苦难童年

1914 年 11 月 6 日（农历九月十九日），我出生在福建省上杭县泮境乡元康村。

元康是个小山村，在我出生时全村不过七八百人，不足 200 户人家。村民分属伍、李两姓。伍姓为大姓，人口占多数，现在还有 600 多人。

我们伍姓村民都是从中原地区辗转迁徙南下的客家人。据老一辈的人传说，伍氏祖先最早可以追溯到远古黄帝时代。先祖据传是炎帝神农氏之子，封侯于安定郡，就是现在甘肃东部的平凉一带，所以伍氏后人把安定郡视为本族始祖的根源。以后几经迁徙，久居江淮地区。春秋时吴国名臣伍子胥即为伍氏先人之一。

我的祖父叫伍秋桂，祖母姓罗。祖父母一生以种田为业，养育了 9 个儿女，其中有 5 个儿子。长子瑞清，次子瑜清，三子琰清，四子瑶清。我的父亲排行第五，名叫琴清。父亲一生以种田、做土纸为业，经济收入十分微薄，终年劳累，不得温饱，还要养育我和 3 个年幼的姐姐，身体十分衰弱。因此，在我出生不足 2 岁时，父亲便撒手人寰，在贫病交加中去世，当时不过 30 岁左右。由于父亲过早离开人世，我对于父亲没有任何的印象。

父亲去世，家庭的主要支柱崩塌，留下母亲、3 个姐姐和我，孤儿寡母，家庭里的气氛悲凉到了极点。当时，大姐 9 岁，名叫长金；二姐 6 岁，名叫细妹；三姐只有 4 岁。年仅 27 岁的母亲不得不支撑起全家的生计。可以想象，那时我家的贫苦与生活的艰辛几乎到了绝望的边缘。

不久，我的三姐得了一场大病，因家里无力为她医治，过早地夭折了。所以，我连她的名字竟也记不得。好在我父亲有 4 个兄弟，在后来的年月里，伯父和堂兄弟们不仅在生活和经济上给了我家极大的帮助，而且由于其中几个堂兄比我成熟得早，较早接触革命，对我走上革命道路起了启蒙和引导的作用。

特别是我的大伯父对我最关心。他是一个思想比较开明的人，懂得不少人生哲理，经常给我讲一些做人的道理。我小时候，他常常给我讲洪秀全、石达开等太平天国的故事。在我的印象中，他对清朝政府的腐败统治很不满，对孙中山领导的革命表示赞赏。因此，在我童年的成长道路上，大伯父对我有着重要的影响。

我们叔伯兄弟 11 人，先后都参加了革命，其中有 7 人牺牲。特别是我的堂兄伍步祥和伍福祥对我的影响比较大。后来，伍步祥担任了县总工会主席和县苏维埃政府副主席，伍福祥担任了县委组织部长，他们都在 1932 年国民党进攻时被杀害。伍凤祥 1929 年 1 月在长汀参加红四军，1931 年在红十二军任连长时参加武平县桃李战斗，英勇牺牲。还有个堂弟叫伍修祥，在红军中被敌人打散受了伤，据说连滚带爬当乞丐跑到了宁化安远乡的一个山沟里，直至 1964 年"社教"运动，工作队念报纸，念到了我的名字，他才知道我还健在。随后我专程去宁化探望他，看到他脚上仍残留着尚未痊愈的伤痕，他生活还是很困难的，后来于 1990 年前后病故了。

后来，我进入私塾读书两年，又因家庭极度贫困，不得不中断学业。母亲让我跟着叔伯去学做纸，母亲说人生学一门手艺极好。

我那时刚满 11 岁，体力不足，身材也小，开始在家乡的纸坊当学徒，跟随叔伯做比较简单的劳作。经过大约一年时间苦干，我学会了不少造纸的技术。

1926 年的阳春三月，村里的乡亲们忙着准备春耕生产。这时，本村族人伍庆元在龙岩大池开小杂货店兼营一家小酒店，把我找去当伙计。

我母亲叫谢三妹，出生于 1888 年。我们村上的人都习惯叫她为谢新人。我的外婆家在上杭县将军地，离元康村只有几公里。我的父亲在幼小的时候，曾经与三坪村江家的一个女童订了婚，但那个女童没等到成年就夭亡了。我父亲长大成人之后，才正式与我的母亲成婚。

我的母亲自从嫁到我家之后，就一直在苦难中生活。婚后不久，20 岁那年就生了我的大姐，在以后的 6 年当中，又先后生了我的二姐、三姐和我。母亲除了帮助父亲耕种，其余的时间全部花费在料理家务和养育 4 个嗷嗷待哺的孩子，不分寒暑冬夏，也不分白昼黑夜，从不停息。

1928 年冬，我走上革命道路，参加了铁血团，1929 年 6 月暴动以后，全身心地投入了革命活动。母亲对我和我的选择，从一开始就支持，而且尽她所有的能力，给了我极大的帮助，为革命事业贡献出了她的全部。

1934 年秋天，红军出发长征，苏维埃政权也随之消失了。地主反动派复辟，卷土重来。我没有出发长征，带领了红军游击队在闽西地区继续战斗。在那白色恐怖的严酷岁月里，母亲和其他红军、苏维埃干部的家属受到了种种迫害。

我们乡的乡长伍兴槐，虽与我同村同族，但他是个地主土豪，对红军家属和革命群众实行残酷报复，对我母亲百般刁难和打击。他与国民党军队勾结在一起，把我母亲抓去关起来，逼迫她交出当红军的儿子。

我母亲是个十分倔强的人，对于反动派的迫害一点也不退让。她说："你们有本事自己去找，我没有办法。"敌人威胁要杀她。她说："要杀就杀，我活得这么大岁数，死了也值得了。"敌人拿她没有办法，决定把她押解出境，赶到宁化县去做劳役。我的母亲在群众中很有威信，也深得大家爱护。全村的老百姓都出来保护她，还有100多人联名写了书面具保书，不让我母亲离去。反动派无奈，只好放了我母亲。

我是1931年告别母亲，根据党组织的安排外出工作的。从那以后，我一直没有回家，直到中华人民共和国成立。

1951年，我担任了中共龙岩地委书记兼龙岩军分区政委，安排好工作以后，偕同我的妻子尹峰和3岁的儿子太安一起回家乡去探望母亲。那时公路只通到上杭县城。我们先坐吉普车到上杭，然后骑马回元康村。南方的马匹很驯顺，走得也不快，两天才到家。

母亲见到离别20年的儿子和第一次见面的儿媳妇和孙子回家来，高兴得难以形容。

后来，我把母亲接到身边来共同生活，先到龙岩，后来又到了福州。

母亲随我在福州住了一段时间。她总是惦念着家乡，说过不惯城里的生活，一定要回乡下去。我多次挽留她，她说坐在家里不动很难受，能不能找一块地给她种菜，下地干点活。我们住在机关宿舍里，是不可能满足她要求下地劳动的愿望的，不得已，只好再送她回元康村老家。母亲回家以后，还是像过去那样，下地劳动，生产粮食和蔬菜，从未停息。

1960年1月，我的母亲去世，我那时在省里工作。母亲去世前并没有什么大病，也没有预兆。她上午还上山砍柴，回家又喂猪做家务，下午就不行了。当我赶到家里时，她已经去世。多少年来，我一直把母亲的画像挂在厅堂里，抬头见到这画像，就会想起母亲苦难、曲折而又极其平凡的一生。

二、走上革命道路

1927 年，蒋介石在上海发动"四一二"反革命政变，北伐战争的大好形势急转直下，全国陷入了严重的白色恐怖。

1928 年春节前后，正是农村冬闲时节，到平民夜校读书的人比较多。我白天做工，晚上进夜校，前后断断续续读了两年，不但学了文理各科和图画，文化有很大的提高，而且学到了很多革命的道理。

1928 年春节过后不久，我再次外出到龙岩小池做工。此后不久，先后听到了龙岩后田暴动和上杭蛟洋暴动的消息，特别是傅柏翠领导的蛟洋暴动，离我做工的地方很近，留下了深刻的印象。

大革命失败以后，上杭县同全国各地一样，国共对立十分尖锐。

1929 年春天，陆陆续续传来了关于红军的消息。我们村里得到这一消息的来源，是我的堂兄伍凤祥从汀州的来信。慢慢地，我就全身心地投入革命。

1930 年 11 月，我奉命到共青团上杭县委报到。团县委设在白砂。白砂是个大集镇，离上杭县城 30 多公里，是上杭北部的交通咽喉。

1933 年 8 月 5 日，少共国际师在江西宁都成立。福建加入少共国际师的团员青年先在汀州集中，编为 2 个大队 6 个中队，有 900 多人。团省委派我带队前往宁都报到。

1934 年 3 月 16 日，共青团中央书记凯丰同志接待我，同我谈话。他说，中央决定调你到红军部队中去工作，主要是在部队里做共青团的工作，也要做地方上的青年工作。后来，我又调到了红八团。

时隔不久，张鼎丞同志派人送信来，要我们红八团也转移到永定金丰地区去会合。

1935 年 3 月，我们率红八团开赴永定县下洋长岭下，同红九团会师。

1935 年，是闽西三年游击战争最为艰苦的一年。国民党在这年4 月至 7 月对红军游击队发动了第一期"清剿"，8 月至 12 月又进行第二期"清剿"，连续不断地向红军游击队进攻，妄图彻底剪除他们的心腹之患。

1934 年 10 月主力红军向西突围长征后，国民党数十万大军迅速地占领了中央苏区腹地的所有城乡，并对苏区人民实行惨无人道的摧残、屠杀和镇压。

1937 年 1 月初，红三支队转移至寨背炉村。这里是我们的根据地，群众基础很好。

1937 年 11 月中旬，我离开闽西，前往广东梅县工作。梅县与闽西永定相邻，语言也相通，都讲客家话。我到梅县的时候，国民党对我们党的活动限制很严，梅县的党组织活动还处在很秘密的状态，就是群众性的抗日救亡工作也是在秘密和半公开的情况下进行的。

1938 年 10 月，我调离梅县，回到了永定。

1941 年我在中央党校学习期间，印象特别深刻的是学习毛主席《改造我们的学习》的报告。

1941 年八九月，中央办公厅和中央组织部在杨家岭开办了"党史学习研究班"，把七大代表中的各省、地级以上领导干部集中起来，主要是学习六大以来的文件。我也参加了这个学习研究班。

1938 年春，由著名的反法西斯女战士、作家胡兰畦率领的上海劳动妇女战地服务团到武汉招募新兵，尹峰在她姐姐的鼓励下，放弃了学业，参加了战地服务团，从此走上了职业革命者的道路。1941年皖南事变前夕，尹峰经过一年半的艰难跋涉，几番死里逃生，从重庆到达山西的桐山谷八路军总部，然后于1942年6月辗转来到了延安。

尹峰到延安以后，也参加了延安整风。她那时住在中央组织部招待所，同河北省委书记马国瑞的妻子冯里住在一个窑洞里。马国瑞是我们支部的书记，冯里是尹峰所在招待所支部的书记。他们夫妇俩很关心我们，经他们介绍，我与尹峰认识了。我们一见面就很说得来，交谈几次也就熟悉了。不过由于她是从大后方来的干部，要接受严格的审查，所以我们在关门整风审干那一段时间里，彼此停止来往。整风结束后，了解到她的政治历史已经查清，没有问题，我们就经常在一起了。不久，我向中央组织部提出结婚申请。获得批准以后，我与尹峰于1944年8月在延安结了婚。

1945年8月9日，我们这支400多人的干部大队从延安出发，走了三天，到达米脂县。一到米脂，我们就听说日本鬼子投降了。同志们的心情非常兴奋，艰苦抗战，终于等到了这一天。

1946年6月到1949年5月，率部南下苏北，从苏中到鲁南，挺进中原，参加淮海和渡江战役。

后来，进军福建，最突出、最急迫的问题是干部不足，组织让我组建南下服务团。

大约是6月10日，张老把有关的同志召集来开了一个会，正式宣布省委的决定：成立南下服务团，团长由他自己兼任，陈辛仁和我任副团长。具体工作指定由我负责。

6月12日，市学联送来第一批340人名单让我审查。

8月17日，福州解放，八闽首府回到了人民的怀抱。

1950年4月，革大第一期结束后，省委正式决定派我去龙岩担任地委书记。

1952 年 5 月我离开龙岩调回省委组织部工作。

1956 年 9 月，中国共产党第八次全国代表大会在北京召开。我是党的七大代表，这次又当选为八大代表，出席中华人民共和国成立后第一次召开的党的全国代表大会，我感到十分荣幸！

1982 年 9 月，中国共产党第十二次全国代表大会在北京胜利召开。我再次当选为十二大代表，光荣出席了大会。

1987 年 10 月，党的十三大召开的时候，我已经从省政协主席的领导岗位上退下来了。全省党员仍然选举我当十三大的代表，我感到十分荣幸。

1997 年，是最难以忘怀的一年。这一年，香港回归祖国，中华民族洗雪了百年耻辱。这一年 9 月，83 岁的我又一次走进雄伟庄严的人民大会堂，出席党的十五大。

当我们怀着豪迈之情跨入 21 世纪的时候，中国共产党第十六次全国代表大会于 2002 年 11 月 8 日又在北京开幕。我再一次作为福建的代表出席了这次举世瞩目的历史盛会。

从出席党的七大，到出席党的十六大，半个多世纪过去了。半个多世纪前，中国共产党从延安宝塔山下走出来，走过了抗日战争和解放战争的弥天烽火，走过了新中国诞生后的凯歌岁月，也走过了十年"文化大革命"的风雨历程，走到了 21 世纪改革开放成就辉煌的今天。作为八次出席党的代表大会的代表，我见证了中国共产党走向壮大、走向胜利、走向辉煌的历史，我感到十分荣幸！

纵横捭阖制强敌

——伍洪祥在闽西三年游击战争中的故事

林瑞荣

主力红军长征后，南方八省 15 块游击区域的革命形势变得异常艰难。于 1935 年 4 月成立的闽西绥靖区"清剿"总指挥部，纠集了 8 个正规师，配合地方民团，壮丁队、铲共团等反动武装共 15 万人，对闽西南革命根据地进行疯狂的"清剿"。司令李默庵狂妄叫嚷，要在 3 个月内消灭闽西南共产党和红军游击队。

面对几十倍于己的敌人，时任第三游击作战分区主力红八团政治部主任兼党总支书记的伍洪祥，没有被反动派的嚣张气焰所吓倒，他和团领导们并肩率部活动在杭永岩漳边境，采取分兵作战和避实就虚、避强击弱的战术，与强大的国民党军队展开周旋……

临危受命

1935 年 4 月间，红八团在龙岩南阳坝打了一次漂亮的伏击战，消灭了当地的反动民团。不久，部队开到漳平附近的拱晨一带，开展打土豪筹款活动。早已对红军虎视眈眈的李默庵，急速调动了好几个团的兵力，对红八团进行跟踪、"追剿"。

当时，红八团团长邱金声因病到后方休养去了。部队由政委邱织云、参谋长王胜和政治部主任伍洪祥指挥。两军短兵相接后，红八团退守老厝村，敌人尾追不舍。

邱织云望着队伍后面的数十名伤病员，知道要想保存实力，就得分兵两路，以小部队吸引敌人的注意力，掩护其他队伍转移。邱织云深知行动的艰危，但他仍把带领小部队的任务交给伍洪祥。他紧握住伍洪祥的双手，热切地说："时机稍纵即逝，洪祥同志，你马上带部队出发吧，祝你出击成功！"

21岁的伍洪祥临危受命，坚定地说："请政委和同志们放心，我一定完成任务。"

当下，伍洪祥带领二、四连撤往龙岩西北，沿途故意留下些蛛丝马迹。敌人果然中计，集中了所有兵力进行追赶。邱织云、王胜率领的一、三、五连和机枪连，带着伤病员得以安全转移。

伍洪祥的队伍虽然不多，但人少精干，多在晚间行动，加上并不与敌人正面交锋，打几枪就跑，所以很快就摆脱了敌人的跟踪，顺利到达铜钵地区。在山后村又巧遇龙岩县游击大队，队伍增加到400多人。

激战考塘

由于分兵仓促，队伍缺少粮饷，指战员的生存受到威胁。伍洪祥与二连连长詹章坤、四连连长阮文松及岩西北特区委的负责同志商议后，决定攻打小池，解决经费这个难题。

正当部队准备出发时，侦察员急速前来报告：小池敌人大量增兵。伍洪祥仔细询问后，才知道是小池区委组织部长叛变告的密。敌情已有变化，伍洪祥果断下令：取消攻打小池的计划，移师考塘，再从考塘穿越汀龙公路到达预定的地点——紫金山。

谁知，队伍刚接近考塘，侦察员又报告：敌军已在龙门至小池

纵横捭阖制强敌

公路沿线集结，并在考塘桥头架设了数挺重型机关枪，监视着公路线上的一举一动。

越是危急时刻，就越能检测一个指挥员的机智应变能力。面对这种局面，伍洪祥审时度势，紧急召开连队干部会议，研究应变策略。

干部们心急火燎，出计献策。有的说应该强攻，有的说暂时撤离，避敌锋芒为好。

伍洪祥认真听取大家的意见，冷静地说："我们现在正处于进退两难之际。但，进退的抉择关系到部队的安危和斗争的成败。依我看，敌人正在部署兵力，真正进入临战状态的兵力并不多，此时退却，反而使敌人更有时间进行兵力调度，我们遭到围攻的可能性和危险性就更大了。"他扫视了一下这些为战斗奔波了数十天没有好好休息的战友们，胸有成竹地接着说："我们可以分兵分段强攻，趁敌人立足未稳，打它个措手不及。"

"对，打它个措手不及！"二连指导员姜茂生首先表示赞同。其他同志经伍洪祥一番剖析，也都认为此计可行，而且可以乘机冲上原定的地点：紫金山。

战斗很快打响。伍洪祥一声令下，二连、四连、龙岩游击队分三路直逼公路沿线的敌军，战士们一个个如猛虎下山，喊杀声此起彼伏。敌人被这些从天而降的勇士们打得一时分不清东西南北，一片混乱。八团战士借助敌人的照明灯，迅速摧毁了桥头阵地，敌军吓慌了，四处逃窜，只恨爹娘少生了两条腿，把枪支弹药和其他物资丢弃得遍地皆是。这一仗仅用了一个多小时，红军游击队大获全胜。战士们身背战利品，一个个伸出大拇指，称赞说："伍主任冷静机智，指挥有方，敌人给打趴了！"

晨风习习，天色已晓。伍洪祥命令部队向紫金山挺进。他远眺朝阳辉映下的群山，乐呵呵地说："李默庵没吃到羊肉，倒惹了一身骚啊！"

紫金山突围

部队开到紫金山。凶残的敌人不甘心失败，李默庵在 3 天内调集了整整 4 个团的兵力，封锁了汀龙、龙坎两条公路，企图困死、饿死山上的红军游击队。

夜幕降临，伍洪祥独自站立高坡，紧皱着眉头，他知道目前处境艰难。部队面临着粮食短缺的难题和敌人随时可能大举进攻等的考验。他仿佛看到数百名红八团兄弟姐妹正眼巴巴地瞅着他，希望他能把他们带出险境，那表情，那热切期待的眼神，宛如锥子似的戳着他的心。伍洪祥深深地吸了一口气，抬起头，望着无边的天色。寂静无声的紫金山，笼罩在黑暗之中，远处火把一闪一闪的光亮仿佛在昭示着什么。突然，他灵机一动，一个大胆的念头产生了：不是说越是危险的地方，越安全吗？这也是革命的辩证法啊！对，来个出奇制胜！办法终于想到了，伍洪祥兴奋得几乎跳起来。他赶紧回到宿营地，把自己的想法告诉大家，同志们都为这新奇而冒险的计划惊叹不已。

第二天，姜茂生主动请缨，要求留守紫金山，运用麻雀战术牵制和迷惑敌人。伍洪祥留下了 4 支分别由十多人组成的临时小分队，归姜茂生指挥；自己则带领其他人员逼近敌人重兵把守的龙门，在附近山头隐蔽，静候夜晚来临。

当晚，伍洪祥率领近 400 名战士披着浓浓的夜色，急速下山，涌向早已侦察选择好的突围点——龙门赤水。其时，龙门驻扎了敌人一个团，赤水也有一个加强营，但他们怎么也没想到红军游击队敢冒险，穿越这条重兵把守的坚固防线，敌军一个个正高枕无忧地呼呼睡大觉。我军未费一枪一弹，从容地在敌人的眼皮子底下经过，

纵横捭阖制强敌

跳出了敌人的包围圈，朝肖坑、后田开进。

队伍刚接近肖坑，突然，前方大路上传来一阵阵杂乱的脚步声，随即一大片黑影涌了过来。又遇上敌人了！真是"才脱虎穴，又遇饿狼"啊。伍洪祥暗叫不好。此时回避已来不及了，伍洪祥急中生智，叫来一位龙岩游击队的同志，如此这般地嘱咐了一番。

龙岩游击队的同志快速抢上前去，用龙岩话问道："哪一部分的？"

"二十七旅搜索连，剿共的！"对方回答。

游击队的同志放松了一口气，拉长音调说："啊！原来是自己弟兄！"回头朝后大声招呼："自己人，走！"

双方队伍擦肩而过，愚蠢的敌人还向我军挥帽致意呢！

部队从肖坑来到后田，不久即和邱织云率领的大部队会合。邱织云又一次握着伍洪祥的双手，真诚地说："洪祥同志，你们辛苦了！任务完成得很好，党和人民感谢你们哪！"

伍洪祥不好意思地笑了笑，说："这都是同志们的功劳。"

阮文松由衷地说："我可是第一次领略伍主任的智谋啊，真是太神奇了！"

后来，姜茂生带领的小分队也从桃坑突围成功，顺利地回到大部队。

至此，红八团由合到分，又从分到合，历时 3 个多月，有力地牵制和打击了敌人，保存了自己。喧嚣一时的国民党第一期"清剿"彻底破产，李默庵垂头丧气，躲在总指挥部里长吁短叹。

胸藏奇兵千百万，纵横捭阖制强敌。伍洪祥同志出色的军事指挥才能，在闽西三年游击战争史上写下了光辉的一页！

（原载《闽西广播电视报》2019 年 7 月 1 日"红色文化"周刊）

一 双 筷 子

沈世豪　何　英

题记：信仰如山。

一

故事发生在上杭泮境乡的泮境村。

20世纪30年代如火如荼的大革命时期，这里是中央苏区即闽西苏区的重要组成部分。有太多的红色故事遗落在这片质朴的土地上。

一幢西式的别墅式的农家小楼，静静地伫立着。

这幢小楼的主人叫黄洪奎，1924年出生，今年96岁。他是1951年参加中国人民志愿军的老兵。当年英姿勃勃的他，屡立功劳。岁月真是不饶人哟！如今的他，已是一脸沧桑。或许，是有一段铭刻心中的当兵经历吧，他的腰板依然挺直，就像不老的青松，坚毅地跋涉着他的人生之路。

他珍藏着一双特殊的筷子。

二

这双筷子，铝质。细看，上面镌刻着两行小字：中国人民志愿军赠，赴朝慰问团留念。

提起这双筷子的故事，黄洪奎老人的眼睛湿润了。因为，那是他的母亲留下的珍贵的纪念品。它化为扯不断的红丝线，系起那个激情燃烧的岁月，也系起这位老人铭刻心中美好而幸福的回忆。

他的母亲何细妹，一位普通的农村妇女。朝鲜战争爆发以后，祖国始终关心着在前线浴血奋战的志愿军将士，组成了以贺龙元帅为团长的赴朝慰问团，代表祖国人民前往朝鲜慰问。何细妹就是这个慰问团的成员之一。这是殊荣。何细妹参加的是第三批赴朝慰问团第四总分团。1953 年 9 月 25 日出发，为防敌特破坏，出发的时候是秘密的，从泮境村到上杭县城，要翻山越岭步行 30 里，为了安全，沿途都有专人负责护送。回来的时候，是公开的。那热烈的场面，至今仍然鲜活在黄洪奎的脑海里。

三

当时，黄洪奎在平潭当兵。

1954 年元月中旬的一天，黄洪奎接到部队首长的通知，他的母亲要从朝鲜回来了，部队特别给他 10 天的假期，让他回去看他的母亲。得到这样的喜讯，他太高兴了。

泮境乡举行了隆重的仪式，人们敲锣打鼓放鞭炮，热烈欢迎何细妹从朝鲜回来。村前的晒谷场上，鲜红的大幅横幅上写着：热烈欢迎祖国赴朝鲜慰问团的代表何细妹归来！

从上杭县城到泮境没有通汽车，何细妹是骑着一匹白色的骏马回来的，她满脸是笑，神采奕奕，胸前挂着红绸扎的大红花，矫捷地跳下马背。尚是中年的何细妹，干练、精明，一张质朴而明朗的脸庞上，眼睛炯炯有神。她一眼就看见欢迎队伍中穿着一身军装的儿子。黄洪奎快步走向前，端端正正地向母亲何细妹敬了一个军礼。

一片热烈的掌声响了起来。

简短的欢迎仪式结束，好奇的乡亲们把何细妹围住了，要她讲讲去朝鲜慰问志愿军的见闻。

何细妹笑着说："朝鲜军民都叫我'阿妈妮'！"

她的话音刚落，献花的少先队员就一起喊："阿妈妮！阿妈妮！"

一位乡村大嫂问："细妹，你从朝鲜带了什么好东西回来?"因为，在当地人的习惯中，出远门都要带些东西回来。

何细妹一边笑，一边说："我带回来一个最宝贵的礼物！"说完，从随身的军用挎包里拿出了一双铝质的筷子。

何细妹告诉乡亲们："我们祖国慰问团到了战火纷飞的朝鲜前线，受到志愿军的热烈欢迎。他们把打下的美国侵略者的飞机残骸，用手工打成筷子，赠给来自祖国的亲人。"

人们珍惜地观赏这双特殊的筷子。在乡间，筷子一般都是用竹子或硬木做的，大家还是第一次看到铝质的金属筷子。

少先队员的眼睛特别厉害，一下就发现了这双铝质的筷子上有刻字，高声地念起来："中国人民志愿军赠，赴朝慰问团留念。"大家纷纷赞叹说，这真是宝贝哟！

乡亲们还兴致勃勃地欣赏何细妹带回来作纪念的朝鲜币。接着，何细妹又像变戏法似的从挎包里掏出一块两指多宽的布条，说道："这也是志愿军送的，那是被击毙的美军飞行员的飞行服上剪下来的。"

说完，何细妹叫人拿来火柴，点着，马上烧起来。吹灭，用手一拉，立即恢复原状。原来是当年美国兵抗燃烧的高科技布料。

乡亲们笑声不绝。

闽西地区，英雄儿女如漫天星斗。抗美援朝时期，作为革命老区，全省参加赴朝慰问团的烈军属代表仅 3 人，闽西只有一位劳模和她，如此之高的荣誉和幸运怎么会落到这位普通的客家妇女身上

一双筷子

· 25 ·

呢？而且，早在 1951 年，何细妹就曾作为代表到北京参加国庆观礼，幸福地与毛主席握手，成为轰动远近的一段佳话。

一双筷子，化为绵长的红丝线，牵起人们无尽的联想和深沉如海的回忆。

四

1929 年 12 月，毛泽东、朱德率领的工农红军进军闽西，一路凯歌。"红旗跃过汀江，直下龙岩上杭。"泮境乡也成立了苏维埃，何细妹的丈夫黄进兴当上该乡的苏维埃主席。

黄进兴长得英俊、魁梧，身材匀称，很是精神。枣红的脸庞，眉清目秀，目光中洋溢着勃勃的一腔正气。黄进兴从小就喜欢舞龙、舞狮，他是拜过师傅的，已经成为高手。他在舞狮方面，造诣特别深，是村中远近闻名的舞狮的师傅，用当今的话来说，是教头级的人物。他从小还学过武术，精通刀、枪、剑、戟包括铁拳头等民间传统武器，一身好拳脚，十分了得。

1931 年春，何细妹和黄进兴正式参加中国共产党。

以蒋介石为首的国民党反动集团，把中国共产党领导的中央苏区视为眼中钉、肉中刺，先后发动了五次反革命"围剿"，由于党内"左"倾机会主义的严重错误，红军在第五次反"围剿"战争中蒙受重大损失。1934 年 10 月，红军被迫长征，数万闽西子弟踏上漫漫征途。

黄进兴本来很想跟着红军踏上征途。但组织上考虑到他有广泛而深厚的群众基础，又是本地人，便让他留下来坚持在本地开展红军游击斗争。

主力红军离去，最为严酷的日子开始了。

五

中央苏区全部沦陷，连小小的泮境乡也落入敌人之手。

1935 年夏天的一个夜晚，黄进兴不幸被国民党抓走了。

敌人想从他的口中知道更多的秘密，尤其是依然在深山老林中坚持斗争的红军游击队的情况。对他进行了严刑拷打，但这位铁汉子毫不屈服。在当年宣誓参加共产党的时候，他就做好牺牲的准备。

黄进兴曾是舞狮的教头，又会武术，徒弟多，交游广，更为重要的，活跃在群众中的地下党员积极推动，动员了泮境乡的 200 多个百姓联名出面保他。有 200 多个百姓签名和按上红指印的具保书，洋洋洒洒，通过合法的途径送到国民党的有关部门。

国民党怕引起众怒，此外，也没有找到黄进兴的太多的证据，不得不放了他。

白色恐怖越来越严重。黄进兴肩上的责任也更加沉重了。

这是何细妹始终无法忘怀的夜晚。

低矮的老屋中，一盏昏黄的桐油灯，照着全家的四口人。

黄进兴正在整理行装，准备进山。他背好红军留给他的驳壳枪。一把系着红布的大刀已经放进包袱里，他又拿了出来，交给妻子何细妹，说道："我有枪，这把大刀就留在家里吧。"何细妹点了点头。

何细妹心细，从灶台的锅里拿出几个红薯，还有纸包着的盐，交给丈夫。敌人对盐进行严格的控制，红军游击队特别缺盐。

儿子黄洪奎才 11 岁，朴实、可爱。他仰起头问："爸爸，你又要出门去打白狗子吗？"他已经开始懂事了。

黄进兴轻声地对儿子嘱咐："是的，洪奎，爸爸要进山打游击，你在家里要听妈妈的话，要帮助照顾奶奶。千万不要到处乱跑。"

小洪奎点了点头。

一阵激烈的枪声突然响起。黄进兴警惕地吹灭了灯，何细妹一脚踩灭了松明火。小屋里人影晃动。

夜色中，何细妹把丈夫送到家门口，深情地嘱咐："你要小心，走后龙山。"黄进兴点了点头。他深情地吻了吻跟在何细妹后面的孩子。

背着包袱的黄进兴，悄然消失在茫茫的夜色里。

六

夜色浓重。

黄进兴带领的一行人，乘着夜色，准备突破敌人的封锁，转移到新的营地。

山路崎岖。树影迷离。寂寞的山泉潺潺作响。萤火虫忽闪忽灭。不远处，一只野鸡突然惊飞起来，打破浓重的夜幕。

有敌人！机敏的黄进兴连忙指挥红军游击队从另一条山间小径悄悄撤退。他自己主动留下来掩护。

枪声骤然响起，撕裂夜空。双方进行激战。留下掩护的战士只有三个人，敌我力量太悬殊了。

这次红军游击队转移营地的行动十分秘密，但不知何故，敌人如此准确地得到消息，并预先埋伏在红军游击队必经之地。黄进兴一边和敌人射击，一边告诉战友："一定是我们内部出了叛徒。无论如何，一定要除掉叛徒。"他命令身旁的两个战友立即撤退。战友舍不得离开他，坚持要和他共同战斗。黄进兴竖起剑眉，厉声喊道："这是命令！"两个战友才恋恋不舍地钻进密林。

黄进兴枪法好，端着驳壳枪，弹无虚发。敌人不断中弹倒下。黄进兴的子弹打光了，他的腿部不幸受伤。敌人扑上来。黄进兴带伤和敌人搏斗。一个猛虎扑食，动作犹如闪电，把最靠近他的一个敌人，一巴掌扇下了山崖。这个倒霉的敌人粉身碎骨。寡不敌众，黄进兴被蜂拥而上的敌人抓住了。

七

得到丈夫被敌人抓住的消息，何细妹心都碎了。她的担心终于成为严酷的现实。

何细妹在伤心之余，突然想到，敌人很可能就会到她家中搜查，寻找所谓的证据，而且也可能将她抓走。

她是细心而睿智的。她把丈夫临走之前留下的那把大刀用布包好，踏着梯子，悄悄地放在高高的屋梁上，然后，把梯子放到屋外去。

门外传来了吆喝声。不出所料，民团来搜查了。

几个穷凶极恶的士兵，就像凶神恶煞，一进门就翻箱倒柜，连黄进兴给儿子玩的木头手枪都被抄了出来。

敌人一无所获，骂骂咧咧而去。

敌人前脚刚走，乡亲们就涌进屋里，他们闻讯前来安慰何细妹一家人。其中有黄进兴的徒弟，还有秘密的地下党员。他们与何细妹商议，能不能趁敌人正沉浸在抓到黄进兴的狂喜之中，进行劫狱，把黄进兴抢救出来。

何细妹当然希望丈夫能够逃过这次劫难，但头脑清醒的她，没有同意这样做。她知道，在敌人严密看押的情况下，要进行劫狱，不仅可能付出重大的牺牲，而且不一定成功。

过了一天，山里就传来消息：红军游击队已经顺利转移。并且告诉何细妹，这次红军游击队遭到伏击，是内部出了叛徒，向敌人透露了消息。

何细妹的心收紧了。

八

敌人把黄进兴关进泮境伪乡公所。这里也是国民党民团的驻地。

岗哨林立，如临大敌。敌人害怕红军游击队下山袭击，也害怕黄进兴的众多徒弟救回被他们抓到的黄进兴，他们都是仗义而勇武之人。

黄进兴刚毅勇武，而且是铁骨铮铮的共产党人，自从落入敌人的魔爪，他就没有奢望能够活着出去。敌人知道，黄进兴有一身武功，在激战中，一掌就把一个敌人推下悬崖，因此，除了给他的脚戴上沉重的镣铐，捆绑他的也不是绳子，而是铁丝。

深夜，敌人把黄进兴带进临时设立的审讯厅。主审的是村霸、时任民团团长的熊贪发，此人阴险、狠毒、霸道，稍胖，40多岁。

熊贪发吆喝着说："黄进兴，去年我们就抓住了你，结果有200多个村民作保，把你保了出去。这一次，我们在战场上抓住了你，可没有那么便宜了。不过，只要你带我们找到你们的新营地，就可以饶你不死！"

黄进兴原来租种过他家的地，受尽欺凌，对他早就充满仇恨。暴动的时候，他本想用大刀劈了他，没想到被他溜走了。现在仇人相见，分外眼红，他立即愤怒地回击："你们算什么东西，一群狗奴才！屠杀民众，烧毁村庄，无恶不作。我恨不得把你碎尸万段！"

一个满脸横肉的团丁，举起鞭子，狠狠地抽打黄进兴。一鞭下去，便是一道深深的血痕。

黄进兴被深深激怒了。他暗地运足气力，待这个团丁稍为靠近他的时候，用绷紧的前额，对准这个凶手的前额，"砰"的一声撞过去。

如五雷轰顶，这个敌人惨叫一声倒地。人们扶起他来一看，被黄进兴用脑袋撞击的这个凶手已经满头是血，不省人事。黄进兴的脑门却是连一点痕迹也没有。"铁头功"，这是长期练武之人的绝技之一。

黄进兴见状，纵情地放声大笑。英雄的笑声，震撼着夜幕重重的大地。

熊贪发大怒，喊道："拉出去，杀了！"他知道，要让这位铁汉子开口，比登天还难。

黄进兴大步迈出审讯室。脚镣的响声，声声叩击着阴森的夜晚。

村前，空旷的沙坝成了敌人的刑场。

被激怒的敌人没有用枪，而是用刺刀对准黄进兴的胸膛。

熊贪发还不死心，说道："黄进兴，你这时候回头还来得及。"他害怕黄进兴的铁脑袋，离黄进兴有几尺远。

黄进兴坚定地回答："你休想！共产党人是杀不尽的。"他知道敌人不会放过他了。他用洪亮的声音高喊："中国共产党万岁！红军万岁！"

几个敌人端着刺刀往黄进兴的身上恶狠狠地连扎了7刀。

黄进兴壮烈牺牲。

九

黄进兴深夜被残酷杀害的消息，顷刻就传遍了全村。天还没有亮，何细妹和村里闻讯而来的乡亲，举着火把，不顾敌人的阻拦，赶来了。面对黄进兴血迹斑斑惨不忍睹的遗体，众人异常愤怒，纷纷谴责敌人的暴行。

在众人愤怒的目光中，一个乡亲直面熊贪发，斥责道："都是乡里乡亲，你们居然如此无情、残暴，禽兽不如！天会报应你的！"客家人很有血气，他们并不怕猖狂一时的敌人。

一双筷子

熊贪发心虚，面对众乡亲愤怒的目光，连忙带着团丁，灰溜溜地走了。

何细妹强忍着，没有哭。所有的眼泪都被愤怒的烈火烧干了。

众乡亲抬起黄进兴的遗体回家。一位乡亲脱下衣服，轻轻地盖在牺牲的黄进兴身上。到家的那一刻，他们的儿子黄洪奎，见到被残忍杀害的父亲的遗体，大哭，喊道："爸爸！爸爸！"孩子的哭声和声声呼唤，令人心碎。

牺牲后的黄进兴眼睛圆睁，死不瞑目。听到儿子的哭声和呼唤，鼻孔里居然流出了汩汩的鲜血。民间传说中的血亲现象，竟应验了。是英雄的灵魂还没有远去，可以清晰地听到他最亲爱的儿子的声声呼唤，还是某种医学界尚未解密的特殊生理现象？

如今已经96岁的黄洪奎，回忆起当时的情景，依然历历在目。他告诉人们，敌人极为残忍，他发现，他父亲的肠子都流出来了，血迹中，还有没有消化的米粉也流淌出来。当时只有11岁的他，也不懂得害怕，只是充满仇恨。他下决心要为父亲报仇雪恨。

黄进兴牺牲后，沉重的脚镣已经被敌人解走了，但双手还是被铁丝紧紧绑住的。何细妹见状，俯在丈夫的遗体上，用牙齿紧紧地咬着捆绑着她丈夫遗体的铁丝，她要把铁丝生生咬断！满眼的泪水，从她那张充满愤怒而悲伤的脸上流下来。

何细妹的嘴里流出了鲜红的血。她并非有铁嘴钢牙，而是从心灵深处涌出的伟力，令她创造出人间奇迹。

她把这些铁丝精心地卷好，紧紧地抓在手里。

这是一个特别寒冷的凌晨，夜幕笼罩的后龙山，隐隐约约，就像黑色的群雕，伫立着。但在何细妹和乡亲们的心中，熊熊的复仇烈火，却照亮了跋涉的道路。他们坚信，共产党人和革命群众是杀不尽的，血债血偿，一个人倒下去，激励着更多的人毅然奋起。

十

黄进兴的遗体被抬回家中。何细妹深情地说道："进兴，你回家了！"

躺在门板上的黄进兴，似乎是累了，静静地，他终于回到生活了 30 多年的家中，这对于牺牲者，是最后的安慰和告别。

满头白发的黄进兴的母亲，见到牺牲的儿子，一边低声哭泣，一边擦去黄进兴身上的血迹，并轻轻地合上儿子的眼睛。何细妹把带着丈夫血迹的铁丝，和丈夫留下的那把大刀，用布精心包在一起，还是藏在家中高高的屋梁上。

门外，传来轻轻的敲门声。何细妹开门，一个地下党员闪进屋里。他告诉何细妹，叛徒找到了，是联络点的丁老三。他见到黄进兴的牺牲，心虚，害怕遭到地下党和红军游击队的清算，连夜逃跑，已经被早就埋伏在他必经之路上的游击队员处决了。

第二天，乡亲们帮助何细妹把黄进兴掩埋在后龙山下。没有条件立碑，何细妹和乡亲们把附近的一棵小松树移过来，种在黄进兴的墓前，作为标志，更作为纪念。

十一

黄进兴牺牲以后，何细妹继续坚持斗争，她成为红军游击队的秘密交通员。

她独自挑起全家的生活重担，艰辛地在地里劳作。日子虽然过得有点艰难，但她丝毫没有感到孤独，更为重要的，她坚信红军一定会打回来的。

敌人在所有进山的道路上都设立了哨卡。为了困死在深山老林

一双筷子

中英勇斗争的红军游击队，敌人在实行移民并村之后，严禁苏区群众送粮、盐、衣被等给红军游击队。

聪明的何细妹想出了一个绝妙的办法：她把农民挑大肥即大粪的粪桶做成隔层，上面是臭气很大的粪便，下面却是粮食或食盐等送给游击队的急需用品。

这一天，何细妹挑着一担藏着粮食的大肥进山，正好遇到熊贪发带着民团兵丁在哨卡检查。

仇人狭路相逢。

检查的兵丁闻到刺鼻的臭味，纷纷掩鼻退到一旁。

熊贪发得意扬扬地问何细妹："现在的局势怎样？是共产党的势力大，还是国民党的势力大？"

何细妹怒目而视，回答道："你不要高兴得太早了！人在做，天在看！善有善报，恶有恶报！"说完，何细妹挑着大肥大步往深山走去。

十二

1936 年 12 月 12 日，平地一声雷，震惊中外的"西安事变"，像一部跌宕起伏的大戏，轰然上演。

从"左"和右的阴影中走过来的中国共产党，做出了和平解决"西安事变"的英明决策，派出以周恩来为团长的中共代表团赴西安谈判，终于迫使蒋介石接受了中国共产党提出的"停止内战，共同抗日"的主张。

从 1934 年 10 月红军主力长征，苏区沦陷，到 1937 年 10 月国共再次合作，一致对外，共同抗日，留在南方坚持斗争的红军游击队，历经三年血与火的洗礼，始终红旗不倒。南方的红军改编为新四军，开赴抗日前线。在泮境村对面崇山峻岭中苦战的黄进兴的战友们，在奔赴抗日前线之前，前来和何细妹一家告别。

在艰难的岁月里，红军游击队的多数人员虽然改编为新四军，开赴抗日前线，但依然留下了少数骨干，就地坚持斗争。他们始终与何细妹保持联系，她是地下秘密党员，不断完成组织交给的各项任务。

十三

终于熬到了抗战的胜利。

国民党以为可以鲸吞共产党的时机到了，在美国人的极力怂恿和支持下，于1946年，悍然撕毁了墨迹未干的毛泽东和蒋介石在重庆谈判时签订的《双十协定》，挑起了大规模内战。中国共产党和国民党再次进行生死较量。决定中国命运的解放战争爆发了。

果然不出何细妹所料，曾经参与杀害黄进兴的熊贪发并没有死心。

1946年10月的一天，一个乡亲急匆匆地跑到何细妹家里，说道："细妹，刚才我们得到消息，熊贪发看到洪奎长大了，正阴谋抓洪奎去当壮丁。共产党和国民党已经打起来了，他恶毒地想把你儿子抓到国民党军队中去打共产党，你要立即安排洪奎出去躲避一下。"报信的乡亲很快就出门走了。

黄洪奎刚从地里劳动回来，何细妹已经把一个包袱打好了。机智而处事果断的她，立即安排黄洪奎出走。

何细妹说道："刚才得到消息，熊贪发要抓你去当壮丁，要你去给国民党卖命。这个家伙太坏了。你听妈的话，马上就走。从后门上后龙山走小路到外地去躲避，红军回来后，我去找你回来。"

黄洪奎前脚刚走，熊贪发就带着抓壮丁的兵丁上门来了。他们扑了个空，悻悻而去。

十四

1949 年盛夏，万山叠翠，大河奔流。

这真是"天翻地覆慨而慷"的激情燃烧的岁月。进军福建的中国人民解放军十兵团，以摧枯拉朽之势，解放了闽西。

前去迎接中国人民解放军的地下党和闽粤赣纵队的指战员们，和解放军胜利会师。何细妹也在欢迎的队伍之中。

何细妹一眼就认出了当年在红军游击队里的多位战友，他们已经成为解放军中的首长了。

他们紧紧地握着何细妹的手，说道："这些年，你受苦啦！"

何细妹热泪盈眶，说道："盼星星，盼月亮，终于把你们盼回来了！"

清晨。鲜红的太阳冉冉升起来了，辉煌灿烂。

何细妹激情满怀、欣喜若狂。她情不自禁地跑到泮境村前的沙坝里，那是丈夫黄进兴壮烈牺牲的地方。她深情地说道："进兴，你听到了吗？解放军来啦！我们当年的红军回来啦！"说完，热泪直流。

她大步跑到泮境村的村中央，大声高喊："当年的红军回来啦！解放军来啦！我们胜利啦！"

何细妹和坚持斗争的地下党的同志们，开始在村里贴庆祝解放和欢迎解放军的标语。

何细妹想到自己的儿子，站在门前，在心中呼唤着：洪奎，你在哪里呢？

何细妹转身抚摩着门口鲜红的标语。标语写着：翻身感谢共产党，幸福不忘毛主席。

一天，有人在远远地叫唤着：洪奎回来了，洪奎回来了！

何细妹冲到门前的路上，果真是几年不见的儿子。母子相拥，哭了起来。

洪奎告诉母亲，他到了白砂后，跟着师傅借做傀儡戏，走村串户，到处躲避，一直躲到清流、宁化的山村。一天，到清流的集镇去买煤油，遇到一位同乡，从同乡那里得知，家乡解放了。于是他告别师傅，从清流一路步行，走了四天才到家。

十五

有人敲门。

何细妹开门一看，居然是仇人熊贪发，他战战兢兢地从怀里拿出两根金条，妄图收买何细妹。何细妹问他："现在的局势怎样？是共产党的势力大，还是国民党的势力大？"

熊贪发点头哈腰，连忙回答："共产党势力大，共产党势力大！"

何细妹拒收他的金条，严厉斥责："你这个村霸、民团团长，还是老老实实向解放军、向乡亲们交代你的罪行，协助解放军抓捕那些逃进深山的国民党残匪，将功赎罪吧。"

熊贪发频频点头称是，低着头狼狈地走了。第二天，他带着小老婆逃跑。

风声鹤唳。

熊贪发沿着古驿道逃窜。一离开家，他就感觉到后面有无数的眼睛注视着他，他觉得背脊阵阵发冷。他最害怕后面有解放军和民兵追过来。一路上，如惊弓之鸟，一点点的响动，都让他心惊肉跳。

驿道逶迤、崎岖，跋涉艰难，气喘吁吁。正好逃到当年他带领民团和红军游击队激战的地方。熟悉的地形和环境，令他想起当年的一幕，想起黄进兴飞腿把一个团丁踢下悬崖的情景，更是令他毛骨悚然。

一双筷子

他惊慌地回头看是否有人追上来。耳畔不断响起何细妹对他的警告：人在做，天在看，善有善报，恶有恶报。难道，上苍真的要严厉惩罚他吗？

密林深处，传来野兽的一声嗥叫，熊贪发更是惊慌失措，面如土色，仓皇逃去。

机智的何细妹行走在后龙山的古驿道上。这是村民出山的必经之路，何细妹分析，熊贪发很可能想从这里逃离。他身上肯定带着金条，还有枪。于是，熟悉山径的何细妹，抄小路进行追赶。

何细妹十分细心地观察路上的脚印，像追踪野兽一样，辨别一切可疑的蛛丝马迹。古驿道五里一亭，前面有一座古亭。何细妹走进去看了看，亭中没有人，也没有任何痕迹。

何细妹继续寻找，终于在一座庙里发现熊贪发穿着旧衣服，装成敬香的香客，就在离她不远的地方。

何细妹没有惊动他，而是飞速地下山，很快就遇到正在追捕敌人的解放军和民兵。何细妹带领他们迅速包围了庙宇。

何细妹见到熊贪发，一声喊："站住，不准动！看你今天往哪里逃！"

熊贪发见何细妹手里只有一把砍柴的柴刀，正想拔枪反抗，从旁边冲出的解放军已经把枪抵在他的胸口。

熊贪发落网。

经过上级批准，恶贯满盈的熊贪发和他的同伙被押上审判台，公开处决。

何细妹和群众纷纷上台控诉熊贪发等罪犯的罪行，群情激奋。何细妹手持政府发给她丈夫的革命烈士证书，揭发熊贪发当年残暴杀害黄进兴的滔天罪行。说到她在刑场上咬断绑在她丈夫身上铁丝的过程，她终于放声大哭！震撼人心的哭声，几乎把人们的心都哭碎了。

人们振臂高呼："血债血偿！枪毙熊贪发！"

何细妹特地从布袋里掏出珍藏多年的铁丝，把熊贪发的双手紧紧地绑住。

熊贪发浑身颤抖，脸如土色，目光呆滞，他的死期到了。

口号如雷，震撼群山、原野、村庄。

熊贪发等一行罪犯被押往刑场。那是人们熟悉的沙坝。当年，黄进兴在这里壮烈牺牲，今天，他的战友和事业继承者用敌人的血祭奠先烈。

十六

1950 年 6 月，抗美援朝战争爆发。为了保家卫国，全国青年热烈响应祖国的号召，参加志愿军。

何细妹亲自带着儿子黄洪奎到解放军的征兵处，要求参军。

征兵处的干事亲切地劝说："大姐，你只有一个儿子，还是留在家里吧！而且，他的年龄已经 26 岁，过了征兵的年龄啦。"

何细妹说："人民的江山，需要保卫。我的儿子不当兵，谁去当兵！"

此时，征兵处的首长走过来，他们是老相识。看到何细妹送子参军心切，他说道："这可是一个难得的典型，具有号召和榜样作用。同意了！"

现场的人们热烈鼓掌。何细妹欣慰地笑了。

入伍以后的黄洪奎，处处以他的父亲和母亲为榜样，曾转战平和、长汀等地剿匪，作战勇敢，深得首长和战友的称赞。后来，多年驻守福建平潭岛。平潭岛俗称岚岛，千礁百岛，风光奇秀，当时是海防前线。

黄洪奎部队的营地在君山，平潭诸岛的最高点，主峰海拔 434.6

一双筷子

米，终年云雾缭绕，有蓬莱之称。

他在部队非常积极，干什么都像模像样，成为部队的骨干，屡屡立功。曾立过二等功、三等功、四等功。父亲、母亲是英雄，儿子同样是模范。

十七

何细妹担任了泮境乡妇联主任。她积极组织大家搞好生产。生产救灾时，她几天内就动员了40位妇女参加捕捉害虫。

1951年9月国庆节，何细妹以烈军属代表身份当选为福建省革命老根据地赴京国庆典礼代表团成员，到北京参加国庆观礼，受到党和国家领导人的亲切接见。回到家乡后，何细妹始终以党的农村基层干部、农民的身份，活跃在社会主义建设中，得到人们的尊敬。

著名连环画家许地改编、程十发绘画创作了《何细妹》连环画，1952年10月由人民美术出版社出版，2013年6月，连环画出版社再版。

1983年，何细妹以85岁高龄逝世。

倒在黎明前的战火中

杨国栋

一

上杭县泮境乡连绵起伏的群山中，逶迤蜿蜒着弯弯山道，山道边的潺潺涓流在太阳光芒的映照下，欢唱着柔美的曲调，流进了绿油油的秧田。

1910年出生在泮境乡元康村的伍上同，因为家境贫寒，无田可耕，不得不按照父母的要求，去到几里外的造纸小厂，跟着师傅学习焙纸技术，盼望着来年长大成人，也能够靠着一门手艺谋碗饭吃。

乡间风俗，拜师学艺是要有"拜师帖"的，还要由父母带着孩子到师傅家举行拜师仪式，让孩子给师傅磕三个响头；富裕的人家还得办"拜师宴"。伍上同家境贫寒，办不起"拜师宴"，就由他的母亲备一些布料、家酿米酒，捎带着蛋禽，表达对师傅的敬重与感恩。

伍上同头三年的学徒生活，就是按照师傅伍明中的要求，从帮助师傅做家务小事、搜集零星竹麻做起，制竹麻、打浆、漂白和烘焙等的技术活，都是稍大些年纪的人干的。已经过了15岁的伍上同就悄悄地跟着"偷艺"，看师傅、师兄们是怎样做着那些精巧细致的做纸活，又是怎样将那些从山间运来的竹麻做成一匝匝富有韧性的平展展的纸张，然后再请人挑到县城去卖个好价钱。

1927年9月的闽西大地上，秋风劲吹，层林尽染，满山红透。陈明、张鼎丞、邓子恢、郭滴人等一批共产党人举起了反对国民党反动统治的红色旗帜，在广大乡村秘密地进行着舆论宣传，开展建立基层党组织的革命活动。

1928年春，已经是18岁的伍上同，白天跟着师傅干活，夜里不辞辛苦，走上十多里路，到另外的村落去上农民协会办的不花钱的平民夜校，一边读书识字，一边吸纳新的知识与新的观念。与伍上同一道前往平民夜校读书的，还有比他年长的族人伍芳中、伍能振和好友伍兆明等。

在平民夜校教他们读书识字的启蒙老师中，也有一位先生姓伍。伍先生发现伍上同肯读好学，勤下苦功，认为伍上同乃可造之才，也就对他特别严。伍先生引导他树立为穷苦老百姓翻身解放而奋斗的思想。伍先生还特别谈到了闽西大地上涌现的许多农民协会、农民组织、农民武装和近期发生的农民暴动，如龙岩的后田暴动、平和暴动、永定暴动，特别是距离泮境不远的上杭县蛟洋暴动，那是一场多么惊心动魄的贫苦农民反对国民党黑暗统治、打倒上杭乃至全闽西反动武装的你死我活的红色革命浪潮啊。伍上同听得津津有味，继而也就萌生了积极参加革命斗争的冲动。伍先生告诉他："如果你自愿参加革命，就必须听从党的召唤，服从组织纪律和革命需要，在血与火的战场上准备牺牲奉献，还要做到永不叛党。"伍上同听得明白。他告别与他数年朝夕相处的师傅，离开生养他数年的父母，投身到消灭国民党反动统治集团的滚滚洪流之中。

是时，朱毛红军二次入闽，攻打坚固的龙岩城成为此次重大战斗任务。伍上同和一批上杭子弟兵组成的暴动队伍，作为红军主力的辅助力量，起到了很好的策应作用。1929年5月17日，红四军在朱毛的指挥下，从江西瑞金出发，很快进抵龙岩以西的小池。23日清晨，红军向留守龙岩的福建防军展开猛烈攻势，一举攻占龙岩城，歼敌两个大营，俘虏敌军200多人。伍上同虽然只是参加暴动队伍中的一员新兵，却在完成南面阻击敌人逃跑的战斗中，敢于打头阵，迫使敌人朝着来路逃回，终成俘虏。就在这场激烈的战斗中，伍上同真正见识了英勇的红军主力的威猛气势，见证了毛委员神奇高超的军事指挥艺术。

二

　　闽西地方武装领导人根据毛泽东同志关于尽快组建闽西苏区地方红军和赤卫队的指示精神，吸纳了许多年轻的闽西子弟参加红色革命队伍。伍上同参加过闽西暴动，随即也就被编入了闽西工农赤卫团。他从战士干起，一步一个脚印，干到了班长、排长、连长。他练就了什么样的苦都能吃的耐力、毅力和韧性，故而面对任何艰难困苦和战争险情，都能够寻找到办法破解，化险为夷；又因为他在平民夜校学习，掌握了基本文化知识，所以在工农赤卫团中，便是能够认字写字、看报读书的小文化人。

　　组织上看伍上同机敏能干有担当，就送他到红军举办的学校进行军事政治的学习。伍上同在对敌作战中英勇果敢，身先士卒，率领班排干部战士冲锋陷阵，勇敢杀敌，屡建战功，多次受到上级首长的表彰奖励。在1933年发生的第五次反"围剿"战斗中，伍上同所在部队整编为主力红军，他被组织上任命为红十二军二十四师营长。伍上同在反"围剿"的残酷战斗中，多次打得英勇顽强。面对着国民党主力部队用飞机猛烈轰炸、用大炮咆哮打击的嚣张气焰，面对着一排排红军中弹牺牲、一片片闽西子弟血染疆场，在血与火的战场上，伍上同迅即组织起连队建制，毫不犹豫地向着进犯之敌

猛烈阻击，遏制敌人的气焰，挫败敌人的锐气……

1934年夏秋之际，朱德总司令提出采取运动战术，即在运动中寻机消灭敌人的打法，决定在长汀与连城县交界的松毛岭下的温坊指挥一场大战。是时，蒋介石已经下令东路军总司令蒋鼎文指挥李延年、宋希濂等6个师和2个炮兵团，向着中央红都瑞金的东大门松毛岭逼近。料事如神的朱总司令算到李延年的第九师一定会进入连城的朋口、温坊，向松毛岭集结，穿越长汀直逼瑞金，便及时调兵遣将，指挥林彪、聂荣臻的红一军团，协同红二十四师进入要地，又命令红九军团向林、聂部队靠拢。

面对骄横跋扈、趾高气扬的李延年纵队，伍上同所在的红二十四师部队按照朱总司令和红一军团首长的要求，认真细致地做好在温坊设伏的各项准备工作。国民党李延年所部大摇大摆地进入伏击区后，很快被擅长打伏击的红二十四军打得稀里哗啦，抱头鼠窜，找不到北。

红军的胜利，让李延年气急败坏。失去理智的疯狂报复成了李延年的冲动选择，这恰恰是朱德总司令所希望看到的。朱德再次电令林彪、聂荣臻，在连城温坊阵地前对敌重创，消灭其先头部队。林、聂首长在短时间内再作部署，伍上同所在二十四师依然担负着主力任务。伍上同带领他的队伍，给第二次进犯的李延年部沉重打击。温坊两仗3天多时间，先后打垮了李延年纵队10个团，歼灭和俘虏敌人4400多人，缴获敌人各种枪支1800多支，迫击炮6门，弹药不计其数。军史称誉：这是红军在第五次反"围剿"战争中打得最好的一役。时任中央《红星》报主编的邓小平，在该报发表了《温坊战斗的胜利》的署名文章，以生动的笔触，详细报道了温坊战斗的辉煌战绩，成为今人研究松毛岭战役前期战斗的重要历史文献。

温坊两次战斗，让失败的蒋介石恼羞成怒，将逃回去的旅长许永相枪毙，师长李玉堂由中将降为上校。惨败的李延年纵队并未收住向我红军继续猛烈攻击的强硬步伐，与之相配合的周浑元纵队，则在西线紧逼高兴圩，直接威胁兴国。中革军委命令红一军团林、聂首长，率部西移兴国抗击周浑元纵队，这等于主力红军临危撤出东线战场。好在此前红九军团在一代名将罗炳辉率领下已经占领连城境内的松毛岭主战场，完全控制了险要地道。他们与二十四师主力，红五军团第二十三师、第三十四师等，面对着李延年、宋希濂、刘戡等数万国民党主力部队，所承受的阻击任务极度艰巨。军团长罗炳辉寻找战机，指挥若定，力争打好每一次战斗。

但敌人也不是吃素的。每天从南昌飞来的国民党飞机，就像下鸟蛋似的，频繁地向着我中央苏区红军阵地密集地狂轰滥炸，不少掩体战壕被炸得尘土纷飞；松树遍布的松毛岭被炸得七零八落，飞鸟落地，野兽落荒，树倒人亡，遍地烽火燃烧，硝烟滚滚；之后的数百枚迫击炮弹再次向着长汀和连城主战场猛烈炮击，再次将松毛岭燃成一片火海。真可谓山河呜咽，草木含悲，杜鹃啼血，悲歌哀鸣。在七岭、金华山、唐古垴等高地的红军官兵，用轻重机枪和手榴弹等，一次次打退猖狂进攻的敌军，死守阵地，毫不退却，一个个英勇悲壮，或拼死抵抗，或与敌人同归于尽，用他们的鲜血和生命谱写了一曲曲惊天地泣鬼神的豪迈壮歌……

在不断地阻击和夺回山头的殊死战斗中，伍上同率先垂范，勇敢地冲到最前面打击敌人。突然一颗子弹飞来，击中伍上同的左脚，他踉跄倒地，但仍顽强爬起再战。后来是支援前线的连城民工将他抬下战场。

松毛岭战役，连续7昼夜大小几十次战斗，红军以3万余兵力，顽强地阻击了7万多现代化武器装备精良的强敌，最后完成了松毛岭保卫战任务。当地的老百姓描述说，就在敌我双方战斗打得异常激烈的时候，有一天下午突然天空雷声大作，惊天动地，继而瓢泼大雨倾盆而下，将敌人的炮火镇住。敌人后撤，乡民们纷纷爬上山头战壕，将红军的尸体一一抬到山外安葬。一个叫"无祀会"的民间组织，有感于红军的恩德，将红军遗体集中在山上挖出的几处上百平方米的大坑进行安葬，还竖了简易墓碑。

松毛岭战役之后，伍上同跟随红军北上。

三

在北上途中著名的湘江之战中，数万红军顽强战斗，抵死阻击，为的是让中央纵队、红军主力等突出重围，渡过湘江。善打硬仗的伍上同所在部队，接受了掩护大部队抢渡湘江的重任。可是大部队中有许多机关单位，老弱病残多，妇女也多，行动迟缓，一天下来走不了多少路程，还常遇到敌机轰炸。中央红军向湘西方向转移，准备同贺龙、萧克的第二、六军团会合。对此，蒋介石早有觉察，连续布置了数道封锁线，一次比一次阻击得更顽强激烈。为此，掩护红军大部队转移的任务无比艰难，一路牺牲的指战员不计其数。到了11月下旬，中央军委决定分4个队，从兴安、全州、灌阳之间强渡湘江，突破敌人第四道封锁线。伍上同所在的部队接到命令后，以急行军速度，每天日夜兼程100多里，抢占湘江渡口，掩护大部队突破。战斗前夕，伍上同所部迅速选择有利地形，占领制高点，然后构筑工事，顽强阻击广西军阀白崇禧部队的进攻。他们的任务是，不惜一切代价，全力坚持3至4天，保证中央纵队安全通过湘江。由于伍上同所在部队敢于拼打，加上白崇禧领导的桂系军阀为了保存实力，不愿完全听从蒋介石部署，无意与红军纠缠太长时间，伍上同所在部队得以完成阻击任务。然而，遇到湘军何键所部时，战斗的激烈程度翻了数倍，伍上同所在部队与其他主力部队一样，付出的代价十分惨重，整条湘江全被红军的鲜血染红，其中相当数量是在长征前夕，从闽西招收而来的年轻子弟兵，合计5万余人血

· 46 ·

洒疆场。

伍上同和他的战友们，开始并不知道毛泽东亲自指挥的"四渡赤水"战役，深藏着怎样深厚的军事政治谋略意图。等到伍上同和他的部队参加了桐梓战斗、娄山关战斗，特别是突破乌江，强渡大渡河，飞夺泸定桥、天险腊子口，以及巧渡金沙江等，将蒋介石密布的湘、黔、滇、川、桂等数十万围追堵截的大军远远甩在身后，实现了中央红军北渡长江的战略目标，大家才恍然大悟，明了毛泽东神奇的军事指挥艺术的高超。

后来，伍上同等军事指挥员通过理论学习，反复琢磨，更加深刻地理解了"四渡赤水"之战是中央红军在川黔滇边地区进行的一次出色的运动战，也是在红军运动中寻找战机消灭敌人有生力量的创造性战役。毛泽东充分利用蒋介石嫡系部队与地方杂牌军的矛盾，灵活地变换作战方向，指挥红军纵横驰骋于川黔滇桂边界地区，巧妙地穿插于敌人重兵围堵之间，调动和迷惑敌人；当发现敌人的弱点时，立即抓住有利战机，集中兵力，歼敌一部，牢牢地掌握战场的主动权，从而取得了战略转移中具有决定意义的胜利，成为世界战争史上以少胜多、以弱胜强、变被动为主动的光辉范例。有了这样的军事理论上的自觉体会与升华，伍上同在其后自己指挥的艰险战斗中，多次运用了在运动中寻找战机消灭敌军的打法，取得了实战成效，无形中成为毛泽东军事理论的又一成功践行者。

四

全面抗日战争爆发后，红军改编成八路军。伍上同所在的十二军二十四师，被编入八路军一一五师。由于许多红军领导人级别下调，很早就是营长的伍上同被任命为一一五师三四三旅六八六团连长。虽然级别降低了，但伍上同却毫无怨言，认为只要是共产党领导的人民军队，哪怕只去当一名普通的战士，也要在抗击日本帝国主义侵略军的战斗中顽强搏击，奋勇杀敌，将日本鬼子及其伪军汉奸走狗彻底消灭干净。

一一五师三四三旅六八六团，是一支战功显赫的英雄部队，其前身是由彭德怀领导的平江起义部队所组成的中国工农红军第五军主力，后改编为红一方面军第三军团。红一方面军第一军团第四师，全面抗战爆发后改编为国民革命军第八路军一一五师三四三旅六八六团。首任团长李天佑、第二任团长杨勇，均为开国上将。朝鲜战场上扬名世界的"万岁军"之三十八军军长梁兴初（开国中将），当时就是伍上同所在六八六团的营长。1937年8月，担任八路军一一五师三四三旅旅长的陈光，率领所属六八五、六八六两个主力团参加了震惊全国的平型关战斗，并接受主攻任务。伍上同的营长杨尚儒（开国少将），正好是连城人，伍上同的闽西客家老乡。伍上同紧跟着杨尚儒营长，执行山西省灵丘县的警戒任务。当部队到达山西灵丘县境内时，发现日军精锐板垣师团二十一旅团正沿着正太路向南前进。获悉这一情报后，师旅首长率领参谋人员侦察了冉庄至平型关一带地形，觉得这一带山势奇诡，连绵起伏，非常有利于打伏击战。伍上同得知这个消息后，摩拳擦掌，激情昂扬，主动请缨，得到批准。

1937年9月24日傍晚，太阳向着远空滚动，呈白虹贯日画面。杨尚儒、伍上同所在的部队悄悄地到达冉庄，进行战前准备。到了午夜12时，杨尚儒指挥全营指战员，向预先设置的伏击区阵地运动。经过一夜急行军，一一五师终于在25日拂晓前全部进入伏击阵地。这一仗，六八六团作为师主力主打，被配置在中间主要突击地段，安排消灭老爷庙至蔡家峪一线之敌。坂垣第五师团第二十一旅团的两个联队2000多人，25日天未亮就出发，分乘100多辆汽车，赶着200多辆马车，由灵丘路向平型关肆无忌惮、大摇大摆地行进着，上午 8 时许，进入一一五师伏击圈。随着 3 颗红色信号弹腾空而起照亮了远山平地，军事战斗直接打响了。20 里长的平型关峡谷，瞬间展开了殊死战斗。伍上同沉着稳重，他告诉指战员，等日军靠近了再打，子弹省着点用。果然，日军以为八路军并未连线伏击，找着空隙就使命往上蹿。伍上同见时机到了，大吼一声"打"，密集的子弹雨点似的射向日军，前排冲锋的敌人一个个被击毙倒地。

1937 年 11 月初，日军第二十师团第四十旅团先头第七十九联队主力，十分猖狂地逼近山西昔阳城西马道岭。一一五师第三四三旅旅长陈光，再次听取了李天佑的建议，以八路军六八六团二营为先头部队，设伏在马道岭的有利地形上，吸引日军主力，节节抗击，掩护三四三旅主力迅速占领山头制高点，完成伏击部署。根据旅首长指示，六八六团其他部队占领广阳镇以南瑶村、前小寒以北高地，担任主攻；同时抽调六八五团第三营官兵，从狼窝沟北山出击，配合六八六团歼灭进入伏击区的日军。

1937 年 12 月 4 日晌午，日军先头部队两个联队 4000 多人通过伏击区进至松塔。早就算计好在此设伏的杨尚儒及伍上同所在部队，采取避强击弱的战法，放过其先头主力，切断援路。当日军辎重部队进至广阳地区时，设伏部队突然开火并发起冲击，将日本鬼子分割成两个孤立的部分。战斗中，勇敢的伍上同像往常一样身先士卒，靠前指挥，瞄准一个打死一个，变化方位，出没无常。经过 4 个小时极为激烈的苦战，伍上同所在的八路军共歼灭日军近千人，缴获骡马 700 多匹、步枪 300 多支以及大批军需物资。由于伍上同在几次打击日寇的战斗中表现特别突出，立下战功，晋升为副营长。

1938 年 2 月，侵华日军香月清司师团占领山西临汾后，挥师西进，企图占领黄河渡口，进犯我陕甘宁抗日根据地。为了粉碎日寇的罪恶图谋，我八路军总部命令一一五师集结于隰县、蒲县、大宁一带狙击日军。伍上同所在的六八六团再次领受了阻击日寇西进的

倒在黎明前的战火中

重任。3 月中旬，伍上同所在的部队和六八五团，学习毛泽东在运动中寻找战机的谋略，在位于隰县、蒲县、大宁三县交界之地的午城，神不知鬼不觉地进行设伏，等着日寇往口袋里钻。午城四面环山，地势险要，道路崎岖。战斗打响后，日军 200 多人被歼灭，伍上同和他的战友们又立新功。

1938 年 9 月上中旬，伍上同所在的六八六团连续三次参与了罗荣桓、陈光指挥的打击日寇战斗。一是首战首捷薛公岭，二是再战再胜油坊坪，三是大获全胜王家池。三次战斗中，伍上同除了协助领导指挥，还发挥擅长杀敌的优点，打得日本鬼子鬼哭狼嚎。据统计，八路军以较小的代价，共歼敌 1200 多人，缴获枪支弹药和各种物资不计其数。历史学家称誉：这三仗相当于又一次的"平型关大捷"。

伍上同还在参加开辟山东抗日根据地的艰苦卓绝岁月里，屡建战功，被提为营长、游击队大队长、副团长等职。

五

1941 年 1 月 6 日"皖南事变"发生后，中央军委为加强新四军领导和武装力量，派出部分八路军主力部队进入新四军编制。八路军一一五师政委罗荣桓亲自带队，率领一批经验丰富、资历深厚、骁勇善战的八路军指战员加入新四军的行列。黄克诚是八路军派往新四军的师长。伍上同也被抽调到了新四军任职，多次率领部队打击侵华日军和伪军，为中华民族的解放独立做出了贡献，建立了功勋。

1945 年春天，黄河与长江解冻得尤其早。踏着渐渐温暖的土地、听着滚滚春雷的伍上同，按照上级的命令，携着他的战友们，参加了津浦路西反击顽军的战役。新四军的战斗气势日益见长，连续攻克了王子成、黄疃庙等地点 13 处，歼灭顽军 3600 多人，打破了国民党桂系顽军不抗日却反倒出兵夹击新四军七师的企图，打通了新四军二、七师的紧密联系。其后，伍上同又参与了黄克诚领导的回师苏北攻击日伪、占据淮安城的战斗。伍上同所在部队缴获枪支弹药数万，其中还有火炮 5 门，大获全胜。

1946 年 1 月，津浦前线指挥部撤销，组建了山东野战军。这标志着解放战争的伟大序幕徐徐掀开。伍上同担任了山东野战军的团长。由于他能征善战，屡建功勋，又连着晋升为副旅长、旅长。

1948 年 9 月，人民解放军华东野战军发起了著名的"济南战役"。主攻济南府的部队是华东野战军第九纵队第二十五师。伍上同也参加了这场惨烈的攻城战斗。济南战役是中国共产党领导的人民军队首次攻克国民党军队重兵设防的坚固城池，它宣告了国民党重点防御计划的全面失败，也标志着人民解放军攻克防御森严的国民党军队之战略战术的娴熟。

解放济南当天，中央军委批准授予一〇九团"济南第二团"荣誉称号。后来，"济南第二团"这支英雄部队，隶属某集团军，一直在闽南担负着军事重任。

淮海战役打响后，已经是解放军某师师长的伍上同，在更加广阔的战场上发挥着自己的军事政治才能。至 1948 年 11 月 22 日，华东野战军将国民党第七兵团 10 万人全部歼灭，第七兵团司令官黄百韬阵亡。伍上同师长率部参与阻击，消灭了许多进攻之敌，见证了粟裕司令员高超的指挥艺术。

接下来，要对付的是李延年第六兵团。

1948 年 11 月 28 日，蒋介石在南京召开军事会议，不得不下令徐州驻军第二、十三、十六 3 个兵团放弃徐州，向江南撤退。徐州"剿匪"总司令官刘峙调到蚌埠指挥第六兵团、第八兵团，再次北援，由"剿匪"副总司令杜聿明指挥 30 万徐州守军于 1948 年 11 月

30 日放弃徐州，向西南沿永城、涡阳撤退。华东野战军发现国民党撤走的企图，当即就以 7 个纵队 30 万人发起追击，同时又从南线另抽调 3 个纵队，加入北线对杜聿明集团的围攻中，迫使敌人的退却逃跑成为新一次的奔丧亡命。

淮海战役，60 万解放军战胜 80 万国民党军队，又是一次世界战争史上的奇迹。陈毅司令员说，淮海战役的胜利，是百万老百姓用小车推出来的。这显然是毛泽东关于人民战争思想的生动诠释，也是一代开国大将粟裕军事生涯中书写的鸿篇巨制，还是百万人民与解放大军共同奋斗、英勇牺牲，用鲜血与生命换取的伟大胜利！

1949 年春天，毛泽东主席"将革命进行到底"的口号响彻神州大地。中共中央军委按照向长江以南进军的既定方针，命令中国人民解放军第二、三野战军和中原、华东军区部队共约 100 万人，统归由第二野战军司令员刘伯承、政治委员邓小平和第三野战军司令员兼政治委员陈毅、副司令员粟裕、副政治委员谭震林组成的总前委（邓小平为书记）指挥，准备在 5 月汛期到来之前，由安庆、芜湖、南京、江阴之线发起渡江作战，歼灭汤恩伯集团，夺取国民党腐败政府的政治经济中心南京、上海，以及江苏、安徽、浙江省等广大地区，并随时准备对付帝国主义可能出现的武装干涉。同时决定，第四野战军以第十二兵团率第四十、第四十三军约 12 万人，组成先遣兵团，由平（北平）津（天津）地区南下，归第二野战军指挥，攻取信阳，威胁武汉，会同中原军区部队牵制白崇禧集团，策应第二、第三野战军渡江作战。

国民党 70 万大军在长江沿线 1500 多千米的区域中，全部部署坚硬的建筑防线，企图凭借天上的飞机、地上的大炮和坚固的工事，以及美英法数国军舰在长江上的助威与自然的长江天险，进行负隅顽抗。

1949 年 4 月 20 日夜里，渡江战斗打响。

春雾茫茫中，虽然渡江大船悄无声息地破浪前进，站立在船头的伍上同师长，却明显地感受到浩瀚长江上春潮强烈涌动掀起的滔天巨浪，行船的危险加大几分。伍上同告诉大家稳住脚跟，沉着镇定，听从指挥。有些北方刚入伍的年轻战士，从未经历如此大的风浪，渡船时间又长，禁不住体内翻江倒海，呕吐不止。好在事先已有准备，吃些药，喝些水，闭上眼，稍休息，也就挺了过去。

　　真正的激烈战斗在凌晨时分。国民党军队飞机扔下的炸弹，大炮发射的炮弹，在解放军百万雄师过大江的水面上、木帆船之间频频爆响，有些被击中的木帆船因此而沉落，伤亡的军民不在少数。然而，这挡不住千百艘大船逼近对岸。伍上同一向指挥作战靠前，渡江战役也一样，其他人劝都劝不住他。在他的号令下，跟船前行的炮手、机枪手频频发起反击，将猖狂的敌军的猛烈火势压下去，迫使敌人往后退却。可是谁也没有想到，就在强渡长江过了大半的时候，汤恩伯指挥的飞机、大炮发起新一轮强力轰炸，连续的炮弹在伍上同师长的大木帆船边炸响，就在临近江岸不远处，突然敌人的一颗子弹打中了站在船头指挥的伍上同左胸，令其血流不止。人们发现伍师长倒在了船板上，纷纷涌过来大喊："伍师长！伍师长！"

　　随船主治军医本来说好了跟着伍师长同船的，却被伍师长"命令"去了政委的木船上。普通军医冲过来为伍师长急救，止血包扎，却无法进行手术。如果在陆地上展开战斗，负伤了可以及时送到附近医院抢救，但偏偏又是在长江上的木帆船上负伤。抢救的时间在一分一秒地消逝，借助激战炮火的光亮，人们分明看见了他的脸色渐渐苍白……他顽强地在战友们的扶持下支撑着坐起来，说："天边已见曙色光芒，想不到我却倒在了黎明前的黑暗中……我可能见不到……新中国建立的那一天了，但是我坚信……毛主席领导的人民解放军，一定会取得最后的胜利……"声音越来越弱的伍上同师长，因为失血过多而英勇牺牲在黎明前的战火中，时年39岁。

战斗还在继续，船帆破浪前行。化悲痛为力量的指战员们，高喊着"为师长报仇"的口号，个个如水上蛟龙翻腾，朝着防守的国民党反动军队发起威猛的反击。

天色大亮以后，王建安领导的第七兵团和宋时轮领导的第九兵团，首先突破国民党军的长江防线。随后，解放军势如破竹，穷追猛打，相继解放了长江以南之南京、上海、杭州、嘉兴、苏州、镇江、宁波、合肥、安庆、铜陵、芜湖、武汉，乃至九江、南昌、福州等城市。毛泽东主席那首气势磅礴、震古烁今的诗词《七律·人民解放军占领南京》响彻寰宇：

> 钟山风雨起苍黄，百万雄师过大江。
> 虎踞龙盘今胜昔，天翻地覆慨而慷。
> 宜将剩勇追穷寇，不可沽名学霸王。
> 天若有情天亦老，人间正道是沧桑。

中华人民共和国成立后，伍上同被追认为革命烈士。

参考资料：

1. 福建省民政厅编：《福建省上杭县革命烈士英名录》，1982 年。

2. 中共上杭县委党史研究室编：《上杭县人民革命简史（1926—2011）》，2011 年。

3. 福建省革命历史博物馆提供的资料。

4. 上杭县泮境乡提供的资料。

烽火岁月故土情
——伤残失散老红军江树经传略

黄河清

上杭马鞍山脉有一座高山，叫"雪蓝山"。站在雪蓝山顶俯瞰，东南面山脚下有一个村庄叫白石坑，这里生活着手执中原文明火把，历经千辛万苦，辗转迁移，披荆斩棘，来此开疆拓土的客家人。中华人民共和国成立以来，勤劳的白石坑人把村庄建成了美丽的家园：那黄墙灰瓦的一座座房舍，点缀在群山盆地之中，如万绿丛中的点点繁花；那弯弯曲曲的小河和公路，时隐时现，犹如白色的裙带缠绕在山间；那无边的林海，绿浪滚滚，气象万千，令人叹为观止……

然而，中华人民共和国成立前，这里的群众和上杭各地的群众一样生活在水深火热之中。他们的心中早已蓄满愤懑和不平，深切盼望改变这种现状和命运。1926 年夏，共产党员林心尧等回到上杭成立了中国共产党在上杭的第一个组织——中共上杭支部后，上杭人民革命斗争从此翻开了崭新的一页。

少年英雄初长成

白石坑村，是元康村的一个自然村，它地处泮境与庐丰、城郊的交界处，因村中矗立有一块自然形成的大白石而得名。这里山高林密，暴动前全村有 18 户 62 人。

1913 年，江树经出生在村里一个贫苦农民的家庭。当年白石坑的贫苦农民和其他地方的农民一样，全靠租赁田地为生，受尽剥削与欺压，过着食不果腹、衣不御寒的生活。正如当年民谣中所说的："禾子青青花未黄，穷人难过四月荒。地主豪绅更凶狠，催租逼债如虎狼。"

由于家境贫寒，江树经五六岁就帮别人放牛，跟随父母到田地里劳作。如果不出意外，他会重复祖辈的生活，一辈子在深山中劳作，穷苦一生。只是，命运之神往往在不经意中降临，惊雷一声平地起，山高路远的白石坑在江树经 16 岁那年，迎来了革命的曙光。

1929 年 6 月，红四军二战龙岩城，中共上杭县委派蓝树荣率领各乡村暴动武装 1000 多人向白砂进发，组织附近农民举行武装暴动。几天之后，泮境乡农民举行了武装暴动，成功后，白石坑村和元康村等开展了打土豪分田地建立政权的斗争，白石坑人民终于当家做主。泮境暴动后，元康乡成立了赤卫队、少先队、儿童团、妇女会等组织。江树经担任了乡少先队队长，江满姑任乡妇女会主任。接着成立了乡苏维埃政府，江朝荣担任乡苏主席。

江树经带领少先队员在赤卫队的组织下在操场上操练。练步子，正步、跑步；练射击，跑射、卧射等；将木棍当成枪，到野外演习，一方扮演红军，另一方扮演白军，叫作"红白斗争"。后来统一打了梭镖，20 多个穷孩子虽然都光着脚板穿着灯笼裤，但个个扛着扎着红缨的梭镖，昂首挺胸，别提多神气了。

少先队的工作相当活跃，江树经带领少先队配合赤卫队行动，站岗放哨，守路口卡子查路条，监视地方劣绅等坏人的活动。有一次，区苏维埃主席来检查元康乡少先队的守卫工作，他故意不拿出路条来，被少先队当成白军的探子给捉住了，为此少先队受到了表扬。

由于大批青壮年离开家乡当红军，因此劳动力缺乏，许多红军战士家庭有地没人种，生活出现困难。所以，安排好红军家属的生活，让更多的人参加革命队伍，保障革命斗争热情蓬勃高涨，在当时是一项很重要的工作。于是，江树经的少先队帮助红军家属劳动的活动便开展起来。每逢星期六，少先队就集合起来，排着队唱着"少先儿童团，发起'礼拜六'，帮助红军家属，多做半天工，看那前方去，炮火响连天，敌人就在我们的面前……"的歌曲，到红军家属家里帮忙挑水、扫地，去山上砍柴，到田里插秧、拔草等，解除了红军战士的后顾之忧，让他们能在前方安心地打仗。

少先队就像一个家，将一个个懵懂无知的孩子培养成意志坚定的革命战士。江树经最爱站岗放哨，他爬上高高的寨子下山，手握红缨枪，俯瞰山下的路，警惕周边的一举一动。这让江树经感到无比光荣，使他迅速成长成熟起来。

古田会议铸忠魂

在保卫苏区的斗争中，上杭青年响应党的号召，踊跃参加红军和赤卫队。1929年8月，16岁的江树经参加了上杭县的特务大队，白石坑村和他一起当红军的青年有9位，分别是江朝荣、江树经、江朝洪、江朝裕、江朝春、江立茂、江天福、蓝万升、蓝万华，江树经是年龄最小的一个。从此，他告别了亲人，走出了白石坑，越走越远，正式踏上革命征程，甚至来不及回头再望一眼生养自己的老屋，看一眼泪眼婆娑的父母。他没料到，这一走就是山高水长，生离死别，再还乡，已物是人非。江树经跟着中央红军离开苏区后不久，国民党反动派就进行了疯狂的反革命报复，摧残党组织和革命群众，国民党八十三师和反动民团多次窜到白石坑进行烧杀，全村有11户37人被3次移民，烧毁房屋2座7间，被敌人杀害1人，被抓壮丁4人，饿死3人，灭绝户达6户14人。

江树经参加特务大队后，因为年龄小，个子也瘦小，便被安排担任勤务兵，他随特务大队来到刚被朱德率领的红四军攻下不久的上杭县城，为全县第一次工农兵代表大会做保卫工作。刚参军时，江树经没有枪也没有刀，很着急，空着两只手算什么红军！有一天，江树经壮着胆对一个老兵提出说，想要一支枪。老兵一听就笑了，说："红军战士哪有要枪的？得到敌人手里去夺。你不要急，等着打仗，打完仗你就有枪了。"

1929年10月初，在上杭城关召开了全县第一次工农兵代表大会，成立了县苏维埃政府和县赤卫总队，推举了县苏执行委员会委员，设置了县苏办事机构，讨论并通过了关于分谷问题、土地问题、山林问题等的24项提案，制定关于债务、捐款、粮食、劳动等相关政策。

在此前后，各区乡也普遍建立起苏维埃政府，全县共建立了20个区苏维埃政府，220个乡苏维埃政府，赤色区域人口达20多万。至此，上杭全境基本成为苏维埃区域，并与龙岩、永定、连城、长汀等县的红色区域连成一片，成为闽西革命根据地的中心。

伴随着红色政权的建立，上杭苏区开展了轰轰烈烈的土地革命运动，上杭特务大队承担了保卫胜利果实、保卫红色政权的任务。江树经虽然年纪小，但在做每一项工作时，都满怀热情，积极肯干，深入细致，认真负责，发挥所长，出色地完成任务。比如，在扩大红军工作中，他和战友们一起深入各家各户，进行广泛的政治宣传鼓动，讲解红军的意义，指明当红军的光荣。由于他天生有一个好歌喉，每当到有群众聚集的地方时，他就放开喉咙，用山歌的形式宣传争当红军的重要意义。他唱道：

前方炮火响连天，扩大红军莫迟延；

快快扩大我红军，巩固红色我政权。

桐子开花权打权，送子参军顶呱呱；

家中事儿大家做，放心参军把敌杀。

油菜开花粒粒金，剪掉髻子当红军；

红军革命为百姓，献出生命也甘心。

江树经那清脆激昂又带有浓厚乡土气息的山歌使百姓受到教育，受到鼓舞，很快掀起了扩红的热潮。

1929年12月，上杭特务大队接受一项重要任务，立即到古田溪背村担任警戒任务并布置会场。因为任务特殊，这次给新入伍的战士都发了枪，还给了10发子弹。江树经很高兴，终于有了一支枪，真正成了红军战士。

冬日群山环抱的溪背村，一簇簇的野菊花漫山遍野地怒放，令人想起毛泽东在上杭临江楼写下的诗句："人生易老天难老，岁岁重阳、今又重阳，战地黄花分外香。"会场就设在村中的廖氏宗祠，这座建于清道光二十八年（1848）的古祠堂、青砖黛瓦、雕梁画栋、风格古典、庭院雅致。祠堂后面有一大片廖家的风水林，层林尽染、松柏参天、林间鸟唱虫鸣，尤觉山林幽静。祠堂不算很大，面积有800多平方米，民国初年经修葺后为和声小学校舍，门楣上镶刻着"学术仿西欧开弟子新智识，文章宗北廓振先生旧家风"的楹联，由此可以看出20世纪初现代教育和传统文化在这个闽西偏僻小山村里是如何浸润和融合的。

江树经和特务大队的战友们一起将祠堂里里外外打扫干净，擦洗了大厅里的桌椅，在主席台的桌上摆上大茶壶和小茶碗，背后的墙上贴上马克思、列宁的石印画像，挂起"中国共产党红军第四军第九次代表大会"的横幅会标和中国共产党党旗，并在厅堂的柱子上贴上红红绿绿的写着"红军万岁"等字样的标语。随后，他们提着石灰桶在祠堂外的两面墙上刷写上"红军万岁""保护学校"两行醒目的白色大字。

1929年12月28日至30日，红四军前委由毛泽东、朱德、陈毅在这里主持召开了中国共产党红军第四军第九次代表大会，史称"古田会议"。120多名红军代表和闽西根据地的干部，有的挤在狭小的厅堂里，有的坐在天井四周和大门之间的廊道上，听着毛泽东带着浓重湖南口音的演讲。江树经坐在廊道的地上，仰起脑袋，如饥似渴地聆听着，这是他第一次见到毛泽东、朱德等领导人。

天空飘起了漫天雪花，参加会议的代表们都穿着单薄的破旧棉袄，有的甚至仅仅穿着单衣和草鞋。江树经和战友们一道找来松光、竹片、杂柴，在会场的地上点起了一堆堆的篝火。篝火燃烧着、跳跃着、升腾着，历经磨难、顽强奋斗的红四军代表，重新凝聚在前委书记毛泽东的旗帜下，热烈讨论，戮力重铸红军的军魂，共同憧憬中国的未来。这时候，红军代表们需要抱团取暖的炭火，更需要拨亮心灵、照耀方向的精神火炬。

会议之后，江树经所在的特务大队也领到了一本24开油印的《反对党内非无产阶级意识》。大家学习贯彻这个决议，受到教育以后，纪律加强了，内部团结更好了，战斗力提高了，部队的精神面貌为之一新。此后的革命道路上，毛泽东在古田会议上讲话的声音始终在江树经脑海中回荡着，那升腾的篝火也一直在他心中熊熊燃烧。

血洒疆场反"围剿"

古田会议结束后，江西、福建、广东的敌人对闽西进行"三省会剿"，红四军前委根据敌情，决定由毛泽东率领第二纵队在小池准备阻击敌人，由朱德率第一、第三、第四纵队从古田开往连城，在那一带展开工作，筹措给养。前委当时的口号是巩固扩大闽西革命根据地，实现"争取江西"的计划。1930年1月，红四军主力沿武夷山向北发展，部队分散在连城、宁化、清流等地做地方工作。

闽西特委在敌人退走后，成立了以邓子恢为主席的闽西苏维埃政府，并将各县的地方武装合编为闽西工农红军第十二军（不是以后红一军团的十二军）。江树经到独立师师部担任传令兵。那时部队的编制规定，师里有交通队，打仗时每个师首长带一个排。传令兵的主要任务有三项：一是通信，二是警卫，三是参加战斗。在交通排，江树经的年龄最小，但他有个特长，走路快，善于记路，辨别方向准，不管是大路、小路，哪怕是穿树林子，只要是走过一次，都能记住，这是上苍赐予他的生活在大山里的本领。

因为红军缺少军装，江树经和战友们大多数头上戴着镶着五角星的红军帽子，身上穿的是便衣，背的枪有"小马枪""老套筒""德国造"。送信时，再挎一个干粮袋。有时两个人同行，任务多时只能一个人单独送信。那个年代大多是口头传递命令，所以要把指挥员的命令一字不差牢牢记在脑子里。如果有军事情报信，信封上都画着"＋"字，表示急与缓，一个"＋"是一般，两个"＋"就是急，遇上三个"＋"的信，就是有天大的危险也不能耽搁。通信主要靠徒步，若不与敌人交火时送信、传递命令，则时间充裕一些，危险性也小些。但打起仗来可就不一样了，传递指挥员的命令，要在枪林弹雨中穿梭，没有一点胆量，没有灵活机智的头脑，是很难完成任务的。

红十二军在上级党的领导下，在红四军前委的指挥下，在长汀、连城、上杭、永定、武平等地与敌展开了上百次的战斗，追歼易启文团、攻打岩前、消灭濯田民团、火烧涂潭碉堡等，给敌人以致命的打击，取得了第一、二、三次反"围剿"的胜利，为保卫中央苏区做出了卓越贡献。

烽火岁月故土情

1931 年 12 月，中央军委命令红十二军军部率领红三十六师和红二十二军合编，由罗炳辉任红二十二军军长。并在闽西另行组建新的红十二军，称为新红十二军，张宗逊从红三十六师师长调任新红十二军任军长，黄甦任政治委员。此时，江树经担任了张宗逊的传令兵。

这是江树经第一次见到张宗逊，听班里的老兵说，张军长是黄埔军校四期毕业的，参加过秋收起义和井冈山斗争，江树经心里充满了敬佩之情。张宗逊对战士们说，当传令兵的责任重大，指挥员的指示、命令要以最快的速度传下去，把下面的战况带回来，搞错了会影响整个战役。有了在独立师担任传令兵的经验，江树经很快就胜任了军部传令兵的工作。

1933 年 2 月 12 日，红军主动攻打南丰城。红军组成左右纵队，红一、红三军团为左路，红五军团、红十二军、红二十二军和独立师为右路，张宗逊率领新红十二军担任总司令部的预备队。不久，新红十二军在宜黄以南地区进行整编，军直和红三十四师编为红一方面独立团，张宗逊任独立团团长。独立团是大团编制，全团 2000 多人，有电台，独立活动，江树经随张宗逊到独立团任传令兵。

1933 年 6 月上旬到 11 月，独立团在江西革命根据地北线活动，掩护红一方面军主力行动。部队多次穿过乐安、宜黄以南，西起永丰，东到南丰的敌军堡垒封锁线，并以新干县的七琴游击区为根据地，活动在樟树镇附近。8 月间，独立团一度攻下丰城县城，威胁南昌。张宗逊将缴获的国民党丰城县县长的象牙圆章交给江树经保管，这颗印章在张宗逊到瑞金红军大学工作时由一位精通篆刻的同志磨平重新雕刻。

1933 年 11 月间，张宗逊调到红五军团第十四师任师长兼广昌警备司令，江树经随张宗逊到十四师师部担任传令兵。此时，蒋介石亲自出马，调集了 100 万军队，200 架飞机，采用"三分军事，七分政治"的方针，向各革命根据地发动了第五次"围剿"。

1934年4月，敌人完成了对中央革命根据地的四面包围。4月10日，敌人集中11个师进攻广昌。敌人一开始在抚河东岸向大罗山红军阵地进攻，红军采取阵地防御结合"短促突击"的战法，冒着敌人猛烈的炮火和敌机的狂轰滥炸，顽强抗击，给敌人造成大量伤亡。27日，敌人在这狭小地区，集中绝对优势兵力，在飞机大炮的配合下，发起全线的总攻击。红军主力多次向敌人反突击，均不能消灭敌人。由于电台被炸，张宗逊让江树经马上到甘竹的支撑点传达命令。江树经猫着腰，利用沟沟坎坎遮蔽身体，边打枪边往支撑点冲，敌人的子弹嗖嗖地从他头上飞过。当他上气不接下气返回师部时，张宗逊劈头就问："你把指示传到没有？"江树经赶紧回答："传到了。""你传的是什么指示？"江树经把张宗逊交代的指示复述了一遍。张宗逊见江树经把命令讲清楚了，于是亲自带队组织第二梯队在甘竹附近几次向敌人反冲锋，战斗中他的警卫员小李被流弹击中牺牲。这时，一颗子弹从江树经左大腿骨打入，经盆腔穿至右大腿骨（此弹头直至1974年5月病逝时仍未取出），江树经顿时昏死过去。等他醒过来时，已躺在一座民房里，他朦朦胧胧地听到张宗逊的声音："醒过来了！醒过来了!"江树经努力地睁开眼睛，断断续续地对张宗逊说："首长，我不能再给你传令了……"张宗逊紧紧地握着他的手，"小江，你要坚强，你一定会好起来的。"一阵阵钻心的疼痛让江树经又陷入昏迷之中。

广昌保卫战，激战了18天，2000多人的红十四师，撤下来时只剩下300多人。由于伤亡太大，红十四师被撤销了番号，剩余人员编到红三师，张宗逊调红军大学学习。

二进"红大"练真功

1934年4月，江树经跟随张宗逊来到位于瑞金的红军大学，他一边养伤，一边担任张宗逊的勤务兵。

中国工农红军大学，坐落在瑞金城西北十六七里路的夏肖区的一个山沟里。那里杂草丛生，树林郁郁葱葱，穿过一条蜿蜒曲折的小道，"红大"校舍就展现在密林之中。这里环境宁静，空气清新，是防空袭的好地方。学校虽然简陋，但大家学习勤奋，生活乐观，学员们之间很融洽，充满了朝气。由于后方生活相对安逸，加上医疗条件好、伙食好，江树经的腿伤很快就痊愈了，只是遇到天气变化，两条腿骨都会隐隐疼痛，走起路来有点瘸。

1934年9月底，红军大学第三期学员毕业，也就没有再招新生。同年10月，由于第五次反"围剿"失利，中央红军主力被迫退出中央革命根据地，突围转移，开始长征。

江树经作为勤务兵，跟随张宗逊第二次进"红大"是1935年9月。当时，张宗逊奉叶剑英参谋长的命令，由红四军调到驻夹溪的总指挥部。张宗逊去报到时不知道党中央北上的决定，没赶上北上的队伍。9月12日，张宗逊被分配到红四方面军红军大学干部队当教员。干部队有学员一两百人，随总指挥部沿老路由夹溪南下，穿过草地，在9月30日到松岗附近的邓家桥休整。

红军大学的领导机构很精干，刘伯承任校长，张宗逊任参谋长兼高级指挥科科长，协助刘伯承做教学组织和行政工作。张宗逊让江树经去听课，江树经记得刘伯承校长经常对大家讲自己的经历，鼓励大家刻苦学习。

红军大学在天全县红岩坝共驻了两个月零八天。张宗逊讲授高级指挥科的军事课，他讲的课理论和战例相结合，浅显易懂。江树经每次都跟着去听课。他以前只知道，党是领导人民闹革命的，红军是打土豪、分田地，消灭反动派的，现在通过古田会议和红军大学的断断续续的学习，对党和红军的性质、任务等，都有了进一步的认识。过去总是认为，打仗嘛，往前冲就是了，哪知道打仗还讲究那么多艺术？还分团、师、军的战术，还有攻防对抗呀，遭遇战呀，伏击、追击、围攻呀，连进攻山地和进攻村落也有不同打法，还要掌握火力与运动的配合，等等。

那时学习条件极差，没有纸笔，就用打土豪时寻到的一点旧书翻过来写，用子弹壳做成笔，找货郎买点颜料冲成墨水。江树经和战友们经常上山去找石片，在烂墙下拣些石灰块做纸笔，就在石片上写写画画，写满后，再把这些石片拿去洗干净，继续使用。喇嘛庙里存有许多羊毛，红军大学就买下来，要求人人学习捻线，织毛衣、毛裤、毛袜，打草鞋，准备过冬。炉霍地区的烧柴很困难，当地群众都是以牛粪做燃料，红军中的藏族战士教大家如何烧牛粪和架帐篷。带来的粮食到炉霍不久就吃完了，只能就地筹粮，吃青稞面。江树经和战友们经常去挖野菜，弥补粮食的不足。

破茧成蝶长征路

1934 年 10 月，红一方面军开始长征。张宗逊由红军大学调任中央红一纵队（即第二野战纵队，代号"红章纵队"）参谋长，江树经随张宗逊到中央纵队司令部任传令兵。当时还有一个军委纵队，即第一野战纵队，代号"红星纵队"。

张宗逊到中央纵队担任参谋长一个多星期，队伍离开中央革命根据地两天行程时，红三军团突破了敌人设在江西安远和信丰间的白石圩的第一道封锁线，红四师师长洪超在战斗中牺牲，中央军委命令张宗逊接任红四师师长。江树经跟随张宗逊在红军主力通过敌人设在仁化、汝城之间的第二道封锁线前，赶到了红四师所在地。红四师下辖第十、十一、十二团，担任红三军团的前卫，军团长彭德怀命令红四师打掉前进路上一个寨子的敌人碉堡，开辟通道，以保障军团主力通过。军团炮兵连前来配合，只用了一发炮弹就击中目标，后续部队顺利通过第二道封锁线。

红军决定在金州和兴安之间渡过湘江，红一军团在右翼，红三军团在左翼，冒着敌机轰炸和地面敌军的火力封锁，在 20 多里宽、30 多里纵深的战场上和敌人展开了生死存亡的拼杀战。最终，冲垮了敌人的重重包围，掩护全军脱离了险境。强渡湘江时，张宗逊带领红四师在界首渡过湘江，控制了界首渡河地段，以一天的时间阻击广西敌军的进攻，掩护中央纵队通过。第二天，张宗逊率领红四师两个团继续西进，红十团在湘江以西掩护军委纵队和红九军团、红五军团过江。红十团艰苦战斗了两天两夜，打退了敌人十多次冲锋，胜利完成了掩护任务，付出了惨重的代价。

红军在遵义一带休整了 12 天。这期间，中共中央在遵义召开了具有重大历史意义的政治局扩大会议，史称"遵义会议"。部队传达了毛泽东担任军委主席的消息，大家顿时欢腾起来。师里一面进行庆祝活动，一面动员大家扎火把。江树经和战友们出去找竹竿，城里找不到就到城外村子去买，用了一天时间，每人扎好了一个火把，但大家都不知道扎火把干什么用，如何用。第二天吃完晚饭，部队通知当晚出发，每个班点两个火把，其余火把随身带着。各班按规定点上火把，火光闪闪，行军时就像一条巨龙，许多群众一面好奇地看着红军顺着火光前进，一面依依不舍地送别。

由于长征以来一路上战斗减员，红三军团取消了师一级组织，由军团部直接指挥第十、十一、十二、十三团，张宗逊这时任红十团团长，江树经跟随张宗逊到红十团任传令兵。

舍身勇救张师长

1935 年 2 月 28 日，蒋介石命令薛岳兵团 2 个师配合黔敌王家烈残部向遵义城发起进攻。红军趁敌人还在调动之中，集中主力向敌军发起猛攻，仅几个小时激战，歼敌2个师又8个团，残敌向乌江方向溃逃。这是长征以来歼敌人数最多的一次大胜仗。在战斗中，红三军团由右翼进攻，张宗逊带领红十团在遵义城西南部的老鸦山阻击敌人，不幸腿部受了重伤，被担架员抬下火线时，已昏迷不醒，手术后，只能躺在担架上指挥战斗。江树经一路上负责照料张宗逊的生活和传递张宗逊的命令。

3月21日，红军在二郎滩、太平渡之间四渡赤水后挥师南下，长驱直入逼近贵阳。当红十团抵达贵阳以南紫云附近时，遭遇敌机轰炸和扫射，担架员紧急疏散、隐蔽。这时，江树经发现一架敌机向张宗逊的担架方向俯冲而来。千钧一发之际，江树经眼疾手快，从担架上抱起张宗逊顺势滚下路边的草丛中，说时迟那时快，一梭子弹打在了张宗逊的担架上，担架顿时燃烧起来。空袭中警卫排排长不幸中弹牺牲。

从放弃遵义城、四渡赤水到巧渡金沙江，形势相当紧迫，不亚于渡湘江的情况，但红军损失甚微。1935年5月3日晚至9日，中央红军凭借7只木船，在当地37名船工的帮助下，从皎平渡口巧渡金沙江，从容地占领会理，摆脱了数十万敌军的围堵，取得了长征中具有决定意义的胜利。红军在会理休整5天。这时，张宗逊伤口还未愈合，组织上安排他转到中央休养连休养，并担任休养连连长，江树经随张宗逊到休养连担任勤务兵。

中央休养连是一个特殊的连队，大多数是伤病人员，还有老同志如林伯渠、徐特立、谢觉哉、吴玉章等，和一些妇女干部和家属如蔡畅、邓颖超等。休养连每到一地，江树经等工作人员就打前站，找向导、挑夫，找粮食，安排宿营等。休养连行军速度很慢，体弱伤残的同志更是艰苦，行军每到一个宿营地大家都累得不想动了，这时谢觉哉就经常给大家讲历史故事，如诸葛亮"五月渡泸，深入不毛"，清朝的"大金川战役"等历史故事，鼓舞大家的士气。

会理休整后就是通过彝族地区。由于先头部队根据党的民族政策，做了大量细致的工作，休养连很顺利地通过了彝族地区。多数彝族群众看到红军言谈亲切、行为有礼而受到教育，特别是红军住了一两天的村落，群众对红军印象很好，所以有的彝族子弟要求参加红军，有的主动帮忙带路后就参军了。

过了彝族地区就来到了大渡河边，原先准备在大渡河上架桥，强渡大渡河的，但由于水流湍急，河面又宽，浮桥几经架设都没有成功。在紧急情况下，军委命令红一军团连夜飞夺泸定桥。经过激战，泸定桥被红一、三军团占领了。当休养连到达泸定桥时，主力部队已经过去了，只见9根铁索连成的桥面上只铺了些门板，人走在上面晃晃荡荡，抬担架的脚步不一致，就会把担架翻到波涛汹涌的河里。雇来的民工非常害怕，不敢挑着药箱和抬担架过桥，一时桥头挤着休养连的人员和药箱、挑担等，幸好遇上军委纵队的警卫部队，才帮着把担架、挑担弄过泸定桥。红军战胜了天险大渡河，打破了蒋介石妄图让红军像石达开一样全军覆没的美梦，这是又一个战略性的胜利。

过了泸定桥，红军继续北进。休养连从天全经宝兴，沿着荆棘丛生的小径，经3天行程到达硗碛，前面就将翻越夹金山这座大雪山。这时得悉先头部队红四团已翻过夹金山与红四方面军会师了，这一胜利的消息对部队鼓舞很大。6月中旬，休养连来到夹金山脚下宿营，大家七手八脚地寻找枯枝干柴，烧起篝火，煮饭、烤衣取暖，纷纷忙碌起来。但天公不作美，一夜大雨滂沱，怒吼的溪流奔腾不息，弄得大家不得安宁。

早晨，雨停了，根据先头部队过雪山传来的经验，必须在正午前过山顶，午后气候变得恶劣，不能通过；在山顶上不能停留，要手拉手地集体通过，体弱的同志用拉着马尾巴的办法上山最好。休养连除了吸取过往经验以外，还根据自身的情况，对年老的同志和重伤病号，做了妥善的安排和照顾。吃完早饭，每人喝了一碗生姜辣椒汤出发了。一开始爬雪山，大家的情绪很高涨，精神饱满，劲头十足，可是爬到半山时突然气候变化，大雪纷飞，遍地都成了银裹世界，白晃晃地映射得人、马的眼睛难以睁开。看不清前面部队踩开的雪路，马不肯走，可把江树经急坏了，于是他根据经验，按照老习惯伸手抚摩着马的头和鼻子，并把牵着马的缰绳放长一些。马是通人性的，这样一来，马听指挥开始爬山了，江树经的心也放了下来。越往上爬，山势越险，道路越窄，大家感到气短，越走越吃力，头晕气喘，走两步停一步，抬担架和挑药箱的同志更是困难。张宗逊和董老等老同志坚持把马匹让给重伤病员骑，自己拄着木棍，或拉着马尾巴，咬着牙往前走。快到山顶时太阳出来了，举目远望，千万座冰雪银峰插入云霄，十分壮观，真像是进入神话般的水晶世界。不一会儿，天气又变了，山顶上风雪更大，狂风卷着雪团打得人喘不过气来，人、马身上全是雪白雪白的。大家互相搀扶着，鼓励着，终于把担架、药箱全弄过山去了，休养连没有一个人掉队。

翻过夹金山，来到懋功县，看到一座金碧辉煌的喇嘛寺。红四方面军红二十五师的战友们在道旁列队欢迎，还拿出牛肉、炒粉和糌粑等东西慰劳大家。红一、四方面军在懋功大会合了，全军指战员的情绪也特别高涨。当天晚上，在达维镇召开了联欢大会，毛泽东在大会上讲了话，他说："红一方面军和红四方面军胜利会师，是具有伟大的历史意义的大事，会师以后，革命形势和过去相比就会大大不相同了，我们要在党中央领导下彻底消灭蒋介石反动派，赶走日本帝国主义。"

几天后，休养连随着总部从懋功出发踏上了新的征程。行进数日，到达梦毕大雪山下的木城一带。梦毕山比夹金山高，上下约45千米。据当地老乡说，这是一座"神妖"山，"神妖"经常发怒，她轻轻地吹一口气，就会狂风大作，冰雪翻滚。这听起来吓人。但是，有翻越夹金山的经验，物资等各方面也准备得比较充分，部队又得到休整，所以翻越梦毕山还算是比较顺利。下山行进几十里地到达了卓克基。卓克基地区道路难行，先头部队走不动，休养连就在土司宫休息。

7月初，休养连继续前进，几日行军都在深山峡谷中踏泥泞、涉急流，又穿过遮天蔽日的原始森林，翻过雾蒙雪皑的长板山。几天行程，休养连战士主要以野菜为食，身体更加消瘦虚弱。要翻打鼓大雪山的前一个晚上，大家把个人省下的几口保命干粮凑到一起交给炊事员。次日天没亮炊事员就早早起来，煮了一锅炒麦野菜糊糊，虽然没有油盐，只是添加了一些辣椒，但大家喝到肚子里暖洋洋的。之后，整整行装，抖抖精神，又以惊人的毅力，缓缓地、一步一停地往上爬，过程中又有重伤病员倒下去了，大家默默地与他们告别，继续前进。开始没有遇到狂风大雪，可是在人困马乏的情况下，翻越打鼓大雪山是很困难的，大家走到山上高处的陡坡时，雪冻成了冰板路，人不能走，只好爬着走，爬上去又滑下来，反复多次地爬，手指头全冻僵了，脚趾痛得要命。就在这个时候突然来了一阵螺旋风，把江树经牵的马刮走了。好一会儿旋风过去了，江树经睁开眼睛找马，连马的影子都没有，马被风雪淹埋掉了，江树经急得哭起来。张宗逊安慰他："小江，你不要哭，不要难过，这样恶劣的气候，螺旋风来得这样突然，谁也没有想到，谁也没有办法，只要我们人能翻过打鼓山就是胜利，有了人一切事情都好办。"在首长的不断鼓励和关心下，江树经和休养连的同志们继续前进，当天午前翻越了第四座大雪山，到达山下的打鼓村。

打鼓村分上、中、下打鼓村，有几百户藏民。离开打鼓村再走几十里就是黑水、芦花、毛儿盖地区。部队停止前进，上级决定在毛儿盖停留休整一个月，等待地里麦子成熟后，好准备干粮过草地。8月上旬，中央军委命令张宗逊到红四方面军第四军任参谋长。这时中央在毛儿盖召开会议，决定将红军分成左、右路军，以便通过草地。右路军由红军前敌指挥部率领，由红四军、红三十军和红一、红三军团组成，党中央随右路军前进。江树经跟着张宗逊到第四军担任传令兵。

红四军在8月中旬由哈龙一带集中到毛儿盖，在毛儿盖住了几天，继续筹备干粮、衣服、草鞋等，每个人还要准备一根拐杖。经过几天的努力，于25日红军浩浩荡荡向草地进军。行军时，分成几路纵队前进，速度很快，但大家都没有想到翻过大雪山，还要走过这一眼望不到边的大平原大草地！草地上的草长得真好，一片绿油油的，这时江树经心里暗暗在想，这下好啦！马到处都有草吃了，马可以一边走路，一边吃草，到了宿营地，用不着找马草，也不愁马没有草吃。江树经越想越开心。

可是渺无人烟的草地，气候变化无常，一会儿狂风暴雨，一会儿大雪纷飞，一会儿落冰雹，冰雹里还挟着大冰块，大家只能用饭盒、枪托等护着头，身上寒冷彻骨，颤抖不止。风雨冰雪过后，马上又是烈日当头，整个草地就像一个大蒸笼，蒸得人汗流浃背，口干舌燥，难以忍受。因为遍地沼泽，根本找不到一块干燥的地方，只能选一些稍突起的草包或小河边有灌木的地方宿营。汗水雨雪让衣服全湿透了，也找不到干柴生火烤干，只好3人为一组背靠背坐着，利用彼此的体温将衣服慢慢烘干，并借相互的支撑打个盹。可刚一闭上眼，又是蚊虫咬，又是寒风吹，让人难以入睡。

行进在沼泽地上，脚踩在上面软绵绵的，就像踩在弹簧上一样，散发着恶臭的黑水"吱吱"地往上冒。碰到泥深的地方，脚就陷进去了，而且越陷越深，不能自拔。人陷下去后，别人若去拉他，不但拉不出来，拉的人也会跟着陷进去，就这样牺牲了不少同志，驮东西的骡、马、牛同样也受到很大的损失。

部队进入草地的第四天，走到草地中心时，前面横着一条河，阻挡了部队前进的路。河水奔腾咆哮，大家解下绑腿连成长绳，前后拉着在齐腰深的水中涉水而过，有的同志就这样被河水冲走牺牲了。一路上，大家经常都是告别战友，含泪前行。

经数日的艰苦行程来到上包座，在上包座配合红三十军击溃敌胡宗南的第四十九师，歼灭其一部。9月9日，张宗逊接到右路军总指挥部的电报，要张宗逊星夜赶回总部，另有任务。接到电报后，张宗逊带着江树经和警卫员立即启程，一夜走了六七十里路，在10日清晨赶到驻夹溪的总指挥部。

到达总部后，张宗逊才知道张国焘用武力裹胁毛主席、党中央南下，发生了我党历史上有名的张国焘反党事件。在危急关头，党中央率领红一、红三军团脱离右路军先行北上，开往俄界，脱离了险境，并在政治局会议上做出决定，号召全体同志反对张国焘南下把红军带到战略上极为不利的地区，反对张国焘的退却逃跑路线。

9月20日，右路军的红四方面军部队以及红四军和红三十军被张国焘裹胁着开始南下过草地。就在这一天，受到张国焘排挤的张宗逊被调到红军大学红四方面军的学员队当教员。南下的路线仍是北上时走过的路线，由巴西过草地，经过毛儿盖、上下打鼓、黑水、芦花、马塘、卓克基，这是江树经随部队第二次过雪山草地。这次比前一次更艰难，体力消耗尚未恢复，也没有粮食，每到宿营地便各自找些野菜充饥。5天后到了毛儿盖，也只找了点萝卜青稞等做干粮。9月下旬，天气寒冷，再过打鼓山等4座大雪山时，缺氧反应更厉害。每爬一座雪山都得一整天，每往上爬一步都得休息一下，下山后总是露营，真是饥寒交迫。9月30日，红军大学学员队到达松岗附近的邓家桥休整。

高台血战浩气存

南下红军经绥靖、宗化、丹巴、懋功、天全、芦山、雅安、大邑等战役，特别是在向山东北的百丈地区7天7夜的恶战，仅红四方面军8万余人最后就减至4万人，这是张国焘右倾机会主义的退却逃跑路线所酿成的苦果，使革命事业遭受重大损失。于是，南下红军被迫撤退，不得不开始向北行动，返回川西北山区，以炉霍为中心地区。

部队于当年4月在炉霍进行整编，江树经和战友们第三次过雪山草地，造成众多同志无谓牺牲。当时，红军缴获了大量的马匹，于是决定成立骑兵师，以适应西北作战的需要。这时，江树经被整编到骑兵师，张宗逊不同意身上有伤痛的江树经离开自己，便找朱德，朱德说，这是组织上的决定，不同意也要同意。就这样江树经到骑兵师二连二排四班任班长，离开了跟随多年的情同手足的首长张宗逊。此时，受到排挤的张宗逊仍在红军大学任教员。

骑兵师共200多人，师长由红四军军长许世友调任，不久许世友进入红军大学学习，由董俊彦任师长，下辖两个团，第一团团长黄高宏，第三团团长张子英。江树经和马打了几年的交道，熟悉马的个性、脾气，他虚心向老骑兵学习马术、刀术，在短期内迅速成为合格的骑兵战士。

1936年10月，红军第一、二、四方面军在到达甘肃会宁会师后，各部进行了整编，红四方面军的骑兵师进行了扩充。1936年10月下旬，红四方面军总指挥部徐向前、陈昌浩率红五军、红九军、骑兵师、妇女独立团、特务团、国民大队共2万人和红三十军西渡黄河，出师河西走廊，11月初组成西路军。此时，骑兵师部队统归西路军指挥，西路军的任务就是打通"国际路线"。红军战士渡过黄河西征时，大家唱着战歌：

出草地过岷山，经军战士不怕难。
战会宁，夺甘南，如今跨过黄河岸。

战友们，斗志坚，要让马匪心胆寒。

杀民团，过祁连，河西走廊红旗展……

12月28日，江树经所属骑兵师接到任务，配合红五军攻克临泽，部队在短时间内完成准备工作。当天夜里，骑兵师突袭临泽。他们将马蹄裹布，白天隐蔽，仅晚上行军，行进300里后，到临泽城北约3里处的一个村庄隐蔽。部队根据侦察到的敌情，制订攻城方案，并进行紧张的攻城准备和战斗动员。此时驻扎在城里的敌人对红军的到来毫无察觉。

30日拂晓，骑兵师战士们秘密向城门靠近，各连迅速按战斗序列展开，只等敌人打开城门，便发起攻击。5时多，守城敌人打开了城门，红军骑兵师前卫连旋风般地抵达城门外约300米处，在猛烈的机枪火力掩护下消灭了城楼和城门旁的敌人，随即冲入城内，并迅速围歼据守城西街的敌人。紧接着，红五军分别从北门、西门冲进城内，夺取了城门楼制高点，并组织火力向敌军展开攻击。守敌被突如其来的红军打得晕头转向，乱作一团，一部分敌人从据守的学校里向红军反击。骑兵师一连指战员向敌人猛烈冲杀，江树经所在的二连指战员下马徒步作战，不到半小时，就将学校里的敌人消灭殆尽。与此同时，骑兵师其他连队逐街逐巷对顽抗之敌进行搜索战斗。一个小时后，战斗结束，骑兵师和红五军胜利占领临泽。

一举攻克临泽后，骑兵师马不停蹄地向高台进发。高台位于甘肃省西部，是兰新公路的咽喉要道，自古就是兵家必争之地。山顶终年白雪皑皑，城北是一望无际、荒无人烟的大沙漠。红军要西进，首先必须占领高台。

1937年1月1日拂晓，红五军和骑兵师到达高台城下，骑兵师奉命担任攻城战斗的预备队，警戒地点在东关大路一座牌坊式南门楼下。明亮的月光下，可以看清高台城堡不小，墙垛子上架有滚木，有无数的射击孔，东西门楼完整，壁墙上均有射击孔。骑兵师的战士们迎着塞外寒风，警惕地监视着四周的动静，等待攻城指挥部发起攻击的枪声和上级的增援命令。不久，传来的却是天亮入城的指示。原来红军抵达高台，敌军惊慌失措，保安队及民团千余人投降，红军一弹未发占领全城。进城后红军战士一面坚守城门，一面积极向群众宣传红军的性质和宗旨，大力宣传"一致抗日"等道理。红军进城后不进民房，不拿群众一针一线，视贫苦群众为父母兄弟姐妹，这与马匪的烧杀抢掠、无恶不作形成鲜明对比，很快赢得当地回汉群众的信任与支持，高台城内外呈现出一派新景象。

红军几天内连克两城，势如破竹，极大震撼了国民党反动政府和马步芳的"马家军"，他们视高台红军为心腹之患，急欲消灭之。马步芳、马步清、马鸿逵分别从青海、宁夏等地调来 4 个骑兵主力旅和炮兵团、手枪团，加上胡宗南的一个步兵旅，共 65000 多人，向高台城进逼，企图阻止红军西进的步伐，消灭红军于高台城。

1 月 12 日，高台县城遭到 8 倍于己的敌人的包围，由于高台是西进必经之地和重要据点，西路军总部命令红军死守，不能放弃。面对严峻的形势，红军指战员采取灵活多样的攻守策略，打退了敌人一次又一次的进攻，艰难地坚守着高台县城。战士们唱起了《节约子弹歌》：

> 我们的子弹是生命换来的，
> 有了子弹才能去杀敌；
> 射击和军纪，
> 大家要记清，
> 浪费一颗子弹，
> 就帮助了敌人；
> 没有见敌人，

不到一百米，

莫要瞄准，

都不能射击；

努力学射击，

一枪打一敌，

最后胜利是我们！

1月20日凌晨，敌人又集中全部兵力，用人海战术四面硬拼攻城，指战员们用刺刀、枪托拼杀，用石块砸，用矛戳，用牙咬，继续浴血奋战，誓和敌人同归于尽，打退了敌人的一次又一次进攻，使2000多敌人横尸城下。

我军因是孤军奋战，疲惫至极，伤亡惨重。敌人在飞机、重炮的火力掩护下更加疯狂。"上山的老虎下山的狼，凶不过马步芳的匪帮"，这首西北"花儿"充分揭示了马步芳的残暴凶悍。在这场守城战中，红军将士以最简陋的武器和敌人展开恶战，坚守孤城达半个月之久，这是我军军事史上的一个奇迹。

敌人攻入城后，红军将士仍宁死拼杀，鲜血洒满城内每一条大街小巷，红五军军长董振堂、政治部主任杨克明壮烈牺牲，敌人将他们的头颅割下，悬挂于城门示众；骑兵师师长董俊彦和政委秦道贤也壮烈牺牲，红五军和骑兵师大部伤亡。敌人还残忍地将牺牲的西路军战士的尸体脱光衣服置于烈日下暴晒，将西路军小战士活活钉死在大树上，有的将战士五马分尸，甚至还惨无人道地将俘虏进行大规模活埋，使尽残忍的酷刑。

高台失陷后，敌人挨门逐户搜捕红军伤病员和失散红军。不管敌人多么疯狂凶残，许多群众还是冒着生命危险营救了许多红军指战员，江树经和十多位战士就是在群众的营救下冲出城外的。他们艰难地蹒跚前行，轻伤员互相搀扶着，重伤员由其他战士轮流背着，沿着白雪皑皑的祁连山脚，在荒无人烟的荒漠上寻找部队。

这时天空飘起了鹅毛大雪，天越来越冷，雪越下越大，战士们又饥又乏又冻。前进的路已白茫茫一片，无法继续前行，大家只能躲进一个废弃的羊圈里，天当被，地当床，相互依偎着，疲惫地沉沉睡去。夜晚，江树经被冻醒了，他抖落身上厚厚的积雪，用沙哑的声音喊战友们起来，他知道这样睡会被活活冻死。然而，有好几位战友已经僵硬地坐在地上牺牲了。江树经和战友们只能强忍着悲痛，将牺牲的战友埋进厚厚的雪中。

江树经和战友们顶着大雪继续往前走。雪海茫茫，连野菜草根都难找到，他们渴了抓起雪往嘴里塞，饿了吃树皮、沙柴籽。就这样他们漫无目标地寻找着自己的队伍。当他们寻找到张掖以东、永昌以西的地方时，遭到了马家军的包围，仅剩的5人全部被俘。

高台血战是红军军事史上一场异常惨烈、悲壮的战斗，红五军和骑兵师将士几乎全军覆没，有将近2000名闽西儿女喋血沙场或被俘后惨遭杀害。当年，80000多参加长征的中央红军中，有20000多是闽西儿女，最终到达陕北仅剩2000多人。可以说，二万五千里的长征路，平均每一里路就要倒下去一个闽西儿女，其中牺牲最大的有两次：一次是湘江战役，一次就是高台血战。

赤血丹心隐白石

江树经和战友们被抓进一座大庙，关押了三四天后，押到凉州新城。一路上吃野草、喝马尿，受尽凌辱。凉州监狱是一所旧式大院，关押在这里的西路军战士有100多人。高耸的围墙，双重的大门，警备森严，院内阴暗潮湿，活像一个严密结实的铁笼子。此时，天寒地冻，狂风呼啸，江树经和战友们穿的是单衣单裤，每天就给一点点的黑面烂菜，大家饿极了，放风时把院子里的树皮都吃光了。

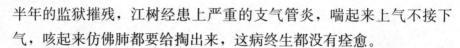

半年的监狱摧残，江树经患上严重的支气管炎，喘起来上气不接下气，咳起来仿佛肺都要给掏出来，这病终生都没有痊愈。

在被关押过程中，敌人几次要江树经和战友们在自首书上签字，并同意加入国民党军队，都遭到义正词严的拒绝。此时，西安事变爆发后国共合作，中共中央要求国民党送回所有在押的西路军将士。但国民党阳奉阴违，只送回部分西路军指战员，大部分的西路军指战员都被秘密遣送回原籍。就这样，在国民党的层层押送下，江树经和另一位西路军闽西战友被押送回乡。

1937年10月，当江树经带着伤病，蓬头垢面，衣衫褴褛，一瘸一拐地回到阔别8年的白石坑时，他痛苦地发现老屋在红军转移时被国民党烧毁了，父母经受不住打击，相继病逝，哥哥、姐姐、弟弟也不知流落到哪里……这时，村里无儿无女的老人江朝柄夫妇收留了他。此后，江树经一边养病，一边种田，一边还悄悄地打听红军游击队的消息。

此时，闽西南红军游击队已改编为新四军二大队，离开闽西，北上苏皖前线抗日，留下的人员按照党中央"长期埋伏，积蓄力量，等待时机"的指示，转入地下开展秘密工作。江树经无法获得红军游击队的有关消息，加上身体原因和要赡养70多岁的养父母，所以一直在白石坑种田为生，与畲族姑娘兰三妹组成了家庭，生下一儿一女。

中华人民共和国成立后，江树经感到自己追求的革命事业终于有了结果，心里十分高兴，积极投身到白石坑的土地改革和清匪反霸斗争中。1955年，江树经光荣地加入了中国共产党，实现了他从青少年时代起就追求的目标。江树经被送到上杭县参加党训班的学习，半年后学习结束，担任了泮境乡党支部书记，不久由于文化水平不够，又伤病缠身，无奈只好向党组织提出辞职请求，组织上批准他回家务农。回家后，江树经还担任过定达村副大队长、白石坑生产队政治队长等职，为家乡人民发展生产、改善生活尽自己的微薄之力。

1960年，江树经病倒在床上，他托人向县民政局打了一份报告，如实报告了自己的革命经历，申请补评为老红军战士。民政局的同志收到这些情况说明后，根据政策，希望他找到当年所在部队的战友或领导为其证明。

1966年2月，县社教队来到白石坑开展社教工作。社教队的同志了解到江树经的情况后，十分感动，主动帮助他给时任总政治部主任的肖华写去一封信，请求帮助寻找张宗逊同志。仅仅一个月时间，江树经就收到时任中央军委后勤部部长的张宗逊将军委托秘书张恩荫写来的回信："江树经同志：你给肖华主任来信，打听张宗逊同志，肖主任把这封信转给张宗逊同志了，首长看到你的信很高兴，首长问你好！你是什么时候离开部队回家的？你在公社的工作怎样？家内都是什么人，生活怎么样？望来信告知……"

接到张宗逊将军的回信，江树经欣喜若狂，跟随张宗逊将军闹革命的一幕幕在他脑海里浮现，他激动得彻夜难眠。第二天，他立即请社教队的同志给张宗逊将军回了一封信，十多天后，江树经收到张宗逊将军委托秘书张恩荫写来的回信："江树经同志，你3月30日给首长的来信，首长已经看过了。首长从你来信中知道你现在工作生活都很好，尤其是你1955年光荣地入了党，现在又是贫代委员，首长非常高兴。首长要你继续好好工作，注意保养身体，并代问你全家好。首长说，你以后如果有机会，欢迎你到北京来玩。"

1966年12月，县民政局以张宗逊将军的信件为证据，给江树经补评为三等甲级残废军人，享受失散红军的有关待遇。

此后，江树经一直想到北京看望张宗逊将军，由于身体原因未能践约。1973年12月，十大召开，江树经从广播中听到张宗逊当选中央委员，于是托人给张宗逊将军去了一封信，祝贺张将军当选，并告知自己的身体状况。此时，江树经已经病重，不久张宗逊将军让秘书宋文久给江树经回信，要江树经好好保重身体，并寄来了二两高丽参让江树经补养身体。

1974 年夏，老红军江树经因积劳成疾病逝于白石坑，他带走了留在身上的子弹，但带不走那一段遥远而又光荣的岁月。

参考资料：

1. 张宗逊：《张宗逊回忆录》，北京：解放军出版社，2008 年版。

2. 中共上杭县党史研究室、上杭县老区与扶贫工作办公室编：《福建中央苏区纵横（上杭卷）》，北京：中央党史出版社，2002 年版。

3.《战斗中成长》，北京：中央文献出版社，2014 年版。

4. 中共长汀县委党史资料征集研究委员会编：《汀江红旗》第一、三辑。

5. 政协上杭县委员会编：《上杭与古田会议》，北京：中央文献出版社，2013 年版。

6. 中共上杭县宣传部、中共上杭县委党史研究室编：《上杭红色掌故》。

7. 政协福建省上杭县委员会文史与学习宣传委员会编：《上杭文史资料 41》。

8. 林开泰：《上杭苏区永流芳》，北京：中共党史出版社，2018 年版。

9.《中国工农红军西路军　回忆录卷》（上、下），兰州：甘肃人民出版社，2007 年版。

10. 吴笛：《长征 1934—1936》，上海：上海人民出版社，2017 年版。

永载史册的元康英烈

杨国栋

一

1929 年朱毛红军入闽，攻打"铁上杭"。上杭上空风雷滚动，地上红旗漫卷烈风，数万威武之师攻坚破城。泮境的乡民们很快听到了红军夺下"铁上杭"的巨大喜讯，大家奔走相告，上杭城回到了红军和人民大众手中。紧接着，红军帮助上杭的穷苦百姓打土豪、分田地，建立红色苏维埃政权。

响应部队、苏维埃政府的号召，上杭青年男女纷纷参加红军。这就是新型人民军队的强大魅力，在很短时间内，能让大家将自己的一生托付给红色革命。

伍能振，就是这样一位带着朴素的革命感情走进红军队伍的地道农民。

伍能振，1891 年出生在泮境乡一个贫苦农民家庭，很早就跟着父亲下地耕田，却饱一餐饿一餐，吃了上顿愁下顿。1929 年，已经38 岁、年近中年的伍能振，先是参加了平民夜校，灵魂深处发生嬗变升华，继而参加了闽西工农武装暴动，随后成为中国工农红军队伍中的一员。

许多年轻的小战士都管伍能振叫大叔。伍能振平日里不怎么说话，但一开口说话总能说到点子上，让年轻的战士听了心服口服。休息的时候，伍能振常常会蹲在地上，或者独自坐在小竹椅上，拿出竹烟斗，"吧嗒吧嗒"地抽几口本地产的烟丝，忽闪忽闪的火光，展现出他作为一个长者的憨厚敦实个性。

1933 年 1 月 30 日，中革军委下令撤销福建省苏维埃政府军事部，将闽西军区改为福建军区，下辖独立第七、八、九、十等师；设杭（上杭）永（永定）岩（龙岩）军分区（又称第一军分区），汀（长汀）清（流）连（城）军分区（又称第二军分区），宁（化）清（流）归（化，今明溪县）军分区（又称第三军分区）。福建军区的成立，极大地加强了闽西地区革命武装力量，也让地方红军游击队武装能够更好地策应中央红军主力部队作战。其总指挥为刘畴西、政委为谭震林、参谋长为杨海如、政治部主任为李明光。福建军区成立后，需要建立特务营，保卫首长安全，传达上级指令。经过推荐与筛选，伍能振被调去特务营当了一名传令兵。

组织上选中伍能振是有原因的。伍能振虽然没有多少文化知识，但是他办事稳重牢靠，责任心强。他是个山里人，亦农亦猎，因常年进到深山老林打猎逮兔、套野猪、抓野羊、捕山雉，故而练就了一手好枪法，一身灵活机动、能藏能现的高超本领。到了红军队伍上，伍能振大凡参加战斗，总是找好伏击点，选择射击好角度，一枪干倒一个敌人，弹无虚发，深得领导们、战友们赞扬。又因为伍能振能吃苦、有经验，在山中捕猎练就了快速飞跑的本领，被誉为"神行太保"，遂被选为福建军区某特务营的战士。

伍能振跟随在首长身边，及时地传达首长们的作战命令和指示。他常常一个人早出晚归，将重要的信件、指令和文件送达目的地，返回时捎带当地的信件情报。上杭、长汀、永定各设军事情报站，情报必须速取速送，不能耽搁。

特务连的另外一个重要任务，就是护送军区首长。军区首长如刘畴西、谭震林、杨海如、李明光等，要去哪里，特务连的警卫人员就必须紧紧地跟到哪里。有时，首长出发前会提前发出通知；但也有很多时候，首长们出发事先并未告知，营长或者连长一下达任务，警卫人员就必须随时开拔。伍能振动作敏捷，对道路熟悉，有时候也会被营、连长安排跟随首长出发，为的是提高首长的安全保卫系数。伍能振工作一丝不苟，件件办好，事事办成。

福建军区政治部主任李明光，广东大埔人，是地地道道的客家老乡，伍能振与其可以相互用客家话顺畅交流。

一次，伍能振从长汀飞奔连城，是要送去一份绝密军事情报，情报上说，发现国民党十九路军疑似在连城附近活动，组织上通报李明光，让他撤回长汀或者永定。"神行太保"伍能振迅速上路，及时将情报送到了李明光手上。李明光也迅速行动，召集大家撤离，却不料已经为时太晚。十九路军蔡廷锴的2000人部队已经将李明光等人包围。战斗打响后，李明光安排伍能振快速返回，将连城军情报告福建军区总指挥和政委。伍能振说："李主任，我也留下与你共同战斗。"李明光无比严肃地说："伍大哥，你执行命令吧！"伍能振流泪了。红军首长在危急关头，总是将生的希望留给别人，死的危险留给自己。敌人集中力量进攻，李明光打完了子弹，消灭了数名敌人后，跳出隐蔽地，与敌人展开肉搏，连续撂倒了3个逼近的敌人，终因寡不敌众而壮烈牺牲，时年26岁……

伍能振一向刚强，然而后来谈起李明光的故事，总会落下眼泪。

1934年10月，第五次反"围剿"失利，中央红军踏上了长征之路。福建军区所属红军部队开始了艰苦卓绝、浴血奋战的三年游击战争。这年12月，在大雪封山的寒冷日子里，江西境内的蒋鼎文所部得知福建军区和留在江西苏区的项英所部已经联合，壮大实力，便发动了大规模的"清剿"。作为传令兵，伍能振在首长与前线作战部队之中飞奔传令，返回途中发现自己突然失散。他顺着西面赣县的方向前行，遇到了部分落队失散的战友。伍能振将他们召集起来，提出就地与敌军周旋的想法，为的是引诱敌军向着主力部队相反的方向前行。战友们一向把伍能振当作老大哥，对他的想法深表赞同。伍能振将他们分成 2 人一组，分别位于南、北、西三个方向，占领制高点后，对敌人进行阻击。他说，他在山里围猎，用的就是这种办法。果然，敌人的一个营凶猛地闯了过来。伍能振打响了第一枪，当场撂倒一个军官模样的敌军，吓得其他往前冲锋的敌人顿时停下了脚步。

敌人的惊慌只在瞬间。他们发现伍能振等红军发出的枪弹零散而微弱，节奏缓慢，很快判断遭遇上了小股红军，便放开胆子，企图上演猫捉老鼠的游戏，下令全部抓活的。这正好给了红军更多地打击消灭敌人的机会。机智勇敢的伍能振知道自己的汉阳造手枪不好使，子弹也不多，便冒着生命危险，突然间闯出去将被打死的敌人的武器弹药抓在自己手上。在发现敌人集群蜂拥上来时，伍能振抛出手榴弹，将敌人炸得鸡飞狗跳、鬼哭狼嚎。凶残的敌人无比恼火，下令打死红军，只留一两个活口。

这样一来，伍能振等红军战士陷入了巨大的危险境地。几位勇敢的战友纷纷倒下，令伍能振悲痛不已。这时，就看到他的闽西同乡战友扔出去最后一颗手榴弹，与敌人同归于尽，一时间这一举动也把往前冲的敌人吓得胆战心惊。但敌人毕竟人多武器好，他们慢慢地包围了伍能振。伍能振也感受到了敌人的逼近，当他举起手枪，朝向自己的脑袋时，敌人发射了子弹，将伍能振的手臂击中，使枪支滑落地面。伍能振忍受着剧烈的疼痛，将地上的大刀捡起，当场杀死敌人几名，正当还想再朝其他围上来的敌人杀过去时，反被几个敌人冲上来扑倒在地……就这样，伍能振被俘虏了。

敌人将伍能振五花大绑着，逼问他主力部队往哪里去了，伍能振就是不开口。

第二天、第三天，伍能振连续被带去进行了严酷的审问。他经受了手指被锋利的竹签刺、身体被铁火烧的酷刑，遍体鳞伤，血迹斑斑，几次被打晕后，都是被泼上冰冷的水而醒来，接着进行严酷审问。但即便如此，敌人依然没能从伍能振的口中获得任何情报。

丧心病狂、灭绝人性的敌人将伍能振拖进了乡村老百姓用来打谷子的木制斗楻中，用滚烫滚烫的开水往斗楻猛烈地冲灌，将他活活地烫死……

仅仅伍能振之“能”字辈伍家叔伯兄弟中，就有伍能翠、伍能文、伍能廉、伍能潘等一批红军、游击队指战员，在20世纪二三十年代轰轰烈烈的红色革命斗争中牺牲！

1955年2月，伍能振、伍能翠、伍能文、伍能廉、伍能潘等，都被评为革命烈士。

二

今天，徜徉在幸福之海品尝甜蜜生活、安享文化娱乐的人们，很难想象近一个世纪前底层百姓的艰辛日子、痛苦劳作和悲惨身世，对于贫苦农民单纯的土地诉求更是无法理解。

然而，一场席卷神州大地的红色风暴裹挟着赤贫者翔飞蹈舞，生存的欲望与前景的灿烂，以及来自精神和信仰的洗礼，使得一批批年轻男女奔向革命的新征途。为了使打土豪、分田地的伟大成果能够保住，他们顽强地同国民党反动派进行殊死战斗。于是，我完全能够体会到伍步祥当年为何那么决绝地奔向红色之路。

伍步祥是泮境乡元康村人，出生于1899年。赤贫农民家庭所遇到的一切艰难困苦，他全都经历过。烽火连天的岁月，卷着一半黑暗一半光明如期而至。青年伍步祥义无反顾地参加了1928年秋天闽西共产党领导人组织的抗租、抗捐、抗税斗争，将自己牢牢地绑在了为穷人闹翻身的战车上，成为地主老财、土豪劣绅的死对头。上级领导见他积极肯干，吸纳他加入了共产党组织。白色恐怖如雾霾笼罩大地，伍步祥在秘密的农会组织中，将反抗地主欺压穷人的斗争搞得有声有色，并在上级党组织的帮助下，成立了工农赤卫队，有了自己的革命武装。

1929年春天，朱毛红军入闽，掀起了红色热潮。伍步祥跟随赤卫队转战上杭县泮境、庐丰边区，配合红四军入闽作战，取得胜利。之后，他又参加了上杭东区的工农暴动，随后被编入工农红军泮境游击队，配合主力部队参加了攻打"铁上杭"的战斗，再次得到历练。紧接着，伍步祥还参加了创建上杭东区红色革命根据地的游击战争，作战勇敢，建立功勋。

1929年10月初，上杭县第一次工农兵代表大会在上杭县城西门天主教堂召开。会议讨论并一致通过中共上杭县委执委会关于分粮问题、土地问题、山林问题等提案，成立李立民为主席、伍步祥为副主席、李伯勋为政委的上杭县苏维埃政府。这标志着上杭县的土地革命斗争进入了一个崭新阶段。作为县苏维埃政府副主席，伍步祥一刻也没有闲着，他积极指导帮助建立乡级苏维埃政权。由于没有更合适的人选，伍步祥同时还兼任了泮境乡和庐丰区的苏维埃政府主席职务。他配合红四军和闽西军区在闽赣边界开展第一、二、三次反"围剿"。地方游击队、赤卫队的武器输送、粮食供给、兵员补充等任务，伍步祥也都组织人马按时完成。伍步祥已经被敌人盯上了。虽然伍步祥已经有所警觉，但为了红色革命，他不惧危险艰难。

1932年5月，伍步祥冒着危险，回到他的家乡泮境开展工作，却不料被敌人发现而在半路中遭遇埋伏。伍步祥和他的随员在僻静处不幸被捕。

敌人知道伍步祥的价值，更知道他所掌握的党政军机密。在敌人的监狱里，伍步祥经受了非人的酷刑和折磨，灌辣椒水、灌酸醋、拔指甲、皮鞭抽打、铁烙身体、坐老虎凳等，但没有吐露任何机密。

敌人见硬的不行，就来软的，将他的妻儿抓到监狱见面。幼小的女儿、儿子被吓得哭着呼喊父亲救命，伍步祥听了心碎，也跟着落泪，却依然不为所动。

敌人威胁他说："难道你真的不怕死吗？"伍步祥改动革命先烈夏明翰的诗句回答："砍头不要紧，只要主义真。杀了伍步祥，自有后来人！"

敌人狠心地将伍步祥的老母亲抓来，推到他的面前，十分残忍地说："伍步祥，你不是号称家中的孝子吗？如果你还是不肯招供，我们就将你的白发老母拉到白光闪闪的铡刀前，让你亲眼看看你的母亲是怎样死的。"

伍步祥愤怒了。他开口骂道："你们简直就是一群灭绝人性的畜生！你们有种的冲我来，虐待老人，你们终会遭天谴雷劈！"

话音才落，伍步祥再一次受到敌人的毒打。

敌人歇斯底里地疯狂叫道："伍步祥，你难道真的不怕被戴上不忠不孝的骂名吗？你到底招，还是不招？"

未等伍步祥开口，老母亲就说："儿子，只要你认准了革命的道路，你就大胆地往前走吧，不用管我这把老骨头。"说着，老人家朝敌人的铡刀伸出了脖子。

敌人无法理解伍家母子如此刚毅决绝的态度，更无法理解一个"被彻底洗脑"的共产党人伍步祥内心深处的理想信念。无奈的敌人最后将伍步祥秘密押往一个叫"风吹伞"的地方，怕他呼喊口号，便塞住其嘴巴，之后将他打死，地上鲜血淋漓。

伍步祥牺牲时，年仅 33 岁。

三

1934 年夏秋之际，由朱德总司令亲自指挥的温坊战斗，发生在闽西连城县新泉镇西南面的温坊村。这是震惊全国的"松毛岭战役"的前奏。

与伍步祥同为伍氏"祥"字辈的叔伯兄弟伍龙祥，跟随着他的营长（后为连长）伍上同，参加了这场百年难遇的战斗。作为红十二军二十四师主力部队的一员战士，伍龙祥在伏击李延年所部时打得十分勇敢顽强。由于早先李德、博古的错误指挥，中央苏区在第五次反"围剿"中失利，战斗减员，武器弹药严重不足，红军战士伍龙祥只分到 5 发子弹，但他毫不担心。他按照营长伍上同的指示，等敌人靠近了再打，做到每发必中、一枪打死一个敌人，其手中仅有的 5 发子弹，消灭了 5 个敌人。然后，他抽出背上的红缨大刀，跃出战壕，对准敌人砍了下去，再一个箭步上去，将敌人的长枪和子弹牢牢地抓在了自己手上，同时借助高大的松树、樟树作掩护，再次向敌人发射，击毙多名敌人而自己毫发无损。

两次温坊战斗，为期不过三四天，却将国民党蒋介石嫡系李延年所部 10 个团打得稀里哗啦，打死打伤敌人 4400 多人，俘虏一大片，导致敌人多名将官校官被降职查办，甚至枪毙。

疯狗一样的李延年，没有让红军进行休整，就卷土重来。洞若观火的朱老总，再次料事如神，算定李延年所部会在长汀与连城边界的松毛岭发起战役，就提前敦促参战的红军主力部队做好战斗准备。可是，战争瞬息万变。林彪、聂荣臻领导的红一军团，因为更重要的战斗任务，从松毛岭主战场撤出，使得红军战斗力锐减。

伍龙祥跟随连长伍上同，也参加了松毛岭战斗。他们依然在主阵地设伏，修筑坚固的战壕掩体，进行顽强的反击。伍龙祥这回多了许多弹药，除了子弹，还有5枚手榴弹。在温坊战斗中，他击毙了一名敌人军官，缴获了一支手枪。当他要把这支手枪上缴给伍上同时，伍上同说："请示了团首长，团首长认为你杀敌有功，手枪就当作战利品奖励给你吧。"伍龙祥听了，高兴得跳起来。

战斗开始，敌人的飞机、大炮几乎将松毛岭炸成一片焦土。敌人数次进攻，都遭到红军重创。但是7天7夜的连续作战，也使得红军损失惨重，伤亡过半。伍龙祥虽然打死了许多敌人，却也在与敌搏斗中身负重伤。前来支援的民工将他抬上担架后才发现，他的右下腹负了重伤，肠子都被炸出来了，鲜血淋淋的。

伍龙祥被抢救醒来后，发现自己躺在了红军的长汀四都医院。护士告诉他："你流了很多血，下腹部动过手术，部分肠子被剪掉了，不能走动。"伍龙祥吃力地点点头，他很想动一下身子，却是锥心刺骨的疼痛，只能闭着眼睛养神。下午，护士又来了，听见伍龙祥痛苦的呻吟声，赶紧走上前照料他。可是，伍龙祥有气无力地用手指了指邻床的伤员，意思是："我这里不要紧，他们更需要……"当护士掀开薄薄的被单，才发现他的手紧紧地压在受伤的腹部，鲜血都渗出来，洇红了一片。伍龙祥就这样走了，牺牲时，年仅21岁。

1980年，伍龙祥被评为革命烈士。

参考资料：

1. 福建省民政厅编：《福建省上杭县革命烈士英名录》，1982年。

2. 中共上杭县委党史研究室编：《上杭县人民革命简史（1926—2011）》，2011年。

3. 上杭县泮境乡提供的资料。

永载史册的元康英烈

百年前的记忆

李治莹

　　1937年，泮境有一位叱咤风云的游击队队长，在四处转战中不幸被敌人俘获，最后惨死在敌人的乱枪之下，这位游击队长名叫李富东。由于没有记载的史料，无从采集他的英雄事迹，但在闽西最为艰难的三年游击战中，游击队队长李富东的伟岸形象，却一直高耸于泮境乡。他与身在国外的两个弟弟，被世人誉为"红色三兄弟"。

　　今天，我们到泮境挖掘红色历史，把真实的故事记录下来，慰藉长眠于地下的英烈之灵，也是我们作为文人的一份责任。

　　英雄李富东有一位侄儿，曾担任过泮境村的支部书记，他叫李仰球。他的娓娓诉说，仿佛在我面前缓缓地掀开了一幅历史的画面……

　　说到游击队、游击队队长，人们或许会联想到电影《平原游击队》中的李向阳。这位游击队队长在人们心目中成为传奇英雄。

　　李富东，也是一位如同李向阳那样口口相传的游击队队长。在当年的战争年代，李富东曾化名为李少白。他骁勇而不鲁莽，果断却不草率，带领着游击队员，在群山密林中与敌人周旋，既保存自己的有限力量，又能牵着敌人的鼻子走，有人称他是"山地战神"。

　　有一回，李富东得到情报说有一支保安队刚刚成立，没有任何作战经验，但人人都配有枪。充当队长的是在农民暴动中被抄了家的村霸，别在腰间的是一支驳壳枪。李富东心中揣摩着这是一好机会，希望通过瓦解这支由流氓地痞组建的保安队，既为自己的队伍鼓舞士气，又能缴获武器装备游击队，一举两得。

一番周密部署后，在一个风雨交加的夜间，李富东率领着披着蓑衣的游击队员行动了。这支保安队刚组建，队员只会端着枪，却不知道怎样打枪，守卫的喽啰正蜷缩着在打瞌睡。李富东带领着队伍抵达目的地后，摸上前紧紧卡住放哨人的脖子，没费一颗子弹就解决其性命。尔后如入无人之境，把搁在墙脚的枪支全部收起，又在一个个昏睡的保安队员的嘴里塞上棉花团，且捆了个结实。潜回的途中，还把其中几个平日里残害革命者、欺压红军家属、特别为非作歹的保安队员，消灭在山脚下。

此次偷袭的成功，让李富东率领下的游击队员们个个都得到了武器，士气也因此大大提高。但后来才知道，那天晚上之所以没能见着保安队队长，是因为他在外头喝醉了酒，正摇摇晃晃想回保安队时，见天上下了雨怕淋着了，便又折回了酒家。因此，保安队队长躲过了这次游击队的夜袭，驳壳枪也就还别在他的腰上。

但这保安队队长还是要除的，不除必将留下后患。于是，李富东让一位脑筋好使且酒量大，原先又与这保安队队长熟识的游击队员，设法引诱这平日里嗜酒如命的队长出来喝酒，而李富东则带领另两位队员事先埋伏在路口处。那天夜间，乡村里格外寂静。执行任务的游击队员果真把那队长约了出来，但其身后跟着一个保镖，队长进屋后，那保镖就守在门口。队长与游击队员入屋后，你一碗我一碗，在直呼"好酒"的嚷嚷声中碗碗见底。屋里在喝酒，屋外的李富东他们早把那保镖给解决了。屋里一坛酒接着一坛酒，渐渐地猜拳喝酒的吆喝声小了。接着，屋里的游击队员给出一个暗号，李富东等三人立刻进屋，先是卸了他腰间的驳壳枪，又三下两下地把这双手沾满革命者鲜血的保安队队长给除了。

又一回，李富东知晓有一支保安队常常横行乡里、仗势霸道，成了乡村里的一块"毒瘤"。"割"此"瘤"，为民除害，非游击队出手而不能。几经周全的思考、细致的布局，李富东决定出精兵而战，于是从队伍中挑选出 4 位灵敏度高、枪法准、行动迅捷的队员出战。李富东还了解到这支保安队的头目家里富裕，妻室年轻，日子滋润，因此特别怕死。李富东决定射人先射马、擒贼先擒王，一旦成功，可以少费周折，甚至还能节约子弹。

除害的那天，据说是该保安队头目的生日，他手下的喽啰们凑钱祝贺聚餐，餐后又借着余兴搓麻将，松松垮垮地围了一堆又一堆。这对于李富东麾下的游击队来说，就是一次天赐的良机。李富东率队迅速出手，摸了岗哨，排除了障碍，找到麻将声起伏的那屋，便鱼贯而入。说时迟、那时快，急步快手的李富东看准那头目，把上了膛的驳壳枪指着他的脑袋瓜，责令他下令全队举手投降，不然立刻"就地正法"。吓得魂散魄飞的保安队头目，当即下令所有人交出武器，高举双手投降……

左右出击、声东击西的李富东和他率领下的游击队，正如由贺绿汀作词作曲的《游击队之歌》里所唱的，"我们都是神枪手，每一颗子弹消灭一个敌人，我们都是飞行军，哪怕那山高水又深……"

英勇善战、威扫敌群的游击队队长李富东，让各地保安队和民团乃至警察当局都恨之入骨又为之头疼，捉拿李富东已成了当时各级反动组织的一大要务。在狼烟四起、血雨腥风的日子里，红军游击作战"十六字诀"中的"敌进我退"，就成了李富东以及一整支队伍作战时的首选战术。

敌进我退，只能退到遍地是亲人的泮境山林中。对于泮境一片又一片的山林，李富东他们再熟悉不过了，那是他们从小到大的乐园。在那迂回山林中与敌周旋的日子里，李富东的游击队伍，又以实际行动对上了《游击队之歌》里唱的另几句歌词："在那密密的树林里，到处都安排同志们的宿营地；在那高高的山冈上，有我们无数的好兄弟……"

泮境是一方福地，那一坳一洞一山崖，不仅仅是遮风挡雨的地方，还是藏龙卧虎、英雄荟萃之所。李富东带着自己的队伍，英雄气概横贯山野。

二

1899 年的一天，泮境李屋村的一户人家，一个男婴呱呱落地。主人因为祖祖辈辈吃苦受罪，如今添了男丁，添喜气的同时也就寄托了希望。在无限的期待之中，父亲李其伸想给长子起一个好名，思来想去，最后就取名"富东"。

继富东之后，儿子接二连三地出生，璧东、佩东相继出世后，后面还添上了 3 个女儿。6 个子女 6 张嘴，做父母的愁了今年愁明春。父亲见日子过得艰难，思忖着如何在外面的世界走出一条活命的新路来。于是，瞅准一个机会早早与几个敢于闯荡的乡亲和朋友过番去了南洋，落脚在新加坡以做豆腐为生。时间长了，又在新加坡建了家、娶了妻。若干年后，生下桥东、日东兄弟俩。从此，泮境的富东等 6 个兄弟姐妹在遥远的新加坡就有了同父异母的兄弟。

留在泮境的李家六兄弟姊妹，在母亲凌富娣的含辛茹苦之下，终于都从蹒跚学步中长大。一群孩子，六七岁就能放牛、挎竹篮下地了；十几岁后，就成了种庄稼的一把好手，春日插秧、夏天割稻，都难不住他们。长子富东，事事眼疾手快、步步奔如脱兔，上山下水，都不在话下。稍长大后，也曾想下南洋找父亲团聚，但家里穷得只剩下一点活命粮，怎么也筹不到出远门的盘缠。过了些日子，跃跃欲试想远走他乡的李富东也就断了这念头，帮着母亲抚养着一

群弟妹。

话说早年远走新加坡的父亲李其伸，以一勤二俭三智慧，靠着制作豆腐起家，一年年地发展起来，而今已是当了几任的新加坡同乡会主席。据说也曾多次想过把泮境的妻儿接过来，但那时候到处兵荒马乱、匪盗横行，海路、陆路，路途遥远不说，还处处隐藏着凶险。于是，李其伸常常望洋兴叹："我在这头，祖国在那头，日日都有无尽的乡愁。"

李富东的母亲凌富娣，虽然在泮境携着这一群儿女太不容易，却是舍不得哪个儿女离开自己。虽然牵挂着下南洋的丈夫，但望着身边的一大群子女也没太多念想，只是默默地在一年四季里春播夏收，家里家外忙得如同陀螺。孝顺的长子李富东成了家里的依靠，但李富东却时常在想，全家靠着租人家的几亩薄地，何来活命之路呢？他时时都在苦苦地思索着。

在家中守着母亲、怜爱着弟妹的富东，为了让母亲少些辛劳，更加勤勉于山上山下、田间地头，成为家里的顶梁柱。一天，母亲细细声地与富东说要给他娶个媳妇，历来总是顺着母亲的富东，当时没吱声。母亲见儿子没反对，就紧接着说："近山村子里吴家的闺女从小就乖巧。你这孩子总是东奔西走的，娶了这女孩，或许就能收心了。"富东仍然没吭声，但心里却在想："平日里见吴家冬莲也是勤快的，娶了她，母亲就有个好帮手了。"母亲看了看富东，觉得儿子心里与脸上都没有反对的意思，心里也就踏实起来。

不几日，托了说媒的跑了一趟吴家，吴家一问是李家的富东，心里头即刻有了几分欢喜。觉得这孩子一身英武，办事也实在，且有孝道，也就一口应承下来。订婚后的当年农历年的腊月，李家的富东和吴家的冬莲，也就借着年终岁末的喜气完了婚。婚后的富东与冬莲，不是发狠于山上，就是下力于田地，夫妻俩都倾力于这个家。

结婚后的第二年冬日里，冬莲生下一个男婴。这个男婴给这穷门寒舍带来了些许喜气。但不幸，这孩子3岁时就得了一场天花夭折了。

失去孩子的第二年，地里仍然歉收，家里只好去借高利贷。却没料到第三年时，那笔借款已经是利滚利，前后翻了好几倍。富东夫妇想到身在南洋的父亲手头宽裕，可向父亲要点钱还债，但那信函来往隔千重山万道水，来来往往哪有那么简单？

三

苦涩的日子，不知何时会到头。正当煎熬之时，天边轰鸣着阵阵响雷。早在1928年春，龙岩的后田、上杭的蛟洋，以及永定等县的农民，在共产党的领导下，开展了震撼八闽的闽西农民四大武装暴动，世代被压在社会最底层的农民，烧毁了地主家的田契借约，收缴了恶霸家的枪支弹药。紧接着，朱毛红军入闽，穷人翻身闹革命，打土豪分田地了。

外面世界的浩荡东风，将笼罩着的乌云慢慢地吹散了。泮境的乡亲们，盼来了共产党的领导，处处发出"起来革命"的呐喊。先是"限制米价，防匪抗匪，保境安民"，接着就是"打倒军阀，反对强暴，救济贫民""取消苛捐杂税，打土豪分田地，穷人要翻身解放"的呼声。

一腔热血的李富东，与不少的长工佃户们一起参加暴动。因为他在暴动队伍中总是勇猛地冲在最前面，不久就被拥戴为暴动队队长。当上队长的李富东，更加一马当先，事事走在前头。

泮境翻天覆地的变化，又似另一股东风，徐徐地吹到了海外。李富东的两个弟弟桥东、日东也听说泮境老家有了大变化，不但打倒了地富豪绅，苏维埃政府还给自己家分了田地，这让桥东、日东俩兄弟无比振奋。特别让兄弟俩昂扬的是，大哥富东被乡亲们拥戴为暴动队队长。由此，他们更加勤奋于手上的豆腐业，又在生活上节俭，打算筹集一笔钱款，捎回国去，支持家乡泮境的革命事业。后来兄弟俩听说大哥已经组建起游击队，并担任游击队队长。但他们了解到，这支新组建的队伍，严重缺乏枪支弹药和活动经费。于是，兄弟俩拿出已经自行筹集起来的费用，又各自分头向泮境、上杭等闽西各县在新加坡的老乡们募捐。

桥东、日东两兄弟所到之处，几乎一呼百应。特别是在华侨领袖人物李其伸的率领下，华侨们捐钱捐物。在国民党军队"围剿"红军的时日里，他们将收集到的物资经香港送到福建，再由上杭、永定、武平三县派出的精明能干的游击队员设法取回送达闽西。有一次，为了一笔较大费用的安全，还派出一位机敏灵活的地下工作者执行任务。因为接头地点处便衣特务如蛇一样溜来溜去，很难避开，这位地下工作者最终把自己装扮成叫花子，这才成功地转移了海外华侨捐助的革命经费。

有了持续的外援，游击队很快武装起来了，除购置武器之外，队长李富东还资助一些给家里特别困难的游击队员。

在泮境游击战艰难的岁月中，新加坡的桥东、日东两兄弟，接二连三地对泮境的地下革命工作和游击队予以资助。在当年的泮境乡，出生入死的游击队队长李富东和他那鼎力支持革命事业的两个兄弟，被广泛赞誉为革命的"红色三兄弟"。

四

李富东率领下的游击队，让反动势力既胆战心惊，又恨之入骨。虽然几经搜捕，敌人却一直觅不到游击队的踪迹。在无计可施的情况下，敌人只好采用土办法：封山！让游击队饿了吃不上饭，冻了穿不上衣，最终困死在山上。但是，共产党的游击战打的是人民游击战争，群众就是游击队的铜墙铁壁。

有一段时间，山上的游击队缺盐，山下的乡亲们也缺，一时没能接济上。待乡亲们搞到盐时，山上已经断盐几日了。为了让山上的游击队吃到盐，一位年过半百的大叔主动请缨送盐。这位大叔把粪桶改装成多层桶，用层层油布包好盐，藏在粪桶的底部夹层里，上面再装上粪肥。虽然是绕道而行，却还是被敌人的一个流动哨发现了，大声吆喝要那位大叔停下检查。大叔放下担子一看，这人竟然还是远房亲戚，虽然平日里疏远不来往，但毕竟叫得出他父母甚至祖父母的名字，于是心中就有了数，也就面不改色地坦然面对。面对着快步走来的保安队队员，大叔开口问说，你的父母可在家？那保安队队员一听，心想或许这是一远房亲戚，本打算放他一马。但一想到保安队上司三令五申，说不能放过一粒盐、一斤米上山，谁放了毙掉谁，于是心一横，避开亲戚的话题，直接盘问道："桶里装的都是粪肥？"大叔回话说："哪能不是呢？这臭烘烘的桶里还能装得下什么？"保安队队员听了也不言语，取来一根木棍子，在一左一右两只桶里一插到底，直插得桶底闷闷地发出响声，再拔出来一看，只见满棍子尽是粪肥。一时间，臭得那保安队队员别过脸，斜着身子，摆摆手让大叔过去了。

就这样，"兵来将挡，水来土掩"。泮境的乡亲们应对着敌人的各种花样，想方设法不让自己的子弟饿着、冻着。山林中这支由40多位游击队员组成的革命武装，在人民群众的护卫下，坚持游击战争。在守住红色阵地的前提下，打一枪换个地方。

虽然上杭的伪县政府想方设法擒住李富东，但用武力，打不过李富东麾下的游击队，用计策，胜不过李富东那过人的智慧。在文武都行不通的尴尬窘境下，伪政府百般无奈，无计可施。但他们有钱可花，要确保能抓捕李富东，那就用钱。于是国民党就在城乡处处张贴出捉拿李富东的布告，并悬赏 500 块大洋。泮境内外都是革命群众，布告今天贴在墙上了，明天就不见了。

在那三年的游击战中，"敌军围困万千重"，天空中似乎总有不散的黑云。有一天，总是身先士卒的李富东，带领李来发、廖林庆两位游击队员，正在一重重山、一叠叠岭的嫩洋自然村后山察看地形，为日后突围选择一条最佳路线时，却被一个叛徒盯梢了。当李富东他们越过山岭绕到马尾背时，正想登高几步眺望远处，突然响起一个嘶哑的喊叫声："抓活的！"李富东一转身，看见保安队和民团正向自己围拢过来。李富东不假思索地左右拔出两把枪朝敌人射击，准确无误地命中一个又一个敌人。李来发、廖林庆也以精准的枪法抵抗。但终是寡不敌众，李来发、廖林庆先后被抓了。以一当十、以一敌百的李富东，毫无惧色、持续地左右还击。见这个李富东太厉害，敌人的头目就放亮嗓门喊道："谁第一个抓住他，赏百块银圆！"喽啰们听到有赏就不要命了，呼啦啦地涌上来。寡不敌众的李富东虽然左冲右突，但还是没能逃脱魔爪，被敌人捕获了。

当天晚上，被关押在上杭县城城隍庙的李富东仔细一打量周边环境，心中便有了主意。他知晓虽然外面的岗哨不会少，但庙内却不设哨，这就给自己和战友提供了一个逃生的可能。于是李富东压低声音对李来发和廖林庆说："这一晚乱哄哄之后，明天必是严刑逼供，或威胁利诱，与其坐以待毙，不如拼一死以出逃。应当看清楚，敌人想借抓到我们几人的机会，消灭我们的游击队。"一番商量之后，他们决定借敌人酒醉后酣睡的时机出逃。机不可失，时不再来；一旦错失，就将人头落地。自我解救是唯一的一条路，这条路不拼尽全力去走，后果就是被折磨致死后，也毁掉了游击队。自己死不足惜，可惜的是革命尚未成功，游击队不能被毁，因为延伸在游击队前面的革命之路还很长很长。

李富东用眼神向李来发、廖林庆发出信号，各自设法松开双手上的绳索。他们把自己身体挪移到石柱前，以无比坚强的求生本能，一丝一线地磨。磨呀磨呀，当雄鸡即将打鸣的时候，他们成功地磨去了绳索，然后又在墙壁较薄处凿开一洞，戴着脚镣钻出。尔后，三人来到汀江河边，使出浑身解数，砸除了脚镣。洇水到对岸后，李富东前往巫坑。而李来发、廖林庆则秘密潜回泮境孔桥，解决了那个罪不可赦的叛徒。

后来，李富东从巫坑转移到了旧县乡扁山和上杭县城东面马鞍山一带的高山密林中，继续开展游击战。

马鞍山一带是几地的交界之处，游击队和敌对势力在此常常交火，战事频繁。在又一次激烈的战斗中，一颗横飞的子弹击中了李富东的头部，李富东似乎是希腊神话中的不死鸟，竟然带着如此的重伤继续战斗。但当四面受敌，拼尽最后一颗子弹时，李富东明白此回或是难逃厄运了，他想把手中的枪藏匿起来，留给缺武器的战友。情急之下，他瞥见身旁一株早些年就倒下的已朽大树，便急忙把手中的枪丢入树蔸。之后，手握石块，和敌人以死相拼。一阵搏斗之后，李富东再次被捕，关押在另一座五谷庙中。

被反动势力视为大敌的游击队队长李富东，这次身前身后都有守敌。为了严防他再次走脱，敌人不仅给他上了手铐脚镣，还在他的身上缠绕绳索。最后，李富东被押到上杭西郊场处死。

上杭西郊，自古就是处置要犯的刑场。当年的那个地方，弥漫着阴云阴风。敌人担心游击队前来劫场救人，竟然里三层外三层地排兵布阵，还提前将道路两旁的大树砍倒，横七竖八地拦住各个要道口与路口。

英勇就义的李富东逝去了，但他是人们心目中的不死战神，虽死犹生，精神不灭。遍地"红旗漫卷西风"之时，长缨在手的革命者们，必定"缚住苍龙"！

......

李富东的侄儿李仰球先生沉重而悲切地回忆叔父之时，在一旁倾听的我，手中的笔颤抖着，记在笔记本上的字歪歪斜斜。经李仰球的这一番讲述，李富东已经活在了我的心里，敬重之情油然而生。

我想，李富东是 80 多年前牺牲的。英烈李富东天上之英魂，必是看到了今朝的璀璨世界！

我还想，俟此篇追忆文稿成书，要对着英烈李富东的在天之灵，一字一句地念给他听……

参考资料：

1. 上杭县民政局提供的泮境乡英烈名单。
2. 泮境乡泮境村提供的史料。

寻找红军女号手

张冬青

一

不知怎的，在上杭泮境罗家山李宝莲老阿婆看来，1994年的仲春，要比以往的年头不寻常好些。过两天就是清明了，十天半个月过来，山里有见下过透雨，天蓝得像是一早就被木贼草洗刷过似的。春阳和煦，山里人称为"清明花"的映山红漫山遍野火辣辣地开，房前厝后间杂的满树梨花纯白得犹如突降的一场初雪；一垄一垄的油菜花开得正旺，成群的野蜜蜂嘤嘤嗡嗡飞进飞出，手忙脚乱地迷失在漫天的金黄灿烂里忘乎所以。不远处，有个小伙子端着盛满谷种的土箕正往整好的秧畦上撒种。宝莲阿婆虽患了老年青光眼，看不清这孩子是谁，但她知道，这孩子是林家的，罗家山百多年来就只有罗、林两姓居住，后来罗家人先后迁往外地。随着小伙年轻手臂的挥动，她能感觉那金黄的谷种在清明的空气里，画出一道道半圆的美丽弧线，簌簌有声，不断撒落在浓稠的泥浆地里，密匝匝傲然翘着半露的芽儿。播种是农家细活，讲究个轻重缓急，得把握好节奏和均匀度。眼下山里的年轻人大多到县城或沿海地方打工去了，能留在村里务农，尤其是下手犁耙、播种的不多，这孩子有志气，宝莲阿婆在心里啧啧称道。

头发花白，一身客家传统玄色斜襟长衫的宝莲阿婆走在陡峭的山道，腰间晃荡着一只赭黄色、花纹斑驳的螺号，看去很有些年头。除了自家孩子，这小山村里已经没有人知道，这螺号是阿婆家的传家宝，更是护身符，螺号的道道斑纹里镌刻着老阿婆几十年不凡的沧桑岁月，其中的秘密她一直不想对人说出。"打不，嘎嘎、打不，嘎嘎"，两只憋了一整个冬天的雄鹧鸪，在隔着一条山溪各自盘踞的小山包灌木丛里一声高一声低地向对方喊话争雄，宝莲阿婆不由得内心慨叹：这仲春的季节，万物都在萌动生长蓬勃，连鸟儿都忍不住斗狠撩骚呢。

从远处看过去，瘦小的阿婆腰背有些佝偻，清明过后再半个月，就是阿婆80高龄生日，孩子们正筹措要好好办场寿宴。阿婆觉得身体还行，除了眼有些花，腿脚还算利索，她和往年清明时节一样，要到自个儿的竹林山场去走一走。几个背背篓的客家妹子从后头赶过来，问声阿婆好后又嬉闹着跳跃向前。阿婆知道，小妹子是进山采茶的。这里的深山旮旯，野茶随处生长，罗家山的"明前绿茶"原生态无污染，在上杭以及闽西一带很受欢迎。

宝莲阿婆翻过岭背，愈往山谷深处走，林子里就愈显幽深阴暗。天上有云，从巨大树冠里筛落下来的细细光带，时亮时暗，阳光舔到的地面极是生动；落叶堆里有被虫蛀空了半边的苦槠壳子，有青绿色、叶子细针般扎人的老鼠刺；一段朽烂在荒草丛中的山橄榄木，挤爆出一圈圈乌紫色的木耳，煞是可爱。有株藤叶枯萎的野山薯被连根拔起，周边的泥土草屑一片纷乱，这是不久前野猪走过落下的痕迹。腰间的老螺号晃动着，树影斑驳，恍惚之间，宝莲阿婆仿佛一下回到了少女时代。宝莲爹当年是山里远近闻名的猎枪手，曾经打死过老虎。她打小被送到邻村罗家山当童养媳时，那螺号便是娘家唯一的嫁妆，因此她从小就善吹螺号。顺便说一下，早年间，罗家山周边山高林密，常有狗熊、野猪等出没，几乎家家户户都养猎狗，备有火铳及螺号。螺号声呜呜吹响，有人报告某处山坳里刚发现大野猪糟蹋庄稼，村中在家的男人便背着长火铳、吆着猎狗出发。宝莲公公也是村子里打猎的高手，小宝莲总是手揣螺号，屁颠屁颠地跟着一帮凑热闹的小伙伴上山。吹响的螺号是用来召人的，更主要是用来吆狗的。当主人与猎狗抵达相应区域，狗群便四散开来寻嗅目标。当主事者感觉猎物的走向还未能确定，"呜呜"，短促的螺号声便是要求猎狗原地待命；当"呜呜呜呜"悠长的螺号声满山吹响，便是目标已经锁定，群狗们像听到战场冲锋号似的，狂叫着从四周奔涌而来，野猪立即就被猎狗围堵撕咬得不能动弹。此时，开头铳者尤为重要，头铳的子弹要能从猎物耳根处射进，直抵其心脏要害部位，一铳便能将野猪击倒。每回开头铳的往往都是宝莲爹。当众人将捕获的野猪欢天喜地地抬回村后，按照客家规矩分肉，见者有份，但开头铳的奖赏优先，可分到从两个猪耳朵拉直处切下的整个猪头。往往一个大猪头就有二三十斤重，宝莲自小就为她爹骄傲。

宝莲阿婆走在自家的竹山上。放眼四顾，几十亩的毛竹林过湾连岗，葱郁一片，一眼望不到边；大多粗壮得双手握不住，十几米高。风吹竹叶沙沙响，满山绿竹像是见到久别的亲人，挨挨挤挤争先恐后推涌向前。脚前脚后的沟坎竹丛里，数不清的大大小小紧裹着紫红笋壳的春笋正从泥土、石缝间接踵冒出；早出的有齐膝般高，更多的刚拱出两三寸地面，有如发起总攻之前山炮阵地上一排排擦得锃亮竖起的炮弹。宝莲阿婆欢喜得像个孩子，跑前跑后折了矮树枝，往那竹丛间隔适当且长得粗壮端正的竹笋边上插去，这是预先做记号，准备留着自然长成母竹的；未预留的，过后看笋的生长情况，或挖了春笋卖，或制成笋干。阿婆轻轻吹响螺号，她觉得手中的螺号就像灶间的吹火筒，火越吹越旺。阿婆俯身贴着地面侧耳细听，仿佛能听见满山新笋簌簌拔节的声响。

宝莲阿婆家的笋寮就在竹林边的一块洼地上，百多平方米的寮房、屋顶、围墙和间隔都就地取材用劈开的毛竹搭成。她走了一圈，看见一人多高的蒸锅木桶、笋槽、压杠等都已整理一新，大灶前码了一大堆劈柴，阿婆对儿子媳妇的勤勉和有条不紊表示满意。十多年前，村里的田地、山林分到户。这么些年下来，阿婆家精心料理，当初的十来亩竹山已经繁衍生长成几十亩的连片竹林。客家人历史上素有制作"明笋干"的传统。山民在清明前后的十天半个月里，将自家竹林中盈尺的壮笋挖出剥壳洗净，放大蒸锅里整夜蒸煮，然后放入中空的笋榨木槽内，铺上盖板，一头用葛藤或铁索拴着数百斤重巨石的粗长硬木杠紧紧压下，待到数月后拣晴好天气，再行开榨，将压实压扁退尽水分的干笋摊放篾席中，任入伏后的阳光暴晒（后来也有加炭火烘烤的），干透后就制成了金黄剔透、远近驰名的闽西八大干之一的"玉兰片"明笋干，一斤可卖价好几十元。有的大户人家一年做好几榨笋干，收入大几万元。阿婆想，今儿个笋逢大年，这一季下来做成几百斤好笋干，卖个一两万元冇问题。

阿婆时常会想起春夜里家人围坐在笋寮煮笋的场景。灶膛内柴火毕剥，火焰熊熊，儿媳不断往里塞柴，儿子则时而起身往大蒸锅里添水，抱在怀里的小孙子吃过喷香的烤地瓜后呼呼睡去。时近午夜，大锅内煮透的笋筒不断发出"噗噗"的爆节声，和着氤氲的笋香在山坳里传出老远。

离笋寮不远有座土墓，鹅卵石砌的墓门及周边的荒草杂木已经砍劈清扫一新，孩子们前两天就带小辈赶来祭扫，坟穴里睡着他们那早死的爹呢。宝莲幼年时，由父母做主嫁到罗家山林祥生家当童养媳。兵荒马乱的年代，能在这个村子里活下来，已经非常不容易了。

1947年秋，老公病逝时，他们已有3个孩子。大女儿11岁，儿子林栋华8岁，小女儿才刚满百日，30出头的宝莲哭肿了一双眼睛。

其后是土改、互助组合作社、建人民公社、分田到户，李宝莲当过生产队记工员、乡村接生员，孤儿寡母一人咬着牙拉扯着一家子。老公死后，也有人劝她趁年轻改嫁，她担心找个后爹让孩子们受苦，情愿自个儿扛着撑着。

宝莲阿婆将坟穴两边的黄表纸再拣些土石块压了压，就依稀听得耳边有"李宝玉、李宝玉"的唤声，那声音轻柔殷切，既熟悉又陌生，像是微风掠过水面皱起的涟漪，却也不像是坟洞里那老公的声音。阿婆定下心来，四周却是一片寂静，阿婆知道自己又犯了幻听的老毛病。

竹林对面有座陡峭的山峰，叫"风洞尖"，都说峰顶岩洞里住着个风婆子，只要听到唤声，就会游荡出来。宝莲阿婆举起手中的螺号，憋足一股长气，对着隔条山谷的峰尖，"呜、呜、呜"地大声吹响。

头顶飘过来一团团白云，云朵罩下来一大片影子，影子不断变幻着，缓慢地滑过山谷之间的原始生态林、次生林、毛竹林，宛若太阳底下有只巨鸟的翅膀在扇动，那阴影的部分显得幽深，阳光照拂的地方愈发明亮；阳光和阴影之间的树冠上，看得见袅袅的烟雾盘旋上升，渐渐融入云彩。螺号声声里，宝莲阿婆仿佛看到满山新笋正簌簌拔节生长，竹林里弥漫着笋尖拱破泥土的清香。老人相信那氤氲的香气会随着云彩飘出罗家山，飘到大山外头渺远的地方，那山外头满世界的人会知道李屋村和罗家山曾经有过一个名叫李宝玉的女人，还有她在那个血雨腥风的年代里经历的磨难吗？

"呜、呜、呜"，宝莲阿婆更加大声地吹响起来。

二

这个上午，与宝莲阿婆巡山的差不多时段，上杭县民政局办公室正忙着接待一位当年在这一带战斗过的老红军金克坚。金老年轻时在闽西武平加入红军，参加过攻打上杭城、温坊之战、湘江战役、二万五千里长征，前些年在省外某地军分区司令员任上离休。金老虽已年届 80 高龄，仍腰板笔挺，声音洪亮，但从老人黑红的脸庞上满布的皱纹和他很少从裤兜里抽出的那只缺了小指和无名指的右手，可以想象那个年代金司令员曾经有过的光荣与沧桑。金老说，他一直在寻找当年军号班的战友、女号手李宝玉，记忆里听说是上杭泮境再下村人，年轻时下巴尖尖的，唇边有颗黑痣，参军前就将一把螺号吹得呜呜响。他这些年多次写信向龙岩、上杭有关方面查询，都回应"查无此人"。金老想趁眼下身体还算健朗，亲自来上杭一趟弄个明白。民政局办公室小刘介绍，早先就查过户籍，泮境乡金老这个年龄段里没有李宝玉这么个人，再说泮境也没有再下村，也可能年代久远，金老记错了地名人名。事情陷入了僵局。但功夫不负有心人，一起参加座谈的泮境乡文化站退休的何站长突然一拍大腿站了起来，叫道："有了，如今的泮境彩霞村，1949 年前就叫再下村，其辖内的罗家山自然村有个叫李宝莲的老阿婆，年纪和金老相仿，唇边也有颗黑痣，也能吹螺号，说不定人家是早年改名了呢！"老何退休后，热心于客家民俗文史调查搜集，他在罗家山见过宝莲阿婆。金老听了眼睛一亮，有些兴奋地说："午饭后就去罗家山，我们一起在部队浴血奋战 3 个年头，李宝玉改了名，即使擂成灰我都能认得。"

午饭后，宝莲阿婆照旧躺在客厅长靠椅上休息，儿媳妇拿了毛毯子给她盖上。这个中午，阿婆总是有些兴奋，怎么也睡不着。上午巡山时分明听到有人轻唤"李……宝玉"，那个"李宝玉"在早年间就已消逝。这茫茫大山里，除了早死的孩子他爹，谁还知道她曾经还有个"李宝玉"的名字呢？宝莲阿婆心里叹道，困顿间沉沉睡去。

清明时节的午后有些燥热，迷蒙之中，宝莲阿婆又听到了那个"李宝玉、李宝玉"的唤声，她睁开双眼，面前就立着个一身中山装身材高大，黑红的脸上满布皱纹的老男人。阿婆吓一大跳，惊惶起身，忙用手拢着自己花白散乱的头发。那老男人仍急切地叫唤："宝玉，李宝玉，你还认得我吗?"宝莲阿婆认真地看着对方好一会儿，警觉地摇了摇头说："老同志，你认错人了，我不是李宝玉，我叫李宝莲。"老男人仍执拗地坚持："我没认错，你就是李宝玉，你的尖下巴没变，你嘴边的黑痣还在，你是当年红四军我们同一个班的女号手。"一旁陪同前来的何站长急忙介绍："宝莲阿婆，这是龙江军分区原司令员金克坚，他此行是专程找你来的。"老男人忙不迭地点头。宝莲阿婆睁大双眼仔细端详，心里还在嘀咕："这真会是金克坚班长，是当年那个对待自己如亲兄长一般的俊朗汉子?"等到老男人抽出那只老掖在裤兜里的右手并摊开说"你看看我这只手，总该相信"时，宝莲阿婆有如五雷轰顶，颤抖着双手细细抚摩着这只筋骨毕露的只剩下三根手指的残掌，泪水不断从浑浊的双眼涌出。她语无伦次，哽咽着喃喃道："是你，金班长，你还活着，我们都老到要进棺材了，你终于想到看我来了!"

　　这一对生死老战友相隔了半个多世纪的久别重逢，让在场的人都禁不住眼眶潮湿，唏嘘不已。宝莲阿婆反复摩挲着老班长这只残掌，像是摩挲着刚从深山里失而复得挖出的宝玉，当年是这只手教会自己吹响嘹亮的军号，是这只手在战场上牺牲了两根手指救了自己一命。泪水模糊中，尘封的闸门瞬间打开，往事如汀江的潮水一浪浪排山倒海汹涌而来。

三

　　1912年冬月某日，李屋村猎户李伯勇媳妇生下个女婴，做满月庆生酒时，主人便请上座的族长公给孩子起个名。老先生捏了捏襁褓中的女婴胖嘟嘟的粉脸，随口说道："看这囡仔长得珠圆玉润，樱桃小口，下巴尖尖，不愁吃穿，就叫李宝玉吧！"

不料想，一心想再生个儿子的宝玉爹，养到大几岁就将宝玉送到罗家山当童养媳了。小宝玉到了罗家山，虽然是个童养媳，但公婆对她宠爱着，她便成天跟村里一帮孩子厮混，泥水里滚爬摸鱼捞虾，山坳中吹螺号吆狗围猎，无所不能。转眼间，李宝玉十五六岁。那年的春节，在公婆的撮合下，她就与大好几岁的林祥生圆房了。

其时，朱毛红军进入闽西建立革命根据地，各地成立苏维埃政权，打土豪分田地闹得如火如荼，李宝玉也和村里几个年轻人在红军短暂入村时秘密加入了青年团。往下的变故是命运使然，或也可说是被这恶俗的世道逼上梁山的。

李宝玉婆家家境虽说不上宽裕，但在离村不远的山坳里有那么不上10亩的毛竹山，家里宝贝似的经年劈山锄草养护，每年笋竹等都能有不少收益。李家毛竹山隔条小路对面，就是城关富户詹大头买下的百多亩连片竹林，他家在泮境乡开办了造纸坊，每年夏秋将当年生的嫩竹砍了浸碱捣浆制成"玉扣纸"，专供邻县连城四堡的雕版印刷厂家使用，利润丰厚。詹大头仗着自家有钱霸道，几次向林家提出，用几亩山垄薄田换他这片竹山，林家总是借故回避不予答应。去年清明后，林家在自个儿竹山中笋寮做下了一榨笋干，因事忙，半个多月后才上山察看，发现粗黄檀木榨杠一头挂着巨石的葛藤已被人拦腰砍断，压榨的盖板轻轻地浮在上面，底下的堆笋烂成黄浆，整个笋寮臭气熏天。老公公知道这恶事是谁干的，但也只能忍气吞声，冇得办法，鸡蛋碰不过石头！惹不起却躲得起，最多往后自家把笋挖回家再说吧。想不到这詹大头觉得林家势单力薄好欺侮，得寸进尺，竟在立夏后的某日带了一伙人进山，将林家竹林几十棵已抽枝萌叶的当年嫩竹全砍了，并强词夺理说这些毛竹是他詹家竹鞭延伸过去出笋长成的，他有权砍回造纸！老公公在竹山上阻挡不住，有走山的见状忙回村报信。正忙着砍猪草的李宝玉听说后，气红了双眼，"天理何在，这詹家欺人太甚，本姑娘这回跟你拼了！"只见她三下五除二取下挂在土墙上的火铳，灌满铁砂硝药，用长竹签将火棉捅紧，心急火燎提铳赶上山来。竹山现场，老公公已被推倒在地，一伙人正待扛竹下山。气恨交加的李宝玉对准还在唾沫横飞谩骂的詹大头下身扣动了火铳。随着"轰"的一声巨响，一颗铅弹带着铁砂硝烟击穿了这恶棍的膝盖骨，詹大头捂着鲜血直流的大腿连声哀号不止，同伙见势不妙，慌忙七手八脚抬着主人逃离。詹大头痛得皱紧眉头，瞪着血红的双眼转头恶狠狠叫嚣："林家贼囡子，你是吃了豹子胆，敢对我下毒手，你等着，老子叫你坐班房！"

　　大事不好，家人亲友都劝宝玉赶紧就近到亲戚家或外地去先避下风头。事情发生前林祥生就到外乡走亲戚还没返家。李宝玉也不吭声，她不想让家人担心，心下却是打定了主意。是夜，她将自个儿喜爱的那把螺号放进包内，找来张小字条，用参加青年团不久学会的一些字歪歪扭扭写下几句："祥生哥，我今天气不过，开铳把詹大头打伤了，只能远走他乡，说不定就再也回不来，自个找个好心的客家妹子娶了，忘了我吧！"李宝玉这么写完，禁不住泪流满面。李宝玉不久前在青年团里听说中央红军的一支部队就驻扎在大山后头与白砂交界的"牛滚湖"山窝里，村里的几个年轻小伙子都相继投奔红军去了，李宝玉也是早有念头，无奈家中有老有少，如今却是箭在弦上，势在必行。

　　鸡叫头遍，李宝玉就起身提了包袱，悄声掩上门，开路前往"牛滚湖"，投奔红军。

　　初夏的夜晚，月亮已经快下山了，林子里黑黝黝的，仰头朝树顶望去，天很低，星星很密；山涧里有细细的水声在响，不时有石冻蛙"呱呱"的叫声传来。李宝玉借着微弱的星光在野树峭壁之中的林间小道跌跌撞撞摸索穿行，终于在天亮时分抵达了"牛滚湖"。

这里是一处四面环山的峡谷洼地，草地灌木之间有个方圆数亩地的小湖，湖边的山坡岩壁，有人随形就势用石块木条、茅草杉皮搭建了一些小屋，算是营地。晨光熹微里，雾气蒸腾，一些穿着不甚整齐的土黄色军服的年轻战士正在操练。出面接待的金班长高大英武，人却很是和善，他表示欢迎客家妹仔加入穷苦人自己的队伍。金班长又问李宝玉有啥特长，宝玉想了想，就唱了一段客家山歌："心肝阿哥要知情，你妹心中冇别人；梅子黄时要来摘，莫等落哩枉费心。"唱罢，忽觉有些唐突，便有些羞涩说："没想好，胡乱唱，见笑了。"金班长拍掌说："挺好，有情调，声音也蛮中听，还有其他表现吗？"李宝玉想起随身带来的螺号，连忙取出，鼓足气，"呜、呜、呜"地大声吹响起来。金班长听得两眼放光，连声叫好，兴奋地说道："女人也能吹螺号，不简单！你就作为我们红四军三纵队军号班女一号正式入列。"

在外行人看来，一把铜质金属军号，直溜溜--管喇叭口，练个十天半个月，吹得嘟嘟响乃至声音洪亮，应该不成问题。可现实的情况是，李宝玉虽能一张嘴就将自家螺号吹得呜呜轰响，可刚开始学号时，小嘴挨上冷冰冰的铜管军号，尽管鼓足腮帮涨红了脸，却只能发出"噗、噗、噗"牛解屁般不连贯的闷响，这令李宝玉开始时有些发懵。金班长看出小宝玉的情绪，安慰道："万事开头难，饭要一口一口慢慢吃，你有这方面的天赋，通过不断学习掌握技巧，一定能吹好军号。"随后，金班长交给李宝玉一把崭新的金光闪耀的黄铜军号。

军号班里有十多个战士，大多是近期招的男兵，女的只有宝玉一人。在小宝玉看来，金班长不像是长官，更像是自家的小哥哥，对自己悉心辅导、关爱有加。金班长本名金克坚，半年多前在闽西武平参军。入伍前，金克坚是武平小县城民间汉剧戏班的一名唢呐吹奏手。戏班班头见小金样貌周正，人也聪明勤快，且吹得一腔好曲，就老想将独生女嫁给小金。班头那闺女胖得双眼眯缝睁不开，更有大小姐脾气，时不时跑戏班来骚扰。金克坚不想在戏班混下去，就转头跟红军跑路。部队量人而用，发挥其戏班唢呐手的特长，让金克坚牵头负责组建军号班。金班长在参加部队训练之余，使用自己擅长的民间工尺调改编军号曲谱，很受欢迎。譬如，起床号声为"嘀列当当、当当嘀列"，冲锋号声为"当当嘀列、列嘀当列列列"，等等。金班长说，一把军号就好比是一支部队的灵魂，没吹响时，它是沉稳如山的闸门；一旦嘹亮吹响，闸门就"哗啦啦"启动，严阵以待的战士就听从号声，如猛虎下山般冲锋陷阵。因此，一个军号手首先要立得稳站得正，两腿稍开成中流砥柱之势，手握军号时要向上呈 30°角，以使气流畅通。另外，发声前要先由肚脐眼丹田处运足气，嘴唇和舌尖根据不同的指令调整轻重、长短，发出各自的节奏音调。

在金克坚班长的悉心指导下，李宝玉很快就掌握了军号吹奏的独门技巧，一把黄铜军号吹得响彻云霄。战士们每当看到英姿飒爽的女号手在队列前吹响军号，就精神抖擞，全身每个细胞都兴奋起来，立马进入状态。在两年多的时间里，李宝玉所在的部队辗转闽西北，反"围剿"，建立革命根据地，与国民党军进行艰苦卓绝的斗争。多少次战斗中，李宝玉都和金班长站在阵地最前沿并肩战斗，用嘹亮的军号声鼓舞士气，冲锋陷阵，攻城略地，每一次胜利里都有军号手的一份荣光。李宝玉因此受到部队首长的嘉许，战士们都夸赞其为"军中玉喇叭"。

1929 年 9 月中旬，朱德军长率部返回闽西之后，红四军前委决定集中兵力攻打有"铁上杭"之称的上杭城。当时城内有军阀卢新铭部 2000 多兵力，城墙坚固，据三面环水的汀江天险在此固守。19 日晚，红四军 4 个纵队和地方赤卫队、担架队、运输队等 10000 多人云集上杭城郊。午夜过后，四向城门的冲锋号接连吹响，各部队按照预定的作战方案开始猛攻。李宝玉所属的三纵队主攻北门，金班长和李宝玉的两支冲锋号整夜嘹亮。拂晓时分，李宝玉手中的军号被弹片击中哑了号音，她就取出随身的螺号"呜、呜"地吹起，那些平日惯于山间围猎的赤卫队员，听到螺号声尤感兴奋，像是畅饮了陈酿多年的客家米酒，一个个冒着枪林弹雨，猎豹般勇猛地一个劲往架在城墙上的云梯攀爬。一夜厮杀，红军终于在清晨攻破北城门，打破了400年间无人能攻"铁上杭"的神话。

最让李宝玉刻骨铭心的是1934年9月3日的温坊战斗。林彪、聂荣臻率领的红一军团采用诱敌深入的战术，发挥红军擅长打近战夜战的优势，集中兵力，一举歼灭国民党李延年部踞守顽抗的一个主力团，此战为第五次反"围剿"以来少有的胜利。李宝玉和金克坚作为增援红一军团的军号手，在部队连续发起的几次冲锋中，始终站在队伍的前列，夜空中嘹亮的军号声穿云裂帛，犹如一面迎风飒响屹立不倒的旗帜高高飘扬。发起最后一轮冲锋时，金克坚在硝烟火光中，发现敌军炮楼飞掷出的一个手榴弹正冒烟朝着军号手站立的位置扔来，他一个鱼跃，整个人扑倒在李宝玉身上，在身旁炸开的手榴弹弹片削去了金克坚右手的食指和小指，被金克坚拥在身下的李宝玉毫发未损，得以逃过一劫。望着亲如兄长般战友鲜血喷涌的半个手掌，李宝玉心如刀绞，恸哭失声。

温坊战斗结束后，金克坚被送往后方医院，李宝玉则受部队派遣，回到老家附近为山中游击队筹措粮草，从此天各一方。

李宝玉与金克坚分别后不久，在旧县附近偏远乡村四处筹集游击队急需的大米和盐巴。她想出巧妙办法，让伙计们砍来大根的毛竹，将筹来的粮食装入打通竹节的毛竹内封紧，然后将数根毛竹捆扎一堆扛肩上，伪装成砍竹回家的山民，将物资运送出去。就这样，一次次躲过了国民党民团的追剿。

不久，为掩护主力红军北上赢得时间，李宝玉所在的队伍向长汀和连城交接处集结，在松毛岭与国民党军举行了一场殊死大战。在那场敌我力量悬殊的决战中，我军为夺取阵地，多次发起冲锋，李宝玉一次次吹响手中嘹亮的军号。在国民党飞机的一阵狂轰滥炸下，李宝玉被击中，摔下悬崖，腿部严重受伤，昏死过去，与急速转移的部队从此失去了联系。

第二天，她从死人堆里爬了出来。四周静悄悄的，眼前硝烟未尽，尸横遍野，满山都是遇难的战友。她摸了摸自己伤痛的脑袋，感觉思维还算清晰。朝着太阳下山的方向望去，泮境老家应该在东南方向，她要回家。她慢慢地朝着斜阳摸索而去，肚子饿得咕噜噜直叫，只能随手在路旁采摘了些野果充饥。

又过一日，李宝玉看到山下不远处有炊烟升起，便拖着伤腿往山下艰难走去，想进村看看能不能弄到一点吃的东西。不想，被国民党民团发现，这伙人隔着山坳大声喊叫："对面的共党分子，给我站住，不许动！"

李宝玉临危不乱，双手揣石头，准备与国民党民团拼尽最后一滴血。国民党民团看到是个受重伤的女人，哈哈大笑一阵，就上前将李宝玉五花大绑押回上杭县城，关在城隍庙里，用尽酷刑拷打折磨李宝玉。因有叛徒告密，知道有个名叫李宝玉的女号手，残忍的匪徒将宝玉手掌和肘关节两头用棕绳绑紧，然后将根竹筒硬塞进两小臂之间，再把粗尖的硬木棍塞入竹筒内，用铁锤下死劲敲打，逼其交代自己是红军女号手，说出部队的去向。李宝玉被打得皮开肉绽，两小臂之间的竹筒被敲击挤爆开裂，直到一头的棕绳断开，她始终咬紧牙关不松口，只说自己是李屋村猎户的女儿李宝莲，是被流弹打伤的。

国民党民团见审不出什么名堂，就放话说，只要家属拿 200 大洋来赎，就可放人。其时，正好宝玉家有个堂叔在伪乡公所当炊事员，得到这一消息后，特地回罗家山去问宝玉的家人说："你们家里还要不要这个女人？如果要，我们就想办法去赎；如果不想了，就让她死在城隍庙。"家人想想，罗家山山高地偏，要再娶人很难，还是收留这个女人吧。于是全村凑了 200 大洋，通过在县衙公干的内亲打通关节，并将改名后的李宝莲保释回家。

从此，李宝莲在罗家山踏实本分，相夫教子，履行着一个客家女人的妇道和使命。

四

庚子初夏某日，我们受邀往上杭泮境罗家山采访红军女号手。午后不久，李宝玉的 80 多高龄的儿子林栋华在他新建不久的 5 层小别墅厅堂接待我们。林老告知，他母亲李宝莲已于 1997 年因病过世，埋在后山竹林，与父亲相伴。林老在沙县兵工厂工作一段，后来厂子解散，便回家务农，他家两个孩子读书后都在外地工作。林老拿出当时由省民政厅颁发的红塑胶皮"福建省红军失散人员定期定量补助证"，里面有李宝莲阿婆去世前几年的领取记录。

林老从一个红布包里拿出她母亲宝莲阿婆毕生珍藏的那把螺号，赭黄色纹理斑驳的螺号看去古旧尤新、沉潜如磐，似乎还留有弹孔的痕迹。我们想让林老吹响螺号听听，林老便走出大门，腰板笔挺，站定马步，手举螺号，对着后山起伏的峰峦，"呜、呜、呜"地大声吹响起来。群山肃穆，号角呜咽，那呜呜的螺号声宛如一首悲壮的安魂曲，穿透午后斜阳，传出去老远老远，在天地间轰鸣回旋。我相信，安眠在后山竹林里的宝莲阿婆一定能够听到，当年在湘江战役中差不多全数牺牲的闽西八千子弟兵的英魂也一定能够听到，他们若地下有知，应感欣慰。

迟到的荣誉

李治莹

　　采集《红色泮境》素材最后的一天下午，我们驱车来到离乡政府仅仅 3 千米的祖加村。

　　当我们坐在村主任卢明魁家的客厅里时，他小心翼翼地拎出一个红色的塑料袋，从中掏出一叠有关他父亲卢汉章参加革命的证明材料和一大把的军功章。诸如，六十八军二〇三师六〇八团三营炮连副班长证件、1954 年 10 月 25 由中华人民共和国国防部颁发的"复退军人证明书"、红军失散人员证以及立三等功 3 次的证明，等等。在一小本立功证上的"功臣简历"一栏中如此写道："功绩摘要：战斗勇敢，完成了运输医药任务，立三等功。"另外，在一摞奖章中既有华北解放纪念章、抗美援朝纪念章，也有八一勋章等。

　　卢明魁告诉我们，这是他的父亲留给家人的信物，是父亲为中国革命做出贡献的证明。

　　在明魁的诉说中，我们了解到，他的父亲卢汉章，在战争年代曾用名卢汉生。卢汉章少年时就加入少先队，之后又走上游击战之路。在山林中转战了一段时间后，就跟随大部队走进了抗日战争和解放战争的战场。中华人民共和国成立后，又马不停蹄地参加抗美援朝战争。

　　根据卢明魁的记忆，在我面前展开的是一幅依稀的画面……

一

100 多年前的 1915 年，卢汉章出生于祖加村一个贫困的农户家庭，无田无地，租种着地主家的几亩薄田，年复一年地过着暗淡无光的岁月。卢汉章作为卢家的长子，幼小时就上村子周边的山岭为财主家放牛兼割草。一日三餐吃不饱饭，遇到灾年，连地瓜杂粮都不够填饱肚子。尤其是在青黄不接的春季，常常饿得头重脚轻，连走路都晃悠。穷家贫舍，兄弟姐妹又多，卢汉章还没长大，父母又接二连三地生下一群弟弟妹妹，除养不活夭折的，勉强活下来 5 个。

卢汉章 14 岁那年，正是朱毛红军开进上杭的 1929 年。当年，泮境乡建立苏维埃政府时，少年卢汉章还加入了少先队组织。又过了几年，卢汉章觉得自己到了谈婚论嫁的年龄，但自己家是村子里出了名的穷家，娶不起媳妇，那就只能自己"嫁"过去。四处探询，终于得知白砂乡最山沟的嫩洋村，有家招婿上门的人家。虽然入赘之路不好走，但不走就得打光棍，与其过那苦涩涩的单身日子，倒不如枕头边有个女人说说话也好。在亲戚的撮合下，他爬上了长长的嫩洋山坡，当了上门女婿。

嫩洋村虽然山高林密，但离自己祖加村的家还不算远，跑下嫩洋的山岭，个把钟头也就到了。就在这出生地和嫩洋两地跑的途中，常常会遇到自己从小就玩在一起的"同年"。每次遇上，那同年与自己说的许多话似乎和从前的大不一样，总觉得他长本事了。往返的次数多了，他和同年见面的机会就多，话也就能说到一起。

说着说着，有一天那同年突然问他："你不知道外面已经天变地变世道变了？"

汉章回答说："当然晓得！我们种地侍弄庄稼的人能做什么？还能跟着他们去闹革命？"

同年又说："看看，落后了不是？前几年你还是少先队员呢，现在就守着老婆'暖被窝'了？不出来为革命做点事，那只能一辈子穷、几代人苦，永远也翻不了身。"

汉章一听，这同年的话里有名堂，便追问道："有让自己翻身的地方吗？"

同年答道："当然有，要么当红军，要么上山打游击。"

卢汉章不无好奇地问："你是游击队？只要你是，那我就跟着你，打游击就打游击。"

就这样，在同年的鼓励下，义无反顾的卢汉章真的上山打游击去了。在游击队队长李富东的领导下，登高山、钻密林，不断打击山下为非作歹的保安队、民团，甚至直接攻打警察局。常常转战于马鞍山、白石坑、崖下山、双髻山等地，与敌人周旋和战斗。

卢汉章竟然上山打游击了？这消息让嫩洋入赘的家不无震惊，当然也让祖加的家中炸了锅。敌对的各个武装团伙找到了他的两个家。嫩洋的家说，他当游击队员之前不让我们知道，之后就再也没有回来过。这让找上门的人一听无法找茬，悻悻而返。

到了祖家村汉章的家，当地民团也不问个青红皂白，把卢汉章的父母和两个兄弟关押在乡公所达一年之久，还把他的父亲押出去游乡示众，乡丁还边走边喊叫说："他的儿子当赤匪了，胆大包天了。"如此这般地折腾了多日，之后竟然把卢家的门给封了，让这一家流离失所，无家可归。

后来，游击队队长李富东壮烈牺牲，游击队员个个仇恨在心，更加众志成城，转移各地继续与敌人开展游击战，其中一部分战士直接参加了红军的队伍。卢汉章的一家被敌人迫害后，他更加坚定走革命之路，在报名参加红军时站在了最前面。被编在三团第一营第三连当战士的卢汉章，在第一支队支队长张鼎丞、政治部主任邓子恢的领导下坚定前行。

迟到的荣誉

被整编后不久，卢汉章随部队从龙岩出发，经连城的新泉，再到长汀后往江西赣州。到赣州后很快投入保卫土地革命成果的斗争。从此，卢汉章不但远离家乡泮境，也远离了上杭和闽西，跟着红军的队伍往远处走、向高处看。

二

南征北战、转战千里的卢汉章所在部队来到了安徽。在前后 3 年的对日作战中，卢汉章紧紧跟着自己的部队，哪里有战斗就开拔到哪里，处处与日寇决一死战。时值 1941 年，卢汉章随部队开赴江北途中，在皖南突遭国民党军队的袭击。历经七天七夜的激战，由于敌强我弱，卢汉章所在部队被敌军包围。在数次突围无果的情况下，相当数量的八路军战士被抓后入狱关押。1942 年，卢汉章等被关押的战士才被放出，卢汉章被编入了抗日联军。卢汉章后来才知道，这是震惊中外的"皖南事变"。

解放战争中，在山西太原的一次战斗之后，卢汉章回到了中国人民解放军的怀抱，被编入第三野战军。由于屡立战功，表现出色，于 1950 年 2 月光荣地加入了中国共产党。同年 10 月间，抗美援朝战争打响，卢汉章又成为中国人民志愿军战士。在异国他乡的战场上，身在炮兵连的卢汉章，还拿出自己会理发的手艺，不断在战前战后为志愿军战友们理发。良好的表现，让卢汉章再立新功。

1953 年 7 月 27 日，朝鲜停战协定签字，卢汉章随部队"班师回朝"。1954 年 10 月，卢汉章带着自己在部队获得的一大把军功章和获奖证书，回到了家乡泮境，回到了祖加村的家中。自己早年从农民到游击队员，再到红军战士、解放军战士、志愿军战士。现如今，复员了，他光荣地回归故里。

三

多年在外征战，突然回到了自己的家乡，还真有点"少小离家老大回，乡音无改鬓毛衰"的味道。从1934年参加革命到"解甲归田"，卢汉章整整20年在战场上。世人都说四十不惑，当年的他早过了不惑之年，已经显得"老"了。

回村了，既是到处打仗的老战士，又是共产党员，按当年的政策，他被安置在泮境公社工作。

在接下来的国家三年困难时期，他积极响应政府的号召，再次回到农民的岗位，回归到生己养己的土地。当上了生产队长的他，时不时地去大队、公社参加各种会议，回来后向社员们传达。但这对于不识字且老实巴交的卢汉章来说还真是一件难事。遇到开会发言，他往往刚开了个头就不知该往下说什么了。生产队长这个头衔，最终给了别人。不再当生产队长的卢汉章，不但没有任何怨言，反倒觉得一身轻松。

这时，年近半百的卢汉章仍然是孤身一人，他不想回嫩洋村去找那位媳妇了，心想也许她早已成为别人之妻了。他觉得自己长年累月在外打仗，能活下来就算自己命大了，既然命还在，那就得找个女人安个家。恰好，本村有一个从彩霞村嫁过来的叫王细妹的女人，因丈夫得了病过世了，留下她与4个孩子穷苦度日。汉章觉得自己可以到她家去撑起这个家庭。托人一问，王细妹觉得自己是一个守寡的女人，竟然还能嫁个复员军人，挺好哇。于是，很快就回话说愿意跟卢汉章，但有一个条件，卢汉章得承担养育这群孩子的责任。穷得什么都没有的卢汉章，想想自己或许就是入赘的命，年纪轻轻时入了赘，而今一把岁数了，还得再次入赘，于是他也就认了。当卢汉章走进王细妹的家时，他的脚还在门外，就已经承担起

迟到的荣誉

了父亲的责任。

婚后的卢汉章与王细妹过得非常融洽，春夏秋冬，上山下地，都是夫唱妇随。他们结合之后，王细妹又一连生了4个儿女。

四

唐代诗人刘希夷作品《代悲白头翁》中有两句诗："年年岁岁花相似，岁岁年年人不同。"从部队复员回乡的卢汉章虽年岁稍大些，但力气活都还撑得起。只是随着年龄的增长，孩子的增多，家庭负担的日益沉重，卢汉章前行的步履也开始沉重了。

艰辛的生活，让他时不时地回想起自己长达20年在外持续征战的历程。自己14岁便当上少先队员，为苏维埃政府站岗放哨、送信递情报了；后来又上山打游击，再后来就出乡出县出省，最后的战场竟然还是在国外。枪林弹雨，一路走来，都是闪光的革命之路，唯一让自己叹息、让组织困惑的就是"皖南事变"中的那一段屈辱岁月。作为祖祖辈辈忠厚老实的泮境人，作为一个对党组织无限忠诚的共产党人，总得让自己大概说一说当时的境况吧。

在"皖南事变"中，卢汉章和数量不少的战友都被国民党军抓进了监狱。都是抗日队伍中的战士，国民党军没有任何理由杀害他们，于是就把卢汉章等战士编入了他们的队伍。由于卢汉章为人实在，没多久就让他下了伙房，当上了做饭的伙夫。"身在曹营心在汉"，卢汉章认为那时的情况真是这样。所幸，在势如破竹的解放战争中，卢汉章等又回到了中国人民解放军的怀抱。而且回归后，卢汉章很快就入了党，且又随部队跨过鸭绿江，参加了抗美援朝战争。

由于在外征战多年，常常三餐不继，野外宿营，卢汉章的健康早早透支。而今上岁数了，肺气肿来了，支气管炎来了，自己又是近50岁才又结的婚，儿女都还小。这个时候，多么需要有关部门一句体贴的话语、一句温馨的慰藉。久旱逢甘雨的庄稼，才能不被枯死哇。

卢汉章垫高枕头想了又想，决定要张开口说一说，让懂文墨的人记一记，送到公社、送到县里。不仅证明自己清白，也让组织上明白。于是，一篇篇报告递上去了，一封封信寄出去了，给公社、给县民政部门、给时任的县委书记。一字字回望当初，一句句陈述现在。

20世纪90年代中期，卢汉章终于盼来了他梦寐以求的"红军失散人员"资格。从此，他感觉自己像换了个人似的，如同久病的人大病已除，重新活过来了。当年在战场上厉声高呼"冲呀"的精气神似乎又回来了，腰板子也硬朗了，感受特别明显的是自己说话的底气、中气都十足。记得那年，很快就中秋节了，卢汉章觉得连夜晚的月亮都与往年的不一样，滚圆滚圆的。总是听人说"人逢喜事精神爽，月到中秋分外明"，他觉得，在自己的心中，果真这样！

时代进入1994年，"枯木逢春"的卢汉章，又在手心里捧上了一个小本本，那是由福建省民政厅颁发的"红军失散人员定期定量补助领取证"。已经80高龄的他，捧着省里发的小本本，老泪纵横！

五

卢汉章一年年地老了，但每一天他似乎都在满足中陶醉般地生活。在迈进耄耋之年的那一天，早起的卢汉章听得树梢上的喜鹊在叫，他不知道又发生了啥好事。可就在那一天，他听说自己当年去嫩洋当上门女婿，跟着游击队走后，妻子生了一个女儿。这天，她要来看看老父亲。在自己垂暮之年，又增加了一个亲生女儿，这真是福气呀！当年在嫩洋生的这个女儿，应该排在所有孩子的前头，是老大呢。卢汉章心里高兴着呢！

1996年，82岁的卢汉章辞世了，他是带着一种没有遗憾的满足和一脸的微笑离开人世的。

参考资料：

泮境乡提供的史料。

怒放的山花

张　茜

1934 年 12 月的一天上午，中国共产党党员、中共代英县通讯社通信员、革命接头户户主江添茂，被国民党反动民团五花大绑，押至他的家乡——上杭县庐丰乡的一处山坡上，执行枪决。他立定在从小玩耍打闹的山坡上，环视被白色恐怖笼罩的家园，悲愤交加，双眼迸射出战斗的利剑！他抬头仰望广阔蓝天、自由白云，高呼"中国共产党万岁"之后，便倒在敌人枪口下，年仅 28 岁。一腔七尺男儿的报国热血，洒在闽西红色大地上，载入光辉的中国革命史诗。

在这血腥杀戮时刻，江添茂的秘密交通员助手、接头户的另一半、23 岁的妻子伍德兰，紧紧搂住 4 岁的儿子和 1 岁的女儿。

同年女儿又得病夭折，伍德兰身心倍受摧残，带着独子，照顾两边 4 位老人，孤儿寡母漫漫一生。

江添茂、伍德兰，这紧系在中国革命大动脉上的小人物，在那样的年代里有千千万万无数个，他们"生的光荣，死的伟大"，一如红梅傲雪绽放。

2020 年盛夏，我们在泮境女儿何英的带领下，于炙热酷暑里，怀揣一步一叩首之虔诚和敬仰，拜谒泮境方圆五里热土，倾听战争岁月里的红色革命故事，寻觅红军游击队那时活动在泮境周边深山老林里的足迹。跋涉崎岖山道来到"红军洞"，拽藤条、抓松枝，爬上悬崖顶的"红军紧急避难处"，登上另一个崖头的三层石"红军哨所"，山下村庄、进村公路，尽收眼底。屋舍俨然，公路曲线流畅，一派宁静祥和。

下山来到"革命基点村"白石坑，我们走进革命烈士江添茂的家，烈士遗像安放厅屋正堂——永驻的风华正茂的 28 岁。孙女金莲妹年逾 50，手捧泛黄的"革命烈士"荣誉证书，向我讲述爷爷奶奶的革命故事。只是她未开口，声已哽，泪长流……

江添茂，1906 年出生于上杭县庐丰乡太古村水井街。悠悠汀江河水有如一缕白绸贯村而过。男人们割苇子、打猎、种田，还善于裁缝，这些都是生存的手艺。妹子们在山歌里唱道："芦花遍野闪闪银，嫁人要嫁手艺人……"

芦苇荡、鸟铳、耙犁、裁剪嚓嚓，陪伴江添茂长成了一个小伙子。可无论全家人如何辛劳，如何起早摸黑，还是屋舍破烂，食不果腹。那时的情景是这样的：大量的土地都属于地主和富农，无地或少地的农民被迫租种地主的田地，受到重租剥削。一般山田要交一半以上的租谷，肥田要交收获的八成。收租时，地主的狗腿子如狼似虎，横行无忌，可以随时随地捆绑农民投进牢狱，甚至将他们当场活活打死。种田人好年景才能吃上 3 个月的米饭，其余 9 个月均以杂粮拌糠菜充饥。劳苦农民衣衫褴褛，冬天将土纸捆在身上御寒，饥寒交迫，哀歌哭诉：

朝晨野菜昼边糠，夜幕稀粥照月光；
日里无粒喂鸡米，夜幕无颗老鼠粮。
作田之人空米房，泥匠师傅住烂房；
做衫工人烂衣裳，木匠师傅篾缚床。

哪里有压迫，哪里就有反抗。1925年秋天，庐丰青年蓝维仁、蓝维龙从厦门集美师范学校毕业，回到家乡建立秘密农会，创办"东一区九堡平民学校"，给苦难乡村带来新的希望。他们吸收穷人孩子进学校，传授新文化知识，秘密传播进步思想和革命真理，唤醒受压迫受剥削的贫苦农民奋起斗争。19岁的江添茂，第一次听到了新思想的声音，这犹如滚滚春雷，犹如一片新的生命绿洲，对他充满了磁铁般的吸引力。只要有闲暇，他就设法跑到平民学校旁听，如饥似渴地汲取知识，汲取革命新思想。

1926年，革命风云突起，来了救星中国共产党，庐丰党支部在丰济村天后宫成立。红色火种熊熊燃起，太古村上塘、上坊村上田、铁峰村窑下等陆续成为革命基点村。各村秘密发展党员，传播马克思主义，推动国共合作，掀起工农运动。长、杭、武、永四县和汀属八县政治检察署先后在上杭成立，上杭成为闽西革命运动的中心。

上杭总工会、农民协会、学生联合会、妇女解放协会如雨后春笋般成立。农会领导农民配合民军铲除上杭北洋军阀残部；工会带领学生联合会发起驱除外国反动传教士的活动，收回教育权斗争；妇女解放思想，争取男女平等，扫盲上夜校，反对包办婚姻，争取婚姻自由。

上杭城内，革命运动轰轰烈烈、如火如荼，展现出一片新气象。

1927年5月7日，国民党军阀蓝玉田部发动反革命政变，大肆搜捕、杀害共产党人，革命形势急转直下，上杭党组织秘密转往乡下。

1928年1月，中共上杭临时县委在庐丰成立，武装斗争、土地革命、建立政权的洪流逐渐在乡村涌动。农会建立武装，领导农民进行斗争，取得减租、禁粮出口、办平粜、清算乡族账目、抗缴石灰捐等胜利。江添茂积极活跃在农民运动中，在赤色环境里逐渐成长起来。

一天傍晚，月儿早早高悬半空，地上树影如画，远处山峦轮廓依稀，屋前河水滔滔。江添茂前几天刚满 22 岁。晚饭后，他门前屋后转了一圈，来到父母屋里坐下，许久没有说话。父亲看着昏黄灯影里的儿子，发觉儿子真是长大了，有着和自己相似的面孔及性格，安静、镇定、聪慧，却不失勇敢。他似乎听得见儿子雄健的咚咚心跳声和全身血液的突突奔流声，那是自己血液和骨骼的再生，他了解儿子如同了解自己一样。"说吧，什么事？""阿爸、阿妈，我明天要去县城。""去上杭？"江阿爸站了起来，阿妈也停下手里的缝补活，怔怔地望着儿子。"噢，是这样的，我想去县城开个裁缝铺子，一是见见世面、闯一闯，二是兴许能多赚些钱，我年龄大了，成家是需要钱的，将来养家更需要钱。你们放心，我会做好生意，照顾好自己，会经常捎钱捎信回来。"知子莫若父，阿爸心里有数，阿妈也不糊涂。两位老人沉默不语。泪水从阿妈眼角悄悄流下，她并不擦去，笑着说："去吧，好好干，千万要当心。"接着自言自语，说给儿子也说给自己："街脏总有扫街人，年轻人该去闯闯。"阿爸走到屋角，手指探进一个破瓦罐，取出一点钱，放在儿子面前，"去吧，做生意总要本钱，就只有这些。"儿子眼圈红了，拿起老父亲给的钱，"阿爸、阿妈你们早点休息，儿子记住了。"转身出了门。

几天后，上杭古街悄然出现一家"和新成衣铺"，皮肤白净、身材修长、温文尔雅的江添茂，既是老板也是活计。他为人踏实，心灵手巧，手艺精湛，很快赢得许多客人，生意做了起来。只是人们未注意到，这里已经成为地下党的一个秘密交通站，这才是江添茂进城开裁缝铺的真正使命。

江添茂做的是地下工作，采取单线联络方式，一人坚守在看不见的战线上。他的"和新成衣铺"如纽带般连接着庐丰和上杭县城，连接着共产党和国民党。他的本家大哥江思豪担任国民党县长，与他交情甚笃。

春去秋来又一年，江天茂就在自己的裁缝铺里，遇见了心仪的姑娘、未来的工作搭档——客家妹子伍德兰。

那天晌午，江添茂正在埋头做活。"老板，要木炭吗？上好的硬炭，您的熨斗里最好用。"随着一串清脆流利的推销词，一个笑容甜美、面容姣好的妹子站在店铺门口，大辫子垂在胸前，挑一担码得整整齐齐的木炭，脸上流着汗水，红扑扑地动人。江添茂莫名紧张心慌起来，连忙起身，下意识地问道："妹子，哪个村子的？""白石坑。"白石坑——一道电流划过江添茂的脑际，因为他刚刚接受了去白石坑潜伏工作的任务。

他压制住蹦跳的心脏，温和地说："妹子，放下担子，我看看。""看吧，多好的硬炭，我的手艺，放在熨斗里准好用。"

"你烧的？"

"嗯，是的。"一个能烧炭的妹子，可是少见，这代表着一股力量和踏实，只是江添茂的心更加慌乱起来。也许好运将要降临，他更加克制住自己，弯腰拿起一根木炭，"是，手艺好，一个妹子能烧出这么好的炭，不简单，我都买下了。"过秤付钱后，江添茂对姑娘说："妹子，以后有炭就挑这里来，我要买的。"

"哎，好嘞！谢谢您！"姑娘挑起轻轻的空担，风也似的走了。

江添茂刚认识的年轻姑娘名字叫伍德兰，年方17，客家人称伍妹子。她出生40多天，就被白石坑一对无生养的农民夫妇抱回家做了养女。养父母老实忠厚、家境贫寒，但有一盘祖传大石磨，逢年过节有村民过来磨粄，都会打几勺米浆在碗里，让他们煮了给孩子吃。也许是基因，也许是养父母浓浓爱意的呵护，小女孩在米汤、面糊、野菜的喂养下，壮实成长。

养父母格外宠爱，视为掌上明珠，这无疑给了伍妹子广阔空间。她从小男娃娃般淘气，上树掏鸟窝、下河摸鱼、进山打柴样样行，善良养父母望着女儿只是笑，只是欣赏和骄傲。穷人的孩子早当家，

怒放的山花

十三四岁时，伍妹子竟然迷上了烧木炭，这可不得了。烧炭对于山民来说是高技术活，也是最繁重艰苦的体力活，历来都是很强壮很有本事的男人才能担当。但小小伍妹子有着自己的想法。烧炭能赚钱养家，父母年纪大了，她要挑起家来。再说自己有的是力气，技术嘛，总是人学的，认真学就一定会。

白石坑坐落在一个小小山坳里，四周高山莽林，村民的油盐酱醋茶钱，基本都来自大山——挖药材、打猎、采菌子、烧木炭、做竹器等。伍妹子家住在村尾，房屋依山而建，山上林子里隔一段就有一座烧炭窑，胖乎乎大肚子，能装许多木柴，能烧出一根根乌黑铮亮的好木炭，能换回源源不断的钱。这让"初生牛犊不怕虎"的伍妹子格外着迷，她得空就上山转悠，每座炭窑都看一遍，每个烧炭的大哥伯叔都问一遍，最后选定一家产品最上乘的窑，央求多天，直到阿爸拗不过女儿也赶来求情，窑主才破例收了这个女徒弟。选炭柴、砍炭柴、分段子、挑扛运、装炭窑、把火候、封窑闷烧、开窑出炭，伍妹子如痴如醉、不知疲倦地学习。翻山越岭、下沟过坎儿，手砍伤、肩磨破、荆棘划烂衣衫、烟火熏得像个黑炭人儿，但是她成功了。

成功和战胜困难的喜悦，可以抹去过程中的一切。伍妹子能烧炭，这在百年之后的今天也令人惊讶和钦佩。

这样的刚强性格和坚韧不拔的毅力，注定将来有一天要担当特殊使命。江添茂和伍德兰，中国革命战线上的两个小人物，正向着结合、奉献的方向走去。

又到了去县城卖炭的日子。伍妹子会在前一天做好一切准备。她认为做事有计划有程序，才能事半功倍。准备好要带的饭团和茶水，饭团裹在蒲包里，茶水灌进竹节筒。接着，从炭窑里一根一根取出甘蔗般的硬炭，仔细码放在两个畚箕里，稳稳当当、妥妥帖帖，这一担有80多斤。

翌日清晨5点钟，山野森林还在迷糊，伍妹子就起床，梳洗整齐，挑起炭担出门。植物的泥土气息扑鼻而来，满天星斗调皮眨眼，远处犬吠隐约传来，雄鸡唱响黎明前的晨歌。30里山路，出家门上山，攀登陡峭石阶，经风亭里，翻过猴子额、雪岚顶，走上石砌官道，3小时到达县城，半天就可返回来。崎岖山路，对于体格健硕、充满青春活力的山妹子，并无多大困难。她们从小就和繁重的体力活相伴，惯于穿行大山皱褶，如履平地。

"老板，送炭来了!"伍妹子对着低头裁剪的江添茂朗声喊道，她满脸霞红，犹如盛开的木槿花。收炭，付清钱，江添茂端上一杯热茶，"来，妹子，辛苦了，坐下喝杯茶。"伍妹子路赶得急，的确也渴了，端起杯子喝了几大口，一双大眼睛打量起裁缝铺子。店里干净整齐，布匹一捆一捆竖着排放，做好的成衣一一妥帖挂着，活儿做得可真叫好。案台上铺着一块下了剪刀的蓝洋布，生铁大熨斗如小兽般安安静静，端坐在铁座架上。裁缝铺清新的新布味道和温馨氛围感染了伍妹子，使她血管里突突奔腾的热血渐渐平静下来。江添茂一边给伍妹子续茶，一边微笑着说："小店铺，生意还可以。"声音温和而包含磁性。"嗯，蛮好的。""噢，妹子，托你做个事情可以吗?""什么事? 你说吧。""哦……就是……那个什么……我这么大了，还没成亲，托你帮我找个媳妇好吗?""媳妇? 噢，没问题，我帮你看看。"伍妹子不假思索地答应了。

从县城到白石坑，伍妹子一路上都在思考着江添茂托付的事情。她把所有认识的姑娘都在脑子里过了一遍，可似乎没有合适的。客家人的婚姻习俗大多是童养媳或父母包办，但婚姻自由已经兴起，她不由得轻声哼唱起"红军三句半"：

革命是正宗，志愿大家同，红军真勇敢，威风!
自由结婚个（的），到老唔（不）反悔，格外更有情，

丁对（正配）！

男女自由权，只要有姻缘，两人心相对，冇嫌！

最要设学堂，希望读书郎，同心做工作，商量！

可唱归唱，好归好，还没有真正看到有谁自由结了婚。想到这里，伍妹子的心突然兔子般蹦跳，满脸羞红了。

1929 年 5 月，红四军团进抵上杭白砂，与第一、第四纵队会师，准备攻打上杭城。部队于 18 日秘密到达上杭城外，毛泽东主持召开前委会议，制订攻城作战计划，城内地下党组织积极响应，紧密配合。次日，毛泽东、朱德等登上山头，仔细查看战斗地形后，召开支队长以上干部会议，部署攻打上杭战斗计划。当晚开战，于 21 日拂晓攻取上杭，歼敌 2000 多人。

在革命形势锐不可当、滚滚向前的洪流里，在一个个刀光剑影、危机四伏的日子里，裁缝江添茂都以他冷静敏锐、细致严谨、不动声色、做事高效的特质，拉长耳朵，擦亮眼睛，迎来送往，搜集情报，传递消息，为信仰和理想行走在刀尖上。

那天红军刚抵达白砂，江添茂就接到任务，要送一份重要情报过去。他先思考行动方案：对，就说是到白砂干兄家里去。吃过早饭，他拿起一件刚做好的男人上衣，仔细叠好，装入随身携带的布袋里，再到隔壁食品店买上几块点心，启程上路。9 月，山里气候转凉，但心中有事，匆匆赶路的江添茂还是满身汗水。走了一段路程，还算平安无事，树上知了一阵高过一阵地躁唱不止，江添茂忽然觉得还是将情报内容装在脑子里最为安全稳当。转过一道山弯，前后没了行人，他迅速取出情报扫一眼，默记下来，将情报送入嘴里吃下去。再反复默背，直到烂熟于心。说时迟那时快，一抬头几个持枪民团挡在了面前，厉声盘问："老实说，你去哪里？""哦，乡党好，我这是去白砂。"话音没落，枪口就抵在了江添茂的胸前，立即搜身。干干净净，毫无结果。"我这是去干兄家里……本家大哥江思豪……"江思豪三个字瞬间发挥作用，敌人连忙道歉溜走，江添茂圆满完成了任务。

又是一个圩天，伍妹子来送炭了。江添茂除了工作需要，打心眼里喜欢这个勤劳勇敢的妹子。来往几次，熟悉了，等伍妹子喝过茶，江添茂问起说亲的事，伍妹子红着脸说："帮你问过了，没有合适的。""哦，没有合适的，那你有人家了吗?"伍妹子不吭声，脸更红了，不好意思起来。江添茂鼓起勇气继续往下说："那咱们两个，你看可以吗?"伍妹子的脸像熟透的红苹果，轻咬嘴唇，默许了。

当年年底，受革命进步思想影响，太古村水井街男青年江添茂与白石坑女青年伍德兰自由结婚，男方落户白石坑，入住女方家。这一切机缘巧合、命运安排，都如同江添茂的性格，有条不紊、严丝合缝。伍妹子从此盘起长发贴脑后，状如一颗大花生，中间横穿一根银簪子。

白石坑地处泮境乡西南边，是彼时元康乡的一个自然村，仅有18户62人。毗邻庐丰、城郊，连绵山峰、原始森林环绕村庄。在三年游击战争中，这里是上杭南路游击队活动的主要根据地之一，小小山村曾遭遇国民党反动派三次移民。

江添茂用以生活和掩护工作的裁缝铺也迁到了伍妹子家。只是在深山乡间，邻里睦亲，就用不着"和新成衣铺"之号了。

自由婚姻的生活，正如"三句半"里所唱——"有姻缘""心相对"，夫妻二人相敬如宾，幸福甜美，这无疑给贫寒艰辛的生活注入了无穷的活力。伍妹子除了烧炭，还能做小竹器活儿：劈锅刷，扎扫把，做畚箕耳畔子、尿桶提手等。山里人家运输全靠肩挑，畚箕使用频率最高，耳畔子易损坏，聪明机灵的伍妹子就卖畚箕耳畔子，轻巧又赚钱。丈夫江添茂还是做他的裁缝活儿，不管光景多难，逢年过节、娶亲生娃，总有人要做新衣裳。伍妹子开朗，江添茂安静，

怒放的山花

夫唱妇随，琴瑟和鸣。

1929年6月3日，红四军二战龙岩城，7日攻克白砂镇，成立白砂区革命委员会。白砂战斗后，县委派蓝树荣率领各乡村暴动武装1000多人向白砂周边进发，策应附近农民武装暴动。几天后，泮境乡农民举行武装暴动，白石坑和元康村群众开展打土豪分田地建政权斗争。

泮境暴动后，元康乡成立了赤卫队、少先队、儿童团、妇女会等组织。白石坑村民江树经任少先队队长、江满姑任妇女会主任，继而元康乡成立苏维埃政府，还是白石坑村民江朝荣担任主席，可见白石坑已经成为元康乡革命组织的核心地，红色火苗在这个深山小村悄然燃起。江添茂肩负重任，依然潜伏，静默无声。从表象看去，他还是一个老实的裁缝师傅。

在乡苏维埃领导的斗争下，白石坑穷苦人家分到了田地、农具和生活用品。人们欢欣鼓舞，情绪高涨，浑身是力，积极开展生产，努力建设苏区。只要手里有一点钱，就积极响应政府号召，支援红军，购买公债；只要家里有拿得出手的食物，就赶忙慰劳红军。田里劳动回来，家家户户编制草鞋送红军；红军队伍打仗需要人，少先队队长江树经带头，江朝荣、江朝洪、江朝裕、江朝春、江立茂、江天福、蓝万升、蓝万华等9个青年踊跃报名参军，上前线，杀敌人。十多户人家的白石坑，爆发出惊人的战斗力。

1930年，中共福建省委在厦门召开第二次代表大会，恽代英代表党中央出席了会议。5月6日，化名王作林的他在上海被国民党当局逮捕，关进南京江东门外"中央军人监狱"。在狱中受尽敌人严刑拷打和各种威逼利诱，始终坚贞不屈，直至被叛变的中共中央政治局原候补委员、特科负责人顾顺章指认，身份暴露，在南京英勇就义，年仅36岁。

"我身上没有一件值钱的东西，只有一副近视眼镜，值几个钱。

我身上的磷，仅能做四盒洋火。我愿我的磷发出更多的热和光，我希望他燃烧起来，烧掉过老的中国，诞生一个新中国！"恽代英烈士铁骨铮铮的肺腑之言，犹如一粒火星迸进火药桶，犹如一首泣血战歌，激励千千万万个有志之士置生死于度外，奔赴救国革命，抛头颅洒热血，视死如归。

1933年前后，全国兴起以革命烈士名字命名地方行政区的纪念活动。福建省苏维埃政府为纪念中共沪东行动委员会书记恽代英烈士，将上杭毗邻永定的太拔、太阳、庐丰、蓝家渡、茶地等地区划拨出来，成立代英县。

1932年，地下交通员江添茂，对着鲜红党旗庄严宣誓："我志愿加入中国共产党……履行党员义务……保守党的秘密……随时准备为党和人民牺牲一切，永不叛党。"成为一名中国共产党党员的他，随后担任代英县通讯社通信员，负责采购、运送物资、传递情报、侦探敌情等工作。

春天里，伍妹子顺利产下一个男婴，欣喜幸福的同时，却陷入了深深的忧愁。夜深人静时分，她降低声音对江添茂说："我看你还是别干了，你有手艺我也肯下力气，咱们总归是饿不着，孩子不能没有阿爸，你干的事很危险吧？"这是伍妹子结婚以来，第一次直面丈夫的那件事。"没事的，没干什么事，你放心，我也很爱我们的孩子和我们的家。"伍妹子爱丈夫，轻轻叹了一口长气，江添茂将妻儿拥入怀中。

"你爷爷呀，先前什么都不肯跟我讲。"伍德兰对孙女金莲妹说起时，还有一丝幽怨。

中央红军实行战略大转移出发长征，闽西大部分地区又被国民党反动派侵占，留守革命根据地的红军展开艰苦卓绝的游击战争。

上杭县城被敌人攫取。白石坑距上杭县城仅15千米。这里山脉地形复杂，参天树木遮蔽，植被丰茂，水源充沛，沟壑纵横密布，崖壁险峻，洞穴岩缝神秘天成，便于隐蔽，便于进出牵制敌人、掌握情报，更重要的还有白石坑人民的高度觉悟和支持。敌强我弱，形势险恶，我游击队发扬红军善于打夜战的艰苦传统，以一当十，以少胜多，夜里走出森林进城打袭击，天亮前撤回，神出鬼没，来去无踪，长期活跃并渐渐发展壮大起来。

中华人民共和国成立后，当年在白石坑打游击的老红军队长罗兰州回忆说："在三年游击战争期间，是白石坑人民支持了游击队，帮助游击队指战员度过了最困难的时期。当游击队没有粮食时，白石坑人民给我们送来了，白石坑人民是有胆量的，是勇敢机智的。白石坑人民对革命支持很多，送来的情报也很准确。所以，游击队在白石坑活动的三年中都没有遭受损失，这与白石坑人民的大力支持和热心保护是分不开的。"

罗兰州是庐丰乡立英村人，红军长征前担任上杭赤卫团大队长、庐丰区苏维埃政府副主席兼军事部长。红军战略大转移前领命留守闽西革命根据地，阻击敌人掩护大部队转移出征。

完成掩护红军长征的任务后，罗兰州遵照组织命令，带领南路游击队，转战白石坑一带，保存革命力量，相机打击敌人，保卫秘密留守机关。

小小白石坑，隐匿于万山指缝间，人家少人口少，红军家属多、苏维埃政府干部多，思想觉悟高，早已成为革命基点村，是红军游击队的主要落脚地。

江添茂的到来，使这个村庄在不知不觉中发生着变化。

江添茂温和的性情，出众的裁缝手艺，出生于庐丰赤色地区、来自上杭县城的经历，还有妻子伍妹子的刚强能干，都使他融入了这个村庄，并悄然地起着导向作用。

伍妹子家几间土夯房，和所有山民的房子一样，不管大小，都背靠山坡立起，都在靠着山坡的墙壁上开出一扇小门。这便于靠山吃山，快捷上山劳作。这扇小门在三年游击战争中，帮助了游击队秘密进出，降低了暴露的风险。

这里后山上的地形，有着天然的军事优势。古老森林自不用说，山沟里的清泉是上好饮用水，沟畔上的原始洞穴是现成营房。垄沟交错，条条连通，使人穿行自如。两里外一道粗粝花岗岩断崖形成于白垩纪，风化神在崖上掏出一个扁洞穴，可容纳五六个人，成为游击队的紧急避难处。游击队遇到紧急情况，便轻车熟路地登上崖顶，翻身进入扁洞，扁洞一如断崖之嘴，仿佛合上了。追敌仅凭一双肉眼是断然发现不了的，而藏匿的游击队居高俯瞰，一目了然。还有背靠一条松树灌木遮掩的小道，随时亦可撤离。再相隔半里山路，兀自突起一根球状剥离圆石柱，俯卧石柱顶端，村庄以及进村的道路一览无遗，这就是游击队的哨位。森林掩蔽、山沟通联、水源清澈，宿营地、避险处、瞭望哨位均有，这苍天大地建设的良好根据地，似乎就是为红军游击战而准备的。

游击队扎营在江添茂家后山上的林子里，江添茂不露声色地履行着自己的职责，为部队服务。

这个时候，他的工作需要妻子的帮助，也需要村里的帮助。

首先是妻子，对于江添茂，也许是天意安排，从相识到结合，一切都是那么自然而然、默契相知。他知道，对于妻子所说的自己的那件事，其实不管他多么保密、谨慎行事，终将是瞒不过同桌吃饭、同床共寝的妻子的眼睛，女人的第六感更是如先知般敏感。无论如何，现在是到了需要妻子帮忙的时候了。今晚几个体弱的战士要来家里吃饭宿营，他们需要迅速恢复体力，山上的饮食住宿太艰苦。

昨天接到通知后，江添茂先去看看家里米缸、鸡鸭，米不多了，他寻思着该找谁去借，最后决定找江满姑。满姑将两个儿子都送去当红军，红军在时她是乡苏妇女主任，红军出征、白色恐怖压境，

怒放的山花

她在大家心里，依然是妇女主任。也许受共同志向和使命驱使，两人在平日里的交往也多一些。借到了米，几只鸡鸭有一只小公鸡大些了，可以给战士们补身子。

是夜，关好门窗，等孩子睡了，江添茂拉着妻子的手来到堂屋。江添茂这个拉手的动作，使伍妹子预感到他有大事要和自己讲。"明天，山上的同志要来家里吃晚饭、借宿，米我借到了，把那只小公鸡杀了加些草药炖汤，战士们忍饥挨饿地打仗，身子太虚弱了。"伍妹子没吭声，静静地坐在那里，但内心却翻起惊涛骇浪，双手下意识地紧紧相握。江添茂不急不躁，耐心地等着妻子说话。时光似乎凝滞，过了许久，伍妹子终于开口："你干的这是杀头的事。""我不管那么多，咱们客家人的习俗是乞丐来了，也不能叫他空着肚子走。"伍妹子点点头，"不早了，睡吧。"

从这天夜里开始，伍妹子连睡觉都竖着一只耳朵，她得格外警惕，确保安全。

第二天天不亮，伍妹子就到鸡笼前，瞅准那只小公鸡，捏住嘴巴，抓到锅灶间，无声无息地处理好。大冷天的放到下午没问题，她很紧张，心里像打鼓，但有一股正义的力量支撑着她。

下午做饭时，她很小心地将鸡切成块，配上疏筋壮骨的草药，装入瓦钵子，放进大锅里蒸。这个做法可以控制鸡汤香味飘散，以免暴露，也可以使鸡汤更有营养，两全其美。伍妹子做事胆大心细，爱动脑子。

临近黄昏，太阳刚落下西山头，天空眨眼间就漆黑一团。江添茂站在院子当中，凝神竖耳，听了听动静，然后进屋，打开后门。他爬上一个山坡，发出几声逼真的夜鸟叫声，燕子排上的"鸟儿"作了回应。他带着接到的9个战士，回到家。

"那些兵啊，一个个黑黑的，很瘦很瘦，衣服破破烂烂，有的戴着八角帽，有的没有，还是穿着老百姓的衣服。那天吃过晚饭，他们就住在屋里楼厅上。地板铺上谷笞（晒谷子用的），睡在上面一排，天没亮就上山了。"金莲妹说，奶奶多次对她这样念叨。

江添茂引导妻子加入了革命队伍，他们的家自此之后成为"接头户"。

他心里有数，妻子能担负起这个重要而危险的任务。正如妻子所言，每时每刻都存在杀头的风险，但为了革命，多少共产党人都死在了敌人的屠刀下，自己的性命又何足挂齿？

一个白天，战士们悄悄下山来吃午饭，晚上有仗要打呢！恰好村里有人打下一头野猪，伍妹子手里没有钱，就去赊了一块回来，承诺几天后挑木炭去卖了再还钱。战士们从后门进来，伍妹子招呼吃饭、喝茶，江添茂赶紧给大家补衣服、帽子、子弹袋，拿出打好的新草鞋，给大家换上。一阵紧张忙碌过后，战士们豹子般返回了森林。那一夜，指战员们摸进城里，打掉了敌人的一个重点炮楼，缴获了不少枪支弹药。江添茂、伍妹子得知，满心欢喜，觉得自己的工作有着重大意义。

次日中午，江添茂顾不上吃饭，趁热将饭菜装起来，准备送上山去。伍妹子思忖，他这是要给谁送饭去呢？好奇心驱使她央求丈夫带她一起去。她要去看看。

"你爷爷拗不过我，只好带着我一起去送饭。我们过了燕子排，爬到金泉沟畔上，看到一个山洞口，爷爷不让我再往前走，他上去进了洞。我远远地往洞里看，看见里面坐着一个穿军装的男人，脸盘白净一些，方方正正，很威严，像当官的。后来你爷爷出来了，那人一直在里面，没有出来。"奶奶对金莲妹详细地讲过这件事情。我和金莲妹一起琢磨很久，奶奶说的那个人是谁？他是否就是游击队队长罗兰州？

一天中午，罗兰州带领游击队到元康村活动后，返回白石坑，被敌人尾随而至。整整一个连的人马，沿着山路迅速追来，企图突袭"围剿"游击队。家住村口的江朝恩正在煮饭，几只猎犬突然狂吠着冲出家门，他低声呵住爱犬，迅速爬上屋顶卧倒瞭望，敌人来了，人数众多，个个有枪！他快速赶到游击队驻地报信，回头组织村民设法掩护。敌众我寡，游击队立即撤离村庄，登山隐入森林。敌人追歼扑空，凶恶地抢走几头农家视为命根的耕牛，放火烧掉红军家属房屋，扬长而去。

夏天来了，游击队住宿山野，要忍受蚊子、毒虫叮咬，其中受伤、得病的队员还不在少数，苦于缺医少药。江添茂看在眼里，急在心头。可是买药谈何容易？这是敌人严密控制的禁品。不过再难也得想出办法来，庐丰本家大哥、上杭县县长应该会帮忙，以前在城里得过他不少帮助，找他试试看，顺便再买些米来，敌人对米也控制着呢。

江添茂进城找到本家大哥，说明来意，大哥心知肚明，提醒他这是将脑袋别在裤腰带上的事情，一定要多加小心，保全性命为重。他拿着大哥给的条子，买到了药品，也买到了大米。但大米也不能多买，不然会引起敌人怀疑。将药品藏入箩筐底夹层，上面盖上大米、日用品、布匹。他思维缜密，行动严谨，顺利地回到了白石坑。之后，江添茂本家大哥是县长的信息，也慢慢传播开来，这对他的工作起到了保护伞作用。

江添茂回到家，喝口水喘口气儿，顾不上吃饭和休息，趁夜色掩护，拿起药品立即上山。早点到，伤病员就能早点用上药，治好病，上战场。他摸黑转过几道山弯，突然呼啦啦冲下一个黑影，他连忙滚入灌丛躲避，只见黑影嗖地擦身窜去。江添茂摸了一把冷汗，估摸着是一头山麂子，春夏的动物正处发情期，行为较为怪异。他手掌撑地准备起身，却抓到一条冰凉的东西，"呀"了一声，扬手摔了出去，原来是一条小胳膊粗的蟒蛇！江添茂奋力跳起身，返回山路跑步前行。

狭小的岩洞里，宿营着二三十号人，林中气候闷热，条件极为艰苦。当江添茂把带来的口服药、外伤药、针剂、万金油等拿出来，摆在洞里小桌上清点时，游击队员们眼含热泪，紧紧地将他抱住，残酷的环境使大家没有过多的言语表达。队长说："这些东西都是你用生命换来的，但是现在弹药补充困难，还需要土硝和黄药。"江添茂点点头说："请队长放心，我想办法解决。""一定要注意安全。"江添茂又点点头，"嗯，会的，放心。"转身出洞没入山野。

　　这一夜江添茂辗转难眠，他想着往后游击队的处境会越来越难，仅靠自己和伍妹子的力量是不够的，下一步必须发动群众力量。他在心里琢磨哪些人适合，最后确定江立昌、钟妹子、何细妹、江满姑、温纪兰。赶巧，第二天江满姑就来找江添茂修补衣服，江添茂试探着说："想找几个人，一起圩天进城去，给山上买些东西。"其实，对于江添茂，江满姑早就有所觉察，所以她很感动他能对自己说出来。满姑先前担任乡苏维埃妇女主任，思想进步觉悟高，敢作敢为能担当，有着一定的洞察力，她隐约感觉江添茂是上面派来的同志。所以，两人很快就商量出方案：组织一个支援保护游击队小组，人员就是他们夫妇俩，加上江添茂提出的 5 个人，一共 7 个人，以江添茂家裁缝铺为联络点。同住一个村庄，大家彼此熟悉了解，对于这几个人，他们有着十足的把握。

　　有了支援小组，江添茂的任务就比较容易完成了。大家各自领到了购买任务，大米、蔬菜、食用油、盐巴、电池等。比较危险和困难的土硝、黄药，以及探敌情取情报这些任务，由江添茂自己独立完成，其他人并不知晓。江添茂办事，总是留有余地，以防万一。

　　圩天早上，小组成员分头出发去赶圩。江添茂到了城里，还是去找县长大哥帮忙，这一来二去的，他感到大哥似乎是"白皮红心"，但在那个非常时期，大家彼此只可意会不可言传。大哥这次给他两张条子，一张用于采购，一张是路条。形势越发险恶起来。果

怒放的山花

然不出大哥所料，江添茂在出城时，遇到了国民党兵持枪盘查，大家排队挨个检查后放行。到了江添茂时，他将手心转上，露出压在大拇指下的路条，国民党兵头一摆，他迅速出城，马不停蹄，抄近道翻过几座山峰，回到了白石坑。

掌灯时分，其他人员也都陆续回村，计划物资一一购买回来，为了保密起见，由游击队员深夜下山取回。

江添茂的物资和取回的情报，派上了极大用场，几天后游击队进城打了一个大胜仗！这下惹恼了敌人，他们大发淫威，派兵冲到白石坑拆散村庄。钟妹子、江立富、江朝存、江朝洪等被赶去庐丰章金，江朝恒、江寿嵩2户被赶去庐丰上坊、中坊，江朝恩、江立昌2户被赶去泮境定达，敌人还抓走壮丁4人，杀害1人。这个古老的小村庄，被摧残得七零八落。遭焚毁的房屋，断墙子立，碎瓦四散，残木焦黑，一片凄凉。但只要泥土还存在，就依然保存着革命力量；只要没赶尽杀绝，一粒火星都能燎原。江添茂一家得益于县长大哥威望的庇护，暂时没有殃及。

形势极端严酷，江添茂没有丝毫胆怯和气馁，但他刚刚建立起来的小组，已被敌人破坏得支离破碎。他环顾周边情况，附近大村庄，情形就大不相同。村子大，山上隐藏的游击部队也就多，正如"革命战士是鱼，人民群众是水"。单说指战员们吃饭，就靠群众帮助筹运大米。各村青壮年妇女编成慰劳队、洗衣队，为游击队做饭、打布草鞋、补衣洗衣等。12岁至15岁的少年儿童也组织起来，由50岁以上的老人带班站岗放哨，发现敌情就立即鸣放火炮、鸟铳报告游击队。还在进村路口设下重重障碍：用大树做栅栏，安上大铁锁，周围布下陷阱——埋上牛尿浸过的竹枯钉；在山路旁装上石炮，山腰和山顶储备上一堆堆大石头。这些防御工事，颇有威力地阻止了敌人进犯。

但也有些小村庄和白石坑一样遭受了戕害，所有红军游击队住过的房屋、红军家属的房屋都被烧光，耕牛、生猪、谷米、家具、农具、炊具也被洗劫一空，很多人家外逃迁居，耕地荒芜。

但是不管斗争多么惨烈，共产党人都不会放弃信仰，不会屈服于敌人。江添茂经历了这些腥风血雨，党性更加强大，战斗的意志更加坚强，对国民党反动派的仇恨愈发浓烈。

江添茂的支援游击队小组，现在还有他夫妻俩和何细妹、温纪兰4人。惨遭此次重创，他执行任务更加谨慎起来。除了大宗的进城采购，其他工作都由他夫妻二人完成。部队需要子弹袋了，战士们的军帽破了，他就用省吃俭用攒下的钱买回布，在夜里用两层黑布蒙住窗户，点起微弱油灯，一针一线缝制、修补出来。

白天，他和伍妹子一起上山，把自家炭窑烧起来，这样就有更多的理由上山、进城。卖炭有了钱，可以给游击队改善伙食。除了做裁缝、砍炭柴、烧炭、卖炭、卖柴火，江添茂还扛起了鸟铳，养起了猎犬。

儿子3周岁了，伍妹子又有了身孕，他们期待着第二个孩子出生，孩子是革命的新生力量。伍妹子烧炭技术好，自然负责炉火，一炉木炭烧得好与赖，功夫就在炉火把控上。江添茂每天披着晨曦进山砍炭柴，两把锋利柴刀插在腰后。炭柴必须是硬阔叶麻栎、青冈、苦槠等，一刀下去铿锵作响，一把柴刀卷刃了，就换上另一把，显而易见柴刀尤为重要。磨刀是个技术活，伍妹子的磨刀功力胜过走街串巷的磨刀师傅。江添茂借着砍炭柴之由为游击队工作，似乎更安全。砍回炭柴，统一长短，一根根竖立码放进窑腹，封堵进柴主口"狗嘴"，在小侧口"狗颈"里起火烧窑，闻着烟味发苦了，就把"狗颈"也堵死。窑内隔离空气闷烧两三天，就可烧出一窑乌黑发亮的好木炭。

几个月后，临近中秋节时，被撵走的几户人家陆续偷偷返了回来，重要的是钟妹子回来了。江添茂和伍妹子卖了几窑炭，积攒了一点钱。八月十四那天，叫了钟妹子一起买些菜肉。八月十五，煮一大锅米饭，没有茶叶，就摘些三黄基叶代替，泡了一大盆好看的淡黄色茶汤。夜里圆月升起，游击队30多人来到家里，正要坐下吃饭，有村民赶来报告国民党追兵来了！队员们立即起身登山而去。江添茂夫妇和钟妹子迅速收拾饭桌碗筷，将米饭和菜肉装入酒坛封口，沉入门前溪水深坑里。

1934年冬天，罗兰州带领游击队来到白石坑，分散在江朝恩、江满姑等干部群众家里吃饭时接到情报：有一股十多人的民团，把住猴子额，侵扰过路百姓。猴子额是附近乡民去往上杭县城的必经之地，也距离白石坑最近，罗兰州和政委研究决定，率队前往歼灭。当晚夜半时分，江添茂带路奔赴猴子额。猴子额顾名思义，道路异常险峻，一台台石阶叠加，犹如登天之路，后面人的额头顶着前面人的脚跟。部队急行一小时，抵达反动民团龟缩的岩洞附近，按计划展开伏击。前卫组闯进去大喊："游击队！缴枪不杀！"敌人从睡梦中惊醒过来，抓起刀枪负隅顽抗，前卫组开枪还击，战斗打响。借着夜色和熟悉地形的优势，敌人冲出营地妄想突围，却落入我方早已设好的伏击圈。一场激战，民团被全部歼灭，武器弹药悉数缴获。

此后，反动民团疯狂反扑，放火烧掉那天游击队落脚的江朝恩、江满姑家，满姑两个儿子都在红军部队，她孤身一人被逼迫改嫁庐丰安乡，江朝恩提前得到消息逃去他乡。敌人还不罢休，重金悬赏继续追杀，江添茂被叛徒出卖。

敌人马上实施秘密抓捕，江添茂毫无觉察。12月的那天，他出门先到白砂干兄家里办完事，再去泮境圩场为游击队采购东西。谁知刚进入市场，就被跟踪的反动民团抓获，押送县城监狱。

伍德兰得到这个消息，急忙赶赴县城，向县长大哥江思豪求救。江思豪了解情况后，摇摇头说："救不了了。"伍妹子眼前一黑，栽倒在县长家的客厅里。

过了几天，伍德兰由县长打招呼去探监，看到自己丈夫满身伤痕，衣服都被抽打得烂成了条子，她又一次昏厥过去，被看守拖出了监狱。

江添茂被关押 49 天，敌人使尽酷刑和利诱，毫无收获，便将他押到家乡示众枪杀。乡亲们说："他们一起被杀的有 3 个人，都是喊着中国共产党万岁倒下的。"

江添茂牺牲后，伍德兰无力抚养两个孩子，挖心般将年仅 1 岁的小女儿送给别人，数月后女儿病死在养父母家里。家公家婆不忍心看着 23 岁的媳妇守寡受穷，就为她找了一个打铁的殷实人家，婆婆劝她说："那户人家不错，你就嫁过去吧？"伍妹子泣不成声地说："阿妈，我和添茂是自由结婚，我们约定了到老不反悔。"

40 年后的 1975 年，江添茂和伍德兰的孙女金莲妹要去庐丰上中学，庐丰对于伍德兰是永远的痛苦、永远的爱。67 岁的伍德兰送孙女走出家门，孙女说奶奶别送了，她说：山连着山，奶奶担心你会害怕。送到半路的大水库边，孙女说奶奶回去吧，她说奶奶担心你走在水库边上会掉下去。再出去有公路又有车，奶奶也担心，一直将孙女送到公路走完。站在小山坡上，再看着孙女走进学校里的大操场。金莲妹回头一望，奶奶还站在山坡上，在那里伤心流泪，因为坡下的大操场是爷爷牺牲的地方。

2002 年 7 月，江添茂被福建省人民政府补评为革命烈士，翌年妻子伍德兰安心离世，终年 95 岁。

参考资料：

上杭县老区建设促进会编：《上杭县革命老区发展史》，厦门大学出版社 2019 年版。

怒放的山花

文武双全的革命带头人伍能藩

伍传熙

　　元康村是闻名遐迩的老区基点村。这里群山环抱，满目皆翠，全村 200 多户 800 多人，民政部门在册烈士就有 31 名。村中高山盆地，正南方峰峦起伏，主峰海拔 788 米，巍峨挺拔，刚直如笔，直插云霄，代代相传这是神仙赠给元康村的"巨笔"，雷笔寨山由此得名。元康村红色故事薪火相传，革命带头人伍能藩同志文武双全的故事广为传诵。

　　伍能藩，1903 年出生，1929 年加入中国共产党，1928 年初创办元康村平民夜校，并创办"铁血团"传播革命真理。1930 年 1 月任上杭游击队政委，11 月调任上杭赤卫团政委。1931 年 8 月率部在丰稔官田驻扎，被叛徒出卖，遭民团突袭被俘，在押解途中机智逃脱归队，后又被杀害于庐丰横岗河田山，时年 34 岁。

　　伍能藩是一位文人。他的家是破产地主，他读过中学，是那个时代的"文化人"。在伍洪祥回忆录中证实：伍能藩在 1928 年初接触革命。他的叔父伍兴书在蓝玉田军中当上了第三大队中队长，给了他一个随军副官的名义，与共产党员蓝维仁等有联系。大革命失败后伍能藩回老家元康村，以当小学教员为掩护进行秘密的革命活动，不久又办起了平民夜校，培养了一大批农民运动骨干，其中伍步祥、伍福祥、伍上同、伍洪祥等都是杰出的代表。后来伍步祥成长为代英县苏维埃副主席，伍福祥成长为县委组织部长，伍上同成长为人民解放军师长，伍洪祥成长为人民解放军师长兼政委并在中华人民共和国成立后成为省领导。如果没有伍能藩这位元康村革命带头人、先行者和领导者，元康村就不可能出现那么多英雄豪杰。他是个文才，是当年第一个"敢吃螃蟹"的人。

伍能藩的武，也值得一书。伍能藩1928年初，在元康村创办平民夜校，秘密开展革命活动，并筹建"铁血团"。早期铁血团是闽西革命先驱张鼎丞在永定创办的，伍能藩审时度势学习这一做法。铁血团是当时流行在闽西农村的秘密结社，参加这一团体的都是贫苦的农民，是反抗统治阶级的一种形式。平时成员互助互济，受到压制和迫害时，共同解困济危，还开设拳馆操练武艺，因而又是一种半武装性质的民间团体。按照铁血团规矩，加入仪式十分庄重，要焚香立誓，当众杀鸡喝下鸡血酒，以示决心。元康村铁血团初建时仅9人，后来发展到20多人。当时，村里的铁血团做了两件很得民心的事。第一件事是禁粮出口，限制米价。这招制止了地主囤积居奇，把粮食运到外地倒卖获得暴利的企图，令群众十分高兴。第二件事是带领群众防匪抗匪保境安民。后来在铁血团基础上逐步发展公开的农民自卫队或暴动队，响应并参加1929年闽西暴动。伍能藩一步一个脚印，引领大家走上革命道路，他后来当上了上杭红军赤卫团政委，是个文武双全的革命者。后来，伍洪祥对他做出客观公正的评价：伍能藩同志是元康村最早参加革命和入党的，是我们村革命带头人。

在特殊的革命战争年代，伍能藩同志不幸牺牲！

斯人已去，风范常存，伍能藩文武双全，英名永在！

江夏红枫

黄长贵

　　江夏村，村民祖辈都是从湖北江夏迁来上杭泮境乡的黄姓客家人。村里的黄洪奎，出生于 1925 年，在方圆五里的泮境，是人们非常尊敬的老人。他除耳背外，依然精神矍铄，腰板硬朗，声音洪亮。每天黎明即起，便盥洗完毕，沿泮境溪防洪堤栈道散步，又沿公路步行 2 千米返回，日复一日，年复一年。

　　黄洪奎的家坐落在泮境集市北面的龙岭岗南麓。村头有 3 棵各距百米鼎立的大枫树，高十几丈，枝繁叶茂，都有几百年历史了，最大的一棵几个人才能合抱过来。每到深秋时节，风一起，深红浅黄的枫叶就如彩蝶般纷纷扬扬地飘洒下来，铺满一地。这大枫树产枫脂，其香扑鼻，但产量极少。当地有人以做神香为业，故常有人前来采割。小孩子一旦得了风寒，采些枫香贴在肚脐上，用一小块布盖住，竟能把寒邪秽气逼出来，病情见好。又因为枫脂黏性好，村里的小顽皮们常常把抠下来的枫脂黏在长长的竹竿尖上，用来捕捉蜻蜓和知了。这几棵枫树由于年代久远，又蓬蓬勃勃，便成了村里人心中的庇护神。洪奎的奶奶和村中另一户长者就带着三牲烛礼牵着孙子们对着那棵最大的枫树焚香礼拜，拜枫树为母，并为孙子们取名"枫子"。村民根据他们的年龄，分别称之为"大枫子""细枫子"。

这位经历了近一个世纪的老人，书写了不平凡的人生历程。当我们和他提起往事，他就如数家珍般侃侃而谈，无数悲欢离合的情景即刻涌上心头。那些不堪回首却又记忆犹新的岁月留下的片段，犹如撒落一地的珍珠，他用一根时间的红线把它们串联在一起，谱就了一首催人泪下的悲歌，组成了一道闪亮夺目的光环。其间不少颠沛流离的坎坷遭遇，让闻者心酸，听者动容……

洪奎出生的年代，正是中国大革命风起云涌的时代。大革命失败了，国民党反攻复辟，疯狂抓捕、屠杀共产党人。但共产党人并没有因此偃旗息鼓，而是继续浴血奋战。1933年，洪奎的父亲黄进兴因参加地下党和革命活动被捕，后由地方上众多乡亲力保才被释放回家。1936年，黄进兴被叛徒黄国宁出卖，国民党在深夜又秘密逮捕了他。因为黄进兴会武功，敌人怕他反抗逃走，就用铁丝把他紧紧绑住，抓到五谷庙，准备枪杀，但又怕枪声引来游击队救援，就改用刺刀杀害。敌人在他身上连捅了7刀，黄进兴血流如注，随即气绝身亡。第二天天亮，伪乡公所通知收尸，洪奎和母亲来到现场。看到父亲连肠子都流出来了，连头一天吃的米粉都还看得见，真是惨绝人寰。

时年洪奎已11岁了。他虽然还不十分清楚父亲的死因，但敌人的凶残在他幼小的心中已经种下了仇恨的种子。他大哭着帮母亲给父亲收尸。母亲何细妹却表现得异常坚强冷静，只见她和几位至亲帮着把流出来的肠子装回父亲的肚子里，揩干他身上的血迹，把血衣连同那捆绑父亲的铁丝一起包好带回家里收藏起来。

洪奎家祖上传下来的旧居，是一座不足50平方米的土坯瓦顶平房。布局为中间一个小厅，作饭厅用；左右厢房各一。左厢房用来放置农具，犁、耙、辘轴、谷箩、谷笪、风车、簸箕等；右厢房分前后两截，前截做厨房，后截是卧室，刚好能铺一张木板床。这百年土坯房在风风雨雨中被不断侵蚀，终于在几十年前的一天夜里完全坍塌了。洪奎父亲牺牲时的血衣和捆绑他的铁丝当时就收藏在这间土坯房里。在拆除清理这土坯房时，还发现一支黄进兴烈士生前用过的老土枪，因年代久了，枪身不少地方已锈迹斑斑，完全不能用了。中华人民共和国成立后，洪奎一家把珍藏的血衣，铁丝和那杆老土枪一齐上交给了政府，作为革命斗争和阶级斗争教育的展览品。

洪奎出身于极普通的贫苦农民家庭，家无寸地，全靠租种临村地主的土地谋生，日子过得十分困窘，常常衣不蔽体、食不果腹。母亲是同乡杉树洋人，生于 1905 年，因家境贫寒，从小送给黄家做童养媳。1983 年母亲去世时，乡党委和乡村干部群众、中小学生100 多人前来参加追悼会。至今她的音容笑貌还历历在目。1936 年，即黄进兴牺牲那年，何细妹 32 岁，正是青春年华，但她立誓不改嫁，一心把儿子拉扯大，要为丈夫报仇雪恨。那年洪奎 11 岁，奶奶70 多岁了，家无隔夜粮，实在无法熬下去了，只好跟着母亲出门要饭。因为孤儿寡母，家中还有老祖母，不能走太远，就只好从当时同一个乡的茶地讨起饭来，从罗家山到千龙，从黄连科到竹麻坑，再到温家陂辗转讨了两三年。到了洪奎 15 岁那年，好心人劝何细妹说："靠乞讨终究不是办法，你儿子已经渐渐长大成人，'家有千金，不如一艺在身'。还是让孩子去学一门手艺吧。"全家经过反复权衡考虑，最终决定让洪奎去白砂乡田公堂学提线木偶，当地人叫"吊傀偏戏"。当时，田公堂的戏分"高腔"和"乱台"两种表演脚本。20 世纪 50 年代，"乱台"中的《花子进城》（卢俊义攻打大名府）还被选为进京调演节目，受到周恩来总理的高度评价。如今木偶戏也被国家认定为非物质文化遗产了。

18 岁那年，洪奎终于"出师"了。但由于家境贫寒，无法筹资购买道具架起戏班子，只好随师傅继续搭班，做一名"头徒"师傅。

后来，解放战争进入了反攻阶段的关键年头，国民党节节败退，前方兵员吃紧，只得强行抓壮丁。洪奎的母亲何细妹想到丈夫深仇大恨未报，哪能让儿子去给国民党当炮灰，就叫儿子背起行囊连夜逃走。之后，洪奎乔装打扮，到宁化、归化（明溪）一带跟大戏班子做戏。到了1950年初，虽然中华人民共和国成立了，可时局还不稳定，流窜的匪徒还经常骚扰、袭击地方政府，暗杀革命党人的事件也时有发生。洪奎只得隐姓埋名，不敢抛头露面。由于交通和通信的局限，根本无法也不敢打听家中情况。那年秋末冬初，同乡的补锅修伞师傅凌子荣刚好走江湖做手艺，在连城县芷溪见到了洪奎，大吃一惊问道："洪奎，你还活着？你家里人这几年都急死了！赶紧回去啊！"洪奎搪塞了几句转身走了。凌子荣年底回家过年，立即将情况告诉何细妹："你儿子还活着，我在连城芷溪见到了他，他去跟班做戏了。"何细妹当时知悉情况后高兴得不知说什么好，连连感谢凌子荣。元宵节，何细妹邀请了两个至亲到连城及周边县城一带找儿子，谁知洪奎随班子辗转到清流去了。一天傍晚，刚好师傅派洪奎去街上买煤油，在客店门口碰上了前来寻找的母亲，母子相见后悲喜交集得大哭一场，第二天洪奎就随母亲回到家里。

1950年，抗美援朝，保家卫国，地方政府动员有志青年踊跃报名参军。何细妹第一个到政府报名，要求把自己唯一的儿子送去当解放军。但洪奎已26岁了，早已超龄了。母子俩再三请求部队收下，军队领导人杨金魁深为他们的精神所感动，考虑到又是烈士遗孤，就破例收下了他。临行时，洪奎对母亲说："我一定会记住你的话，在部队好好干，才能对得起党，对得起牺牲的父亲。"洪奎没有辜负母亲的期望，在部队工作积极，在刚入伍时的长汀剿匪中就不怕牺牲，有任务总是冲在最前头。1951年"八一"建军节后，剿匪工作基本结束，部队编入三野兵团二十九军二五九团。

国防战备工作开始了，部队提倡战士们通过学习文化知识，提高军队文化素质。洪奎在几次考试中都考100分。在"除四害"运动中，洪奎利用自己会用竹筒安装老鼠夹子的技术，3个月中捕获了1000多只老鼠，在全团引起了轰动。

1952年，在参加"三反""五反"运动中，部队机动时不准坐车，八百里都是步行，每次到达营地，驻扎在百姓家里，开拔前做到"三不走"——地不扫干净不走，水不挑满不走，群众工作不做好不走。这一年，洪奎立三等功一次。

1953年，洪奎调入炊事班，当时有点闹情绪，认为自己来当兵是为父报仇，为国报恩的，不是来煮饭的，后来经领导教育思想才转变过来。在后面的战备施工等各项活动中，表现也很出色，部队先后给他记二等功一次，三等功一次，四等功一次。

1951年8月，洪奎在部队收到家中来信，知悉中央人民政府南方老革命根据地访问团到闽西慰问烈军属荣誉军人代表，并分配3个"福建省革命根据地赴京庆典代表团"名额。何细妹是烈士遗孀，又是第一个送子参军的英雄妈妈，光荣当选为赴京代表。国庆观礼时，她十分荣幸地登上天安门城楼，受到了毛泽东主席的亲切接见，毛主席还和她亲切地握了手。

1953年9月，何细妹作为福建省3位烈军属代表之一，光荣地参加了中国人民第三届赴朝慰问团，奔赴朝鲜慰问抗美援朝的志愿军将士。1954年元月中旬，何细妹随慰问团回福建。当时洪奎在平潭岛服役，刘永生将军从福州军区打电话到平潭前线，交代部队领导，通知黄洪奎，到他家里见一下他母亲。

洪奎30岁那年，复员回到家乡，参加农村社会主义建设事业，在村里担任过生产队的政治队长，在大队担任过党支部书记。"文革"时期，他作为县里的学习毛主席著作先进代表，前往福建莆田、福清和广东焦岭参加学习毛主席著作经验交流活动。

谈起往事，他声情并茂，激情洋溢，仿佛又回到了那难忘的岁月。

2009 年至 2020 年岁末年初，是极不平凡的一年，中华民族也遇到了极其严峻的挑战，在新冠肺炎的肆虐下，武汉人民遭遇了深重的灾难，但中国人民一如既往地发扬了"一方有难，八方支援"的光荣传统，纷纷伸出温暖的大手支援灾区。95 岁的黄洪奎响应党的号召，慷慨地拿出党和政府发的、他平时节省下来的烈军属慰问金 1000 元，亲手交给党支部书记，请求他转交给上级党政，用以支援灾区，他一再表示这是自己对党的一点心意。

如今，洪奎一家过着幸福美满的生活，一家人其乐融融。

又是一年深秋时节，遥望村头的那几棵大枫树，又到了红蝴蝶黄蝴蝶飘飞的时令。江夏人在欣赏它们的美景时，也在期盼它们更加郁郁葱葱、苍劲挺拔，继续不断地给村庄增光添彩。

江夏红枫

血色年华，无悔的青春

——记抗美援朝老战士何参天

黄长贵

　　沙塘下是定达村人丁最密集的聚居地，村民都姓何。村里有座飞檐高翘、雕龙刻凤的古居，是清代官厅，正厅曾悬挂一块钦赐牌匾。门外一口新月形鱼塘，鹅卵石铺就的坪地绕着官厅和池塘。围绕官厅的是青瓦平房围屋，何参天就住在这围屋里。

　　泮境溪从上游流到这里，冲刷出了一片肥沃的小平原。黑油油的百亩良田非常肥沃，后山有万亩原生态竹木森林。这得天独厚的地理条件，使村民原本可过上衣食无忧的安逸生活，可国民党治下的苛捐杂税，兵连祸结的国内战争，压得贫苦百姓喘不过气来。

　　何参天原名何从彬，村里人都叫他彬子。彬子生于1921年，身材魁梧，脸庞方正而白净，浓眉大眼，身上总透着一股军人的气息。他笔挺着腰板走路，说话铿锵响亮，落地有声，为人热情而坦率。

　　彬子26岁那年，解放战争进入了白热化阶段，前方战事越来越吃紧。兵员紧缺的国民党军队只好通过抓丁补充。壮丁名额再一次派到他头上，当时彬子上有七八十岁的祖父母，下有一个四五岁嗷嗷待哺的儿子，他是家中的主心骨。但在那个不讲理的社会，除了服从去当兵外，没有任何退路。因为国民党实行的是"连坐制"，想逃？那必然会连累家人乃至全村父老乡亲，他只得含泪告别亲人匆匆上路从军。

当地民团把抓来的壮丁们押解到乡公所，造册，画押，交由前来的接兵部队带着直接上路。兵丁连夜出发，彬子一行人过村庄走山路，跌跌撞撞，走走停停，第三天拂晓时分，到了龙岩县小池境内。正在穿越一道山梁，突然一声枪响，接着爆豆般的机枪声响起来，信号弹、曳光弹照亮了天空。新兵们吓得作鸟兽散，纷纷往草丛、树林里窜，带队的老兵们迅速卧倒，找好有利地形准备反击。大家都知道中了伏击，就不知道是正规军还是游击队设的伏击圈。战斗很快就结束了，国民党兵人单力薄，完全丧失了战斗力。俘虏们被集中起来，带到了一个山坳里。那里已准备好了饭菜，几个干部模样的人说："大家别慌张，先吃饱饭。"

饭后那位干部非常和气地做了自我介绍，讲了共产党、人民军队解放军的性质是为穷人翻身打天下，等等。最后是动员大家加入解放军队伍。彬子清楚地记得那位干部说："你们都还那么年轻，只要跟着共产党走就很有前途，你们现在就像一棵小树苗，但是有共产党的栽培，将来就能成为参天大树、国家栋梁……"并再三强调，不愿留下来要回家的就发给路费。

彬子当时思想上展开了激烈的斗争。回家当然好，能全家团圆，孝顺父母，抚养儿子，何况去当兵生死未卜，但谁知回去后结局如何？会不会再被抓壮丁？即使能逃走，也必然会连累乡亲。他想起了两年前的那次抓丁，当时他被抓到国民党军队里，新兵接收负责人恰恰是同乡杉树洋人何兆州，他曾任国民党自卫队分队长。

何兆州对彬子说："我们都是泮境人，又都姓何，你家那么困难，我放你回去，但你千万别说是我放的，不然我会被杀头的。"

彬子连夜逃回家里，但这次还不是又被抓了回来？他想，村里以前不是有六七个人参加了赤卫队？既然解放军是为穷人打天下，那就参加解放军去！填写报名履历表时，彬子想起俘虏营里那个干部说过的话，暗暗立誓将来要成为一棵参天大树，我就改名"何参

天"吧!

在龙岩苏坂一带经过几天的休整集训，新兵们被分配到了连队。何参天记得自己先在河南一带打了几个小仗，后来不停地走路行军，坐汽车，坐火车，最后到了辽宁彰武。

1947年11月间，何参天记得部队到了彰武一个叫河子乡二道沟的地方结集。看见沿途许多穿着各色民族服装的民众，有的走路，有的牵着驴背着娃，还有的赶着骡子马车，可能去赶集。当时风沙很大，气候严寒。放眼远眺，山势都不高，山梁上都是沟沟壑壑。初来乍到，何参天对一切都感到很新奇，但部队里纪律严明，不可随便向群众打听任何消息，只听连队里的老兵们说这里是东北入关的咽喉要冲。何参天在茶地读过立恒农校，相当于今天的高中生，和泮境村李屋李仰招是同班同学。何参天是当时士兵中学历最高的，因为有文化，学习知识领悟快、记得牢，因此被编入中国人民解放军第四野战军第二纵队当炮兵侦察员。传统战争中，炮兵被称为"战争之神"。小到一场战斗，大至一场战役，炮兵总是胜利的基本保证。战斗序幕一拉开，首先是炮火准备，只有摧毁了前沿工事和火力点，才能保证步兵顺利向前推进占领阵地，突破明碉暗堡、高墙壁垒、砦岩丝网，包括打击指挥枢纽及至发起进攻，每一步都离不开炮火的支援。由于炮兵在战争中举足轻重的地位，当一名炮兵就比当一名步兵要求高，当一名炮兵侦察员要求就更高。要学会观察地形，起码能分辨等高线，要测算炮击目标的方位距离，摸清山头遮蔽物，判断敌方重点打击对象及炮轰时机、载弹量，以及我方步兵炮兵布局行动方案，等等。当时我军火炮来源复杂，有接收投降日军的，有缴获国民党军队的，还有苏联支援的，每门炮、每发炮弹都显得弥足珍贵。为了力争弹无虚发，何参天经常向老战士请教，学习火炮的射击知识及掌握火炮布局的最佳方案，在技术、战术上不断得到提高。1948年12月，何参天升任为炮兵班班长。

1948 年淮海战役打响。四野所属炮兵部队奉命从华北战场上挥师南下，炮兵作为主要的火力支援，被抽调到一线参战。1949 年 4 月，渡江战役开始。何参天记得炮兵是从武汉附近突破敌人防线后进入前沿阵地的。这支炮兵过江后改编为中国人民解放军特种兵炮一师四十七团，何参天被任命为副排长。

1950 年，朝鲜战争爆发，中国人民志愿军奉命开始分批入朝，支援朝鲜人民抗击美帝国主义的侵略战争。同年 7 月，何参天所属部队的改番号为中国人民志愿军特种兵炮八师四十七团，何参天任排长。部队跟随彭德怀大军入朝作战。在朝鲜战场上，何参天目睹了志愿军战士浴血奋战的许多可歌可泣、震撼人心的场面，自己也以实际行动表现了在疆场英勇杀敌为国立功的决心。他清晰地记得 1000 多个日日夜夜将士们在前方战斗的惨烈、后方生活的艰苦。也许人们难以置信，当时为了计划用粮和节约用粮，保证战斗力，志愿军战士连吃饭都还要发饭票。

1956 年 9 月，何参天转业到福建省漳州市商业局工作。1960 年加入中国共产党，1980 年退休，1982 年 12 月改为离休，2002 年去世。

何参天的一生中，特别是他令人注目的军旅生涯中，曾被记功 7 次。他的儿子何茂荣动情地向笔者展示了他父亲生前的有关证件。为共和国的建立，他用火红的一生写下了无怨无悔的人生篇章。

敢将热血写春秋

黄长贵

定达村，处在全乡的最西南面，这里是溪流的出口处。定达村的地形就像一条平卧的大鲤鱼，何姓人家就住在这条大鲤鱼肥硕的腰身和尾巴上。这扇形尾巴东边的小村子叫"月子下"，村里有位离休干部叫何喜茂，当年是个叫得响的人物。

何喜茂生于第一次大革命运动失败的 1927 年。取名时，祖父觉得叫得随意些好养，因他排行第三，就给他取名"三猴子"。后来，在泮境，只要提起"三猴子"，老一辈无人不知、无人不晓。

小时候的三猴子，随父辈种田砍柴，以农为生，从小培养出了勤劳吃苦的品德。1947 年，解放战争进入了最艰苦的年头，国共两军在战场上正处于势均力敌的胶着状态。但随着第四野战军的挥戈南下，形势开始逆转，国民党军队为了补充兵员，开始疯狂地抓壮丁。国民党的征兵是"三丁抽一五抽二"，但那年，只要见到能扛枪的就抓，即使单丁独子也要抓走。村里保长只好秉承长官指令，把兵员名额硬性分配到村里，由村里人自己商量谁家后生去当兵。当时月子下里的年轻人本来就不多，且大都已成家有了子女。何喜茂最年轻，有人劝他赶紧连夜逃走，但他认为跑得了和尚跑不了庙，就算自己逃走了，其他人也照样会被抓，他们的妻子儿女怎么办？自己孤身一人，了无牵挂，要敢于担当，就站出来揽下这个差事，全村人都因此松了一口气。

到了国民党的新兵营地，只简单学会了装子弹、擦枪、打枪、投弹就被送上火线。何喜茂这支新兵连在开拔前线的路上，有时坐汽车，有时行军，中途也坐过一段火车。沿途都是乞讨的、倒毙在路上的饿殍、举家逃难的民众，兵荒马乱，满目疮痍。

也记不清走了多少时日，无法分辨东西南北，最后只知道来到山东菏泽一带，正遇上解放军。国民党军队马上构筑前沿工事，但战壕掩体都还未挖好，解放军宣传单就打过来了，都是劝降的，高音喇叭彻夜播放共产党解放军的宣传口号"宽待俘虏、缴枪不杀、起义有功"等。强大的政治攻势，大大促成了国民党军队内部的分化瓦解。何喜茂所在部队官兵早就对国民党失去了信心，怨战情绪很重。第二天凌晨，在上级长官策划下，全团官兵毅然放下武器向解放军投诚。

何喜茂记得自己所在部队编入四野后，转战华北各战场，参加过大小战斗无数次。尤其是在平津战役中，两个多月在战场上连续作战，经常吃不上饭，最经常吃的就是面疙瘩。水开了，面团一揉，手指一捏，扔进锅里滚一下，捞起来就吃，又快又爽口。行军打仗，摸爬滚打，衣服脏兮兮，身上臭烘烘，但战场上时间就是生命，哪有闲暇洗澡？许多战士身上都长满虱子了。那时大家年轻力壮、斗志旺盛，对前途充满了必胜的信心，没有人会在意生活小节上的困难，日子过得紧张而又乐观。

1949年4月，渡江战役打响。何喜茂清晰地记得，木船上坐着全副武装的几十个战友，靠岸时，国民党守军还在负隅顽抗，岸上各种武器疯狂地向江中的船只扫射。由于江水深，风大浪急，江岸上无附着物，船要系牢十分困难，从船上跃入江中、拉着纤绳游向岸上系船的战士牺牲了8个。所幸何喜茂和另一战友终于把船系住了。这支连队在渡江战役中战斗勇敢，作风极其顽强。在打扫战场清点时，全连 100 多号人只剩下 27 人。何喜茂是仅存生还中的一员，但由于在后续战斗中身负重伤，只好转入后方治疗休养。在评功大会上，被光荣授予华北野战解放纪念章一枚。

1950 年，何喜茂所在部队响应毛主席号召，跟随彭德怀大军进入朝鲜，参加抗美援朝战斗。时序已是严冬，朝鲜纬度高，极端寒冷，到处是冰天雪地，志愿军将士的武器、装备和美军现代化相比，真是天壤之别。修筑工事时，锄镐使劲敲击在冻土上，只是一个浅浅的小窝，但掩体是战士们的藏身之地。美帝的飞机在天上狂轰滥炸，炮弹倾泻在阵地上，把山头都削平了。越到深夜气温越低，风雪往掩体里使劲地灌。何喜茂来自闽粤地区，哪里见过这种酷寒的气候？因此耳朵受到了严重的冻伤，双耳开始发炎溃烂，疼痛难耐，但他从未叫过一声，他担心这样就会把他送往后方，故只是把遮耳的帽檐紧紧地往下拽，将双耳裹得严严实实不让人发现。其后，在一个地名为"球场"处的一场战斗中，他的头部被弹片击中，鲜血汩汩地流出来，染红了帽檐，随即昏厥过去，担架队立刻将他抢救下来，抬往后方医院抢救。因是头部受伤，需要较长时间治疗，加上双耳冻疮严重溃烂，前线首长决定将其送回祖国疗养。朝鲜战争结束后，部队授予他抗美援朝纪念章一枚，他被评为二等甲级残废军人，个人记二等功，同时转入华东区革命残废军人中学就读。

1952 年至 1953 年，组织上安排何喜茂在厦门大学速成班深造，毕业后分配福州军分区工作。1955 年以服从组织安排的原则及个人意愿相结合，调回龙岩档案馆工作，1960 年调入龙岩粮食局，1980 年按上级规定享受离休干部待遇。

何喜茂的三子三女都已长大成人，他本可安享幸福晚年。但中国农民，尤其是客家人身上天生的勤劳节俭，使何喜茂不忘创业的热血一直没有冷却下来。不甘寂寞，更不居功自傲，不炫耀自己，他始终以一个农民的儿子的身份展现自己。雨天或农闲时，他教左邻右舍有兴趣的乡亲学裁缝手艺。只要天气好，他就带领家人扛上锄头，在后山披荆斩棘，开垦荒地，种植果树。在糖子岭上劈开浓密的毛草，垦荒种竹，种杭梅，还搭建了三座简易的山亭用以避雨歇息。

寒来暑往，何喜茂也晒得黑黝黝的。人们向他投来敬佩的眼光，风趣地说："喜茂，你都成了真正的山猴子了！哈哈哈哈……"也有些人感到不解，条件那么好了，为什么还要累死累活的？何喜茂总是笑盈盈地说："趁着现在还有力气，干些活。你们看，我通过劳动瘦了、黑了，可高血压病都没了！"

2000 年，何喜茂满怀着对身边这片热土的无限眷恋，带着幸福的笑容告别了这个世界，如今他的儿女们传承了祖辈的家风，在各行各业努力地工作着。

敢将热血写春秋

白皮红心

杨国栋

　　伍芳中是泮境乡元康村人，出生于 1900 年。他的家境尚可，有 10 亩薄地可种。同许多伍氏先民一样，伍芳中家族传承勤劳致富、节俭持家、耕读传家的家风。在伍芳中 7 岁的时候，父母就将他送去乡里的私塾念书。伍芳中好读书，很想通过读书走向更远更大的地方，改变自己的命运。伍芳中念了几年私塾，懂得识字断文，也会背诵几首古诗。更重要的是，他遵照父亲的教诲，认真地学习了珠算，学会了打算盘算账。很遗憾，他家并不是那种有身份、有钱财的富庶之家。之后，家中困难，又添了几个妹妹，伍芳中不再上学读书，而是回家耕耘劳作。

　　1928 年，已经成家立业的伍芳中，听说乡里办起了平民夜校，只要愿意，不论男女老少，都可以进入平民夜校读书，吸收新知识，改变旧观念。伍芳中就去平民夜校上课。平民夜校教学的内容，跟他过去上私塾不同，讲的是古老的中国大地上发生的各种各样的新鲜事，包括许多地方发生的农民暴动，抗租抗捐抗税。年轻人受到了启蒙，群情振奋。在平民夜校里，伍芳中见到了他的伍家兄弟伍上同。他们虽然相差很多岁，却像亲兄弟似的，很谈得来，议论起穷苦人家受欺压受剥削的那些伤心事，也就特别地气愤。

　　1929 年 5 月，参加闽西暴动的伍上同，告诉伍芳中一个特大喜讯：朱毛红军要在上杭许多地方征召年轻人参加红军，问伍芳中有什么打算。伍芳中想都没想就说："你当红军了，我也跟着你去参加红军。"伍上同听了十分高兴，就带着伍芳中去了一个名叫牛滚湖的地方，报名参加红军。

接待伍芳中的是一位年轻的女红军。她问："你就是伍芳中？"伍芳中点点头。女红军又问："你真的愿意参加红军？"伍芳中仍旧肯定地点点头。

女红军说："你跟我到里屋一下，我们有位首长要见见你。"伍芳中进了临时搭建的茅屋，一位年轻的首长走上前跟他握手。几个人落座后，首长说："伍芳中同志，据我们所知，当地国民党的乡公所，也曾经看中过你，希望你为他们效劳做事？"

伍芳中听了很惊讶，这事他只跟伍上同一人说过，一定是伍上同报告了红军首长。他坦诚地回答说："有过这样的事。但是我没有答应，我也绝对不会去为欺压穷人的国民党做事。"

首长说："你家里父亲身体不好，你是个孝子，就留在家里照顾父亲吧。"伍芳中回答："父亲确实有病，但有母亲照料。"

首长顿了一下说："你说句实话，真的心向红军？"伍芳中回答得很干脆："我真的心向红军。否则，我也不会跟随伍上同上你们红军这儿来报名。"

红军首长说："我们研究过了，觉得你情况特殊，建议你留在泮境，将来如果国民党真的要启用你，你可以答应他们，借为他们做事为名，实际上多为老百姓做好事。你还可以充分利用地方乡公所对你的信任，在条件允许的情况下，发展自己的武装。有朝一日，红军打回来了，你可以做一个策应。"

伍芳中想表达什么，被首长先说了："这样安排，还可以让你孝敬父亲，让他老人家满意。"

伍芳中还想说什么，一旁的伍上同拉着他说，你就按照首长说

白皮红心

的办吧。记住共产党人的一句名言，只要心中有党，在哪儿革命都行。

伍芳中点头。他问："刚才那位首长怎么称呼？"伍上同告诉他："他叫王玉洪，是红军的团长。"

红军不久离开了上杭，没有跟随红军征战的伍芳中，也就留守在了泮境的家乡。

国民党的乡公所找到有文化、有能力的伍芳中，请他出山当保长，吓唬他说："如果你不出来当这个保长，我们就把你关进监狱坐牢去。"伍芳中勉强地同意做保长。

保长的任务之一，就是保境安民，这事伍芳中看得比天大。他认为，不能维护这片土地上老百姓的安全和利益，就不是一个好的保长。可是，乡公所里的民团团丁假借查巡为名，隔三岔五跑到伍芳中的地盘上，要吃要喝还要拿。伍芳中看不下去，出面干涉，说你们这么干，别说老百姓害怕，就是富裕人家或者乡绅，也是吃不消的。

乡长说，民团查巡，这是县上规定的制度，不查巡怎么行？伍芳中没有办法，口中不说，心里在盘算着怎么顶住这帮人。

隔了一段时间，乡公所的民团又来到元康村。伍芳中知道后非**常气愤**，他说："你们民团还有完没完？"

团丁说："我们这回来，倒也没有任务，不过是想到深山老林打打猎，捞点油水也行。"

伍芳中说："我们这山里有老虎，你们得小心。"

团丁一听说有老虎，灰溜溜地回去了。

不久，国民党县乡政府抓壮丁。他们没有固定的时间，也不讲条件，说要就要。伍芳中对这事很头痛。派壮丁吧，乡亲们不愿意为国民党送命；完不成任务，乡公所那边交代不了。思来想去，他就给个别亲近的人透露说，以后有了派壮丁的差事，家里有 15 岁以上的男丁，就出去躲个几天。这话一传出，大家心知肚明，纷纷夸赞伍保长好心，替乡亲们着想。

元康村接连着一年多时间，都没有抓到一个壮丁。乡长觉得十分蹊跷，也就决定此后抓壮丁先不告诉伍芳中，搞突然袭击，不信抓不到壮丁。

突然有一天，乡公所来了几个人，不打招呼就冲到了元康村子里，说是到伍喜生的家里看看。伍芳中一听就明白，他们抓壮丁来了。他一边带路，一边思谋着对策，脑子快速地机灵一转，有了！于是，他放开与生俱来的大嗓门喊道："伍家小侄，喜生在家吗？"见没有反应，又扯开大嗓门喊道："伍——喜生，伍——喜生！"

伍喜生和他的父亲此时正在屋里，听到保长伍芳中的喊叫声，知道了什么意思，赶紧从后门溜到山上去了。等到伍芳中带着乡里的官差走进了喜生的家里，里里外外查看了三遍，未见喜生父子人影，扑了个空。

伍芳中当保长期间，神州大地上战祸连年，日本鬼子入侵中华的脚步不断加快，百姓深受欺凌蹂躏。地处边远的闽西大地，虽然境况好一些，平民百姓却也过得相当艰难，一旦遇到天灾人祸，更是凄惨悲凉。秉持多做善事、不做恶事歹事理念的伍芳中，每年碰到最头痛的事，就是调解贫困农民与地主之间的矛盾。如果是丰产年，租用地主家田地耕耘的农民家庭，收获了稻谷，自然会按照当初的合约，一亩田该交多少谷子就交多少。可是，如果遇到灾荒年，矛盾就出来了。田里生长的稻谷歉收，本来就食不果腹，有了上顿没下顿的乡野农民，根本没有能力拿出粮食如数交给地主，怎么办？地主强势，逼迫着佃户交满稻谷。弱势的佃户说："你就是打死我，也交不出那么多稻谷。"

事情闹到保长伍芳中那儿，伍芳中怀着怜悯之心从中调解，自然是同情弱者。他提出几种办法。一是地主收回土地，佃户从此不

白皮红心

租；二是今年歉收，账目记着，来年丰产了，佃户多交点稻谷给东家；三是继续租地，重新签订合约，无论来年丰产还是歉收，地主与佃户各得一半；四是合约一年一订，视情修改完善。

最后，伍芳中告诉地主说："稻谷歉收，是老天害的，不是佃户自己闹的。人家辛苦了一年，歉收了饭都吃不饱，再逼人家交出那么多数量的稻谷，你这东家的良心何忍啊。都是乡里乡亲的，甚至沾亲带故，遇到荒年了，大家互相体谅，抬抬手，共渡难关，人家会记着你东家的好。"

地主听了，觉得有理。他当场表态说："就依大兄弟伍保长说的办吧。"佃户也给伍保长和地主拱手作揖，说："谢谢你们的宽厚。"双方于是同意重新签订租地合约。伍芳中为他们代笔书写，胳膊肘自然往佃农这边拐了拐，也就选择了有利于佃农的第三款条约，即无论来年生产的稻谷多少，双方各得一半。这样一来，化解了乡村里地主与佃户的摩擦矛盾。

伍芳中从 1937 年至 1946 年，连续做了 9 年的保长，内心深处的矛盾冲突和痛苦纠结几乎没有断过。尤其是面对县政府和乡公所的那些肥头大耳的官员，被逼无奈地对他们点头哈腰、卑躬屈膝，内心的反感与厌恶就油然而生。但是，当伍芳中想到当年红军首长告诉他的话，叫他不去当红军，留在家乡，既可以尽孝照顾身体不好的老父亲，又可以为乡亲们做些好事善事时，也就觉得这些年做"两面人"值了，对得起红军首长，也对得起乡亲们了。

乡亲们都说：伍芳中虽然是国民党的保长，但他"白皮红心"，天天都向着咱们穷苦百姓……

参考资料：
1. 上杭县泮境乡提供的资料。
2. 上杭县泮境乡元康村提供的资料。

红色据点，坚不可摧

——元康村白石坑自然村革命概要

江梓明

　　白石坑，是泮境元康的一个自然村，地处泮境乡西南，与庐丰、城郊交界，位于马鞍山脉腹地，四周山高林密。20世纪初，全村有18户62人，小小山村曾遭国民党反动派3次移民。在20世纪30年代艰难困苦的三年游击战争时期，是上杭南路游击队活动的主要据点之一。

　　1929年6月3日，红四军"二战龙岩城"。6月7日，红四军向上杭白砂进发，当日攻克白砂镇，歼灭卢铭清团100多人，缴枪200多支，当天成立了白砂区革命委员会。白砂战斗后，县委派蓝树荣率领各乡村暴动武装1000多人向白砂附近进发，策应附近农民武装暴动。几天后，泮境农民举行武装暴动，白石坑和元康村群众开展了打土豪分田地建苏维埃政权的斗争。

　　当年，白石坑属元康乡。泮境暴动后，元康乡成立了赤卫队、少先队、儿童团、妇女会等组织。江树经任少先队队长，江满姑任乡妇女会主任，接着成立乡苏维埃政府，由江朝荣担任乡苏维埃政府主席。

　　在乡苏维埃政府领导下，白石坑人民积极生产，努力建设苏区，踊跃购买公债，支援红军，积极开展慰劳红军，送草鞋支前活动。同时，热烈响应扩大红军号召，积极报名参加红军。当时，白石坑就有 9 位青年当红军，他们是江朝荣、江树经、江朝洪、江朝裕、江朝春、江立茂、江天福、蓝万升、蓝万华。他们当中有的跟随红军主力参加二万五千里长征，有的参加历次反"围剿"战争，并且分别在长征路上和各个战场上光荣牺牲，其中有 7 人评为革命烈士。

1934 年 10 月，中央主力红军实行战略大转移——进行二万五千里长征。闽西大部分地区被国民党反动派侵占，留在闽西的红军游击队开始了艰苦卓绝的三年游击战争。当时上杭城被敌占领，而白石坑离上杭城较近，为了更有效地牵制敌人和掌握情报，红军游击队经常在白石坑开展革命活动，长期活跃在白石坑附近的崇山峻岭之中。

1934 年冬，蓝荣喜和罗兰州带领的游击支队活跃在白石坑一带。他们依靠白石坑革命群众的支持，站稳脚跟，多次打击了敌人，保留并发展了队伍，长时间地坚持了革命斗争，直至国共合作抗日时期。

1934 年冬的一天，罗兰州带领的游击队来到白石坑村江朝恩、江满姑等干部群众家吃饭。突然接到一位群众报告说：在猴子额有股民团共十多人正在扰乱百姓。游击队研究后决定前往歼灭。当晚半夜时分，在白石坑居住的秘密共产党员江添茂带路前往伏击。经过一场激烈的战斗后，民团全部被歼，缴获不少武器弹药。

有一次，游击队到元康村活动后返回白石坑时，被敌人发现，敌人企图突袭"围剿"游击队。正在煮饭的江朝恩闻讯后，急忙赶到游击队驻地报告，同时组织群众站岗放哨，让游击队安全转移，使敌人扑空，阴谋彻底破产。

1935 年，敌人为了彻底摧毁苏维埃，消灭红军游击队，不仅对苏区和基点村群众实行残酷的"烧光、杀光、抢光"的"三光"政策，而且调集了大批军事力量疯狂地"围剿"共产党、红军游击队。因此，这时期是闽西三年游击战争中最为艰苦的一年，山上的游击队缺衣少粮，处境十分困难。白石坑的人民群众深深懂得，是红军、共产党、苏维埃带领贫苦人民打土豪分田地，自己才获得翻身和自由，没有共产党和红军就没有他们的一切，因此他们把革命当作一面光荣的旗帜，坚决维护它、保卫它。尽管在反动派的白色恐怖下，自己生活也很艰苦，但他们仍像爱护自己的生命一样，热爱共产党、热爱红军游击队。白石坑群众江立昌、钟妹子、何细妹、江满姑、温纪兰、伍德兰等人冒着生命危险到县城购买大米、蔬菜、油、盐、电池、万金油等物品支持红军游击队，逢年过节还为游击队送饭送肉。秘密共产党员、缝衣工人江添茂自己节衣缩食，用平时节省下来的钱，买布为游击队缝补衣服、赶制子弹袋。他以做衣服为掩护，以代英县通讯社通信员的身份，经常给游击队联络站送土硝、黄药和传递情报等。1935 年 10 月被敌人发现后被捕，在县城关押 39 天后被敌人杀害于庐丰公馆前山坡上。2002 年 7 月福建省人民政府追认他为革命烈士。

中华人民共和国成立后，当年在白石坑打游击的老红军队长罗兰州回忆说：在三年游击战争期间，特别是在 1935 年至 1936 年春，游击队生活极为困难时期，是白石坑人民支持了游击队，帮助游击队指战员度过了最困难的时期。当游击队没有粮食时，白石坑人民又给我们送来了。白石坑人民是有胆量的，是勇敢机智的。白石坑人民对革命支持很多，送来的情报也很准确，所以游击队在白石坑活动的三年中都没有遭受损失，这与白石坑人民群众的大力支持和热心保护是分不开的。

为了支持中国共产党领导的人民革命战争，白石坑人民曾遭受国民党反动派的严酷摧残，付出了很大的牺牲，做出了巨大的贡献。全村被 3 次移民，钟妹子、江立富、江朝存、江朝洪等户被迫移到庐丰章金，江朝恒、江寿嵩 2 户被迫搬到庐丰上坊、中坊；江朝恩、江立昌 2 户被迁到泮境定达，时达 8 个月。尤其是钟妹子 1 户 5 人有一次被赶到了 3 处，最后才在泮境定达落脚。全村被敌杀害 1 人，被抓壮丁 4 人，被迫逃往外乡 1 人，遭敌抢劫后饿死 3 人。乡苏维埃妇女会主任江满姑因儿子蓝万升、蓝万华兄弟都参加红军而被逼改嫁庐丰安乡。因移民荒芜土地 40 亩，倒塌房屋 2 座 7 间，家破人亡、灭绝户 6 户 14 人。

中华人民共和国成立后，白石坑自然村被评为革命基点村，村子面貌发生了翻天覆地的变化，村民的生活越过越好。全村现有 33 户 149 人中，大专以上学历 25 人，其中研究生 2 人，本科生 8 人，大专生 15 人。

英 烈 简 谱

杨国栋

一、泮境村

1. 凌维义

泮境村人，1894 年出生。1929 年他带头报名参加红军。同年秋冬，参与东一区二十七乡的苏维埃政府筹建工作，后当选为二十七乡苏维埃政府副主席。那些年，战事频繁，战斗惨烈，输送弹药、调集药品、征集粮食和为红军补充兵员等，成为基层苏维埃政府的最重要任务。凌维义义无反顾地承担着主要工作，协助苏维埃主席陈福桥保质保量完成任务。

1934 年夏秋的一天，他带领几位赤卫队员到千龙村联系征集粮食，被敌人发现。激烈的枪战过后，凌维义因寡不敌众而被捕。敌人企图从他的口中获得情报。凌维义视死如归，没有向敌人吐露半个字，后被敌人杀害于泮境墟风碑头。1955 年被追认为革命烈士。

2. 王带娣

泮境村人，1914 年 8 月出生。1929 年，不到 15 岁的她参加红军，成为红十二军的一名洗衣队员。她能干、勤劳、心细，加入了团组织。除了为部队的同志洗衣服，她还主动帮助护理伤病员。

1934 年秋冬，持续长时间的第五次反"围剿"战斗打得极其惨烈。红十二军主力即将转移。为了帮助一位失明的老人寻找到参加红军的儿子，王带娣乘着空隙跑了十几里路，将老人儿子的下落告诉老人后，快速返回队伍，却不料部队提前行动，转移走了。她不泄气，一路向西北紧紧追赶，却没能赶上，最终消失在荒无人烟的野地山林中，再无音信。1955 年被追认为革命烈士。

3. 何锡才

泮境村人，1902 年 11 月出生。不但是农业生产劳动的一把好手，还是农会里的活跃分子，特别热衷于组织大家参加平民夜校的读书扫盲，他自己也在扫盲中学到了许多知识。后来红色风暴席卷闽西大地，他和乡村的许多农会干部成为策应红军和游击队消灭敌人的有生力量。上杭县苏维埃政府成立后不久，他也在上级组织的培养下加入共产党，并被选为东一区第二十八乡苏维埃政府主席。他积极地征兵征粮、组织运送军事物资，先后安全护送过高级首长多名。1931 年 6 月，在党内"左"倾错误路线的"肃反"运动中，因被误为"社会民主党"而被错杀于上杭县横岗。1955 年 7 月被追认为革命烈士。

4. 王裕贤

泮境村人，1906 年出生。他机智灵活，做事干脆利落。1929 年春夏中国工农红军第一次解放上杭城，地方党组织建立了游击队武装，王裕贤积极参与，成为杭中游击支队独立营的一名游击队员，策应、配合红军主力部队消灭敌人有生力量。

1934 年夏秋的一天，他接受一项重要任务，从连城朋口送一份机密信件到上杭茶地。不料途中被敌人包围。他急中生智，将密件吞入腹中。一颗子弹击中他的左脚，他被敌人抓获。敌人逼问他机密，他一字未吐。不死心的敌人凶狠地将他开膛破腹，取出血淋淋的密件，却因为纸片已碎，加上血水浸泡，字迹被洗，无法辨认。

中华人民共和国成立后，王裕贤被评为革命烈士。

5. 凌银兆

泮境村人，1894年出生。1929年参加革命，加入赤卫队。由于多次立功，被提为赤卫队中队长。1934年，他从赤卫队驻地明计山返回家乡运送食盐，半途被敌人截获。敌人把他抓到上杭县监狱进行严刑拷打，要他说出赤卫队、游击队和红军的机密。他誓死不招，表现了一名共产党员的贞操品格。敌人气急败坏地将他押往文馆背秘密杀害。

6. 廖儒鹏

泮境村人，1902年出生。1929年，红色革命斗争形势日益发展，廖儒鹏响应苏维埃政府的号召，参加了上杭县游击队。他认真学习军事作战，参加过数次战斗，打死打伤几个敌人，缴获了一支驳壳枪。1930年夏秋之际，廖儒鹏外出执行秘密任务，被十几个民团团丁跟踪。他掏出驳壳枪与敌人展开战斗，消灭了三个团丁，因弹尽而被敌人抓捕。敌人逼迫他交出机密，他一言不发。敌人无奈，便将他押往南蛇渡秘密杀害。

7. 李绍潘

泮境村人，1908年出生。1929年春夏，红色革命浪潮席卷闽西大地，他光荣地当上了红军，被分配在红十二军三十六师当战士。他作战勇敢，冲锋在前，屡屡打死敌人，缴获了一支长枪。1930年，李绍潘跟随部队进入武平县桃地村与敌作战，消灭了两个敌人后，子弹用光了，他拔出大刀，跳出战壕，与敌展开战斗，不幸被敌人扫射而来的密集子弹击中，壮烈牺牲。

8. 王养贤

泮境村人，1911年出生，农家子弟。1929年春夏之交，他积极报名参加了红军，成为红四军的一名战士。他学习认真，追求进步，又能在军事训练和军事战斗中取得良好成绩，做出贡献，组织将他吸纳为共产党员。1930年，王养贤跟随部队进入江西境内作战。在一次对敌遭遇战中，他冲锋在前，勇敢杀敌，不幸被敌人密集的枪弹击中，壮烈牺牲。

9. 凌子洲

泮境村人，1910年出生在一个农民家庭。1929年春夏，他响应红军号召，积极应征，光荣地参加了红军，被安排在红十二军三十六师当战士。火红的军队大熔炉，短时间就将凌子洲培养成共青团员。1932年，凌子洲所在部队接到攻打上杭城的重大任务。他勇敢作战，敢打敢拼，特别在登云梯冲破敌人城墙防线中，打得顽强坚韧，消灭了几个守城敌人，但不幸被敌人枪弹击中要害，壮烈牺牲。

10. 凌维桐

泮境村人，1904年出生。1929年初夏，他和几个同乡好友一道，跑到红军征兵点应征，光荣地参加了红军，被分配在红十二军三十六师当战士。他积极要求进步，刻苦学习训练，短时间内就被组织吸纳为共青团员。1930年，凌维桐跟随部队参加了武平县的桃地战斗。他机敏地选择好地形地物，沉着冷静地瞄准敌人射击，一枪消灭一个敌人。子弹打光后，凌维桐就用大刀同敌人拼搏，不幸被敌人密集的枪弹击中而壮烈牺牲。

11. 凌子仪

泮境村人，1914年出生，农家子弟，吃苦耐劳。1929年，他不到15周岁就积极响应红军号召，光荣地应征入伍，被安排在红十二军警卫连当战士。由于他勤奋好学，在平民夜校读书，有些文化基础，被组织吸纳为共青团员。他跟随首长下基层部队指导工作，警卫工作做得严密，一年后当上了班长。1933年10月，他向首长请战，要求参加一线战斗，批准后进入江西罗坡战斗。在与敌作战中勇敢顽强，机智灵活，杀死数名敌人，但在冲锋时被敌人飞来的冷枪击中，壮烈牺牲。

12. 廖儒杨

泮境村人，1923 年出生。1949 年 4 月参军后，分配在第八军分区警备团二营六连当战士，一直跟着部队参加战斗。1950 年 8 月炎热的日子，廖儒杨所在的部队进军连城朋口罗地剿灭土匪。军分区首长发出了向土匪进攻的号令，他冲在了连队战友的前头，一连枪击了三个敌人。在他顺手缴过敌人的长短枪支，继续向前追击土匪时，不料土匪在暗堡里射出了一连串子弹，打中了他的右腿。他毫不畏惧，忍受剧烈疼痛，继续向暗堡方向匍匐前进，朝敌人发射子弹，没想到再次被敌人击中前胸，光荣牺牲在战场上。

13. 凌维赞

泮境村人，1906 年出生。1929 年春夏，他带领家乡一批年轻后生，积极报名参加红军，被安排在红十二军三十六师当战士。他肯用脑子想问题，遇事爱琢磨，枪法准，投掷手榴弹也远，单兵格斗成绩往往名列前茅。1931 年，他跟随部队进入武平县桃地参加战斗，在与敌人展开肉搏战时，被敌人枪弹射中而壮烈牺牲。

14. 凌子崇

泮境村人，1910 年出生。1929 年春夏，他积极响应红军号召，报名参加了红军，被分配在红十二军三十六师当战士。他性格内向，平时寡言少语，但是参加军事训练却特别活跃，动作要领掌握得准确到位。参加作战更不含糊，瞄准敌人一打一个准，绝不放空枪。1931 年，凌子崇参加了武平县桃地保卫战，镇定沉着，有打有中。可惜子弹太少。当他跳出战壕用刀与敌拼杀时，不幸被敌人的枪弹击中而牺牲。

15. 凌维槐

泮境乡人，1911 年出生在农民家庭。1929 年春夏，他义无反顾地参加了革命，在上杭东一区二十七乡当上了一名赤卫队员。他积极要求进步，刻苦学习各种军事技术，军事素质提升很快，当上了共青团员。1933年某日深夜，凌维槐在老家泮境乡定达适安亭站岗放哨，敌人摸黑上来，他开枪射杀敌人，被敌人反射而中枪倒地，光荣牺牲。

16. 王金林

泮境村人，1903年出生。1930年，王金林响应苏维埃政府的号召，踊跃报名参加红军，被分配在红十二军三十四师当战士。他刻苦学习训练，积极要求上进，军事素质明显提高，被组织吸纳为共青团员。1931年4月，他跟随部队进入永定县的仙师乡瑶上村，在那里摆开的战场上与敌人作战。当他与敌肉搏战时，不幸被敌人枪弹击中而壮烈牺牲。

17. 王洪善

泮境村人，1899年出生。1932年8月，他响应苏维埃政府"扩红"的号召，离别年迈的父母和妻儿，报名参加了红军，被安排在红军某师六团二连当战士。他平时少言寡语，参加战斗却士气旺盛，打得敌人哇哇叫。1933年2月，他跟随部队进入武平县的中堡山野与敌人作战。敌人发起冲锋，他瞄准敌人一枪击倒一个，自己也中弹身亡，壮烈牺牲。

18. 何烈和

泮境村人，1906年出生。1931年，他响应苏维埃政府的号召，成为红十二军的一名红军战士。1931年4月，他跟随部队参加了在武平县桃地的战斗，在战斗中壮烈牺牲。

19. 凌子河

泮境村人，1910年出生。1929年，他响应红军的号召，踊跃报名参军，成为红十二军三十四师的一名战士。他在部队刻苦训练、勤奋学习，得到了很大的锻炼。参加对敌作战，他勇猛冲锋，敢打敢拼，建立战功，被组织吸纳为共产党员。1930年，跟随大部队进入武平县桃地山野对敌作战，发挥快准稳的优势，击毙多名敌人，但被敌人枪弹击中，壮烈牺牲。

20. 何汉书

泮境村人，1896 年出生。1929 年朱毛红军入闽，何汉书响应红军部队号召，积极报名参军，被分配在红十二军三十四师当上了一名战士。1930 年在武平县桃地，何汉书勇敢地战斗在最前线，被敌人枪弹击中而壮烈牺牲。

21. 凌同兆

泮境村人，1911 年出生。1929 年春夏之交，积极报名参加红军，成为红十二军三十四师的一名战士。他凭着年轻好学，很快掌握军事常识，参加战斗敢于拼杀，立下战功，加入了团组织。1930 年，在武平桃地战斗中身负重伤，壮烈牺牲。

22. 李良年

泮境村人，1906 年出生。1929 年夏季，他积极报名参加红军队伍，成为红十二军三十四师的一名战士。他训练刻苦，学习认真。1930 年，在武平县桃地战斗中，他毫不畏惧，沉着镇定，举枪射击，但不幸被敌人的枪弹击中前胸，壮烈牺牲。

23. 廖儒球

泮境村人，1906 年 12 月出生。1930 年 5 月，廖儒球因在平民夜校读书学习，有一定的文化基础，被上杭县东一区苏维埃政府挑选，当上了文书。他的主要工作是上传下达，管理文件档案。有时也协助苏维埃主席做好征粮征兵工作。1931 年 5 月，在党内"左"倾错误路线的"肃反"运动中，因被误为"社会民主党"而被错杀于上杭县横岗墟边。1955 年 7 月被追认为革命烈士。

24. 李德玉

泮境村人，1901 年 5 月出生。他早年上过私塾，略通文墨。1930 年 6 月，李德玉加入了共产党。他参加大礤乡苏维埃政府的筹建工作，随后当选为上杭县东一区大㙟乡苏维埃政府主席，带领大家打土豪、分田地，组织征兵征粮和运送军事物资上前线。1931年5月，在党内"左"倾错误路线的"肃反"运动中，因被误为"社会民主党"而被错杀于上杭县白砂乡。1955年7月被追认为革命烈士。

25. 李仰成

泮境村人，1910年10月出生。1930年7月，李仰成本来想报名参加红军，却被上杭县苏维埃政府主席看中，让他留下来参加县里苏维埃政府的相关工作。为此，李仰成成为县苏维埃宣传部的工作人员。搞宣传鼓动，写标语张贴，讲解党的政策等成了他的日常事务。1931年6月，在党内"左"倾错误路线的"肃反"运动中，因被误为"社会民主党"而被错杀于上杭县横岗。1955年7月被追认为革命烈士。

26. 何善伍

泮境村人，1913年3月出生。1930年5月，17岁的共青团员何善伍担任了县苏维埃政府少先队主任。何善伍在全县范围内建立少先队组织，在各村开展查路条和站岗放哨等工作，得到各级领导的表扬。1931年6月，在党内"左"倾错误路线的"肃反"运动中，因被误为"社会民主党"而被错杀于茶地大㙟。1955年7月被追认为革命烈士。

27. 王松美

泮境村人，1901年6月出生。他积极参加农会工作，成为打土豪、分田地的骨干，也积累了许多做好乡村工作的经验。1930年7月，王松美加入了共产党，并被选为上杭县东一区十一乡苏维埃政府的文书，负责日常事务，协助苏维埃政府主席做好征粮征兵等工作。1931年6月，在党内"左"倾错误路线的"肃反"运动中，因被误为"社会民主党"而被错杀于泮境洋屋。1955年7月被追认为革命烈士。

28. 何子林

泮境村人，1909 年 8 月出生。他在农会主办的平民夜校里学习了一两年，收获了不少知识。1930 年 8 月，在东二区苏维埃政府担任文书工作，可谓学有所用。同时加入了共产党。1931 年 6 月，在党内"左"倾错误路线的"肃反"运动中，因被误为"社会民主党"而被错杀于上杭县横岗。1955 年 7 月被追认为革命烈士。

29. 何进高

泮境村人，1906 年 6 月出生。1930 年 5 月，何进高响应苏维埃政府的号召，积极报名参加红军，被安排在红十二军三十四师当战士。他参加作战勇敢顽强，杀敌立功，很快被发展为党员，当上了排长，成为红军中最基层的指挥员。1931 年 6 月，在党内"左"倾错误路线的"肃反"运动中，因被误为"社会民主党"而被错杀于白砂中洋。1955 年 7 月被追认为革命烈士。

30. 李松年

泮境村人，1913 年 9 月出生。1930 年 6 月，不到 17 岁的李松年参加了革命，在上杭县东一区第二十七乡担任团支部书记。培养青年骨干、开展青年活动、发展青年团员，成为李松年这个时间段的主要工作。当时战争频繁，组织广大青年踊跃参军参战，也成为他的重要任务，他都能很好地完成任务。1931 年 5 月，在党内"左"倾错误路线的"肃反"运动中，因被误为"社会民主党"而被错杀于上杭县横岗山野。1955 年 7 月被追认为革命烈士。

31. 陈福桥

泮境村人，1905 年 11 月出生。他早年读过私塾，能够识文断字。红色风潮冲击闽西大地后，他积极参与，投身到轰轰烈烈的打土豪、分田地工作之中，很快成为中共党员。1930 年 6 月，他被选举为上杭县东一区二十七乡苏维埃政府主席。他工作勤恳，一丝不

英烈简谱

苟，征兵征粮、发动群众、培养干部等一系列工作卓有成效。1931年5月，在党内"左"倾错误路线的"肃反"运动中，因被误为"社会民主党"而被错杀于上杭横岗。1955年7月被追认为革命烈士。

32. 何锡炎

泮境村人，1907年9月出生。1930年5月参加革命，当上了上杭县东一区二十八乡少先队主任。他积极工作，对接县里少年先锋队发展任务，培养了许多少先队员，同时自己也加入了共青团组织。1931年5月，在党内"左"倾错误路线的"肃反"运动中，因被误为"社会民主党"而被错杀于横岗乡野。1955年7月被追认为革命烈士。

33. 凌维乾

泮境村人，1902年10月出生。1929年夏季，他积极报名参加红军，被分配在红十二军三十四师当战士。他在军事训练上刻苦认真，收获颇丰。1930年夏，参加了武平县小兰桃地的战斗，被枪弹射中而壮烈牺牲。

34. 丘三妹

泮境村人，1910年9月出生。1930年6月参加革命，被安排在上杭县苏维埃政府宣传部，当上了一名工作人员。她性格倔强，大胆泼辣，快言快语，做事快速，颇见效率，受到大家好评，不久就加入了共青团组织。1931年5月，在党内"左"倾错误路线的"肃反"运动中，因被误为"社会民主党"而被错杀于横岗。1955年7月被追认为革命烈士。

35. 廖儒环

泮境村人，1903年4月出生。闽西地下共产党闹革命时，他就受到影响，其后积极主动地参加平民夜校的学习培训。1929年夏季，红军号召广大青年参军参战，廖儒环积极响应，被安排在红军独立第八师当战士。他追求进步，刻苦训练，多次参加战斗，被组织吸纳为共产党员。他为了教会新兵军事技术，提高素质，提升战斗力，呕心沥血，操劳过度，染上重病，于1933年春季在连城县病故。1955年2月被追认为革命烈士。

36. 李维仁

泮境村人，1901年冬天出生。1929年夏季，朱毛红军首次解放上杭城，影响十分广泛。李维仁深受感染，抛家离口，参加红军队伍，被安排在福建军区政治部当一名工作人员。他圆满完成各项任务，很快被组织吸纳为共青团员。由于不注意休息，积劳成疾，于1932年在部队患上了严重的疾病。组织上建议他请假回到上杭县泮境乡休息治病。他回到泮境村后，被敌人跟踪、抓捕。敌人逼迫他供出红军机密，他守口如瓶，被敌人杀害于泮境大坪岗。1955年2月被追认为革命烈士。

37. 凌维友

泮境村人，1910年出生。在他的青年成长时期，正好遇上红色革命春潮激荡，他参加红军，被分配在红四军。他刻苦训练，认真学习，取得进步，被吸纳为共青团员。他所在的部队常常辗转于闽粤赣边区，他参加各种战斗，都能够积极消灭敌人，建立战功。1933年，凌维友跟随部队进入江西参战。在诱敌深入中，他再无音信。1955年2月被追认为革命烈士。

38. 王天财

泮境村人，出生于1901年。1929年夏季，积极报名参军，被安排在红十二军政治部运输队当运输队员。1930年，跟随部队转辗多地，因受伤，留在老乡家里治疗，后再无音信。1955年2月被追认为革命烈士。

39. 李应芳

泮境村人，1914年出生在一个农民家庭。1929年春夏，不到15周岁的李应芳积极报名参加红军，被分配在红十二军当战士。他勤奋好学，刻苦训练，短时间内就提高了政治觉悟和军事素质，加入了共青团组织。1931年，参加了武平县桃地战斗。在这场保卫新生红色政权的战斗中，他英勇杀敌，顽强战斗，不幸被敌人射来的密集子弹击中要害，壮烈牺牲，时年17岁。

40. 黄进兴

泮境村人，1904年出生。他的祖先系福建省邵武市和平古镇黄峭后裔，亦称"江夏黄"。家中虽不富裕，却省吃俭用积攒钱银供少年黄进兴上私塾读书，传承耕读世家优良传统。后来农民协会组织办平民夜校，他积极报名参加学习，掌握了进步的思想理念。1929年朱毛红军进入闽西后，黄进兴积极要求参加革命，被组织上安排到上杭县东一区二十七乡基层农会做筹备工作，表现突出而被发展为共产党员。乡苏维埃政权成立后，黄进兴当选为苏维埃政府主席。他认真贯彻上杭县苏维埃政府的各项指令，认真做好巩固政权、发展经济、搞好生产、征兵征粮、支援红军前线作战等工作。1936年8月，在白色恐怖日益严重的恶劣环境下，黄进兴坚守在乡村与敌展开周旋，不幸被捕。受到敌人严刑拷打，坚贞不屈，不肯透露秘密，被杀害于上杭县泮境乡五谷庙。1955年2月被追认为革命烈士。

41. 李富东

泮境村人，1899年出生。1929年朱毛红军打下"铁上杭城"，李富东积极参加革命，成为杭中独立营游击队员。他机智灵活，敢打敢拼，杀敌不少，被提为游击队队长，光荣地加入了中国共产党。1934年10月，中央红军实行战略转移后，李富东所在的杭中独立营转入山野与敌展开游击战。1937年春夏，由于叛徒出卖，李富东在嫩洋马尾背被敌人抓捕，受尽各种酷刑拷打仍坚贞不屈，最后被杀害于上杭县城的西郊场。

二、彩霞村

1. 王吉坤

彩霞村人，1907年6月出生。1930年参加庐丰区游击队。他和大多数参加革命的年轻人一样，通过战争烈焰的熏陶锻造，成长为一名坚强如钢的革命战士。他作战勇敢，敢打冲锋。1934年，他参加了保卫永定的战斗，在作战中消灭了数名敌人，自己也身负重伤，被送往上杭县南阳医院抢救无效，光荣牺牲。

2. 王光华

彩霞村人，1915年生。1949年10月，参加了三十一军解放厦门的激烈战斗。当攻占鼓浪屿的战斗打响，王光华乘着船只抵近鼓浪屿岸上后，和其他士兵一道采取包抄的打法，将敌人围在海滩边。在战斗中，王光华被敌人的枪弹击中牺牲。

3. 黄太林

彩霞村人，1910年7月出生。他的家祖上系耕读世家，有数亩田地可种，父亲还花钱让他进私塾读书。1929年参加了红军队伍。同年10月，上杭县第一次工农兵代表大会在上杭县城西门天主教堂召开。会议选举了上杭县苏维埃政府主席、副主席等，继而就着手各个乡村的苏维埃政府筹建工作。黄太林荣幸地被选为上杭县东一区二十六乡苏维埃政府主席。

中央红军被迫战略转移后，苏区工作日渐艰难曲折。黄太林几次外出乡村指导工作，都发现有人跟踪。好在他机智灵巧，得以躲过。1935年8月的一天，他和几名农会干部乘黑到村里筹粮，遭到当地还乡团的袭击。黄太林不幸被捕，被敌人杀害于泮境乡的五谷庙。

4. 黄增员

彩霞村人，1899年出生。1929年参加红军，在十二军当通信员。1934 年 5 月，他在送情报途中感觉后面有人跟踪。他果断地将秘密件撕碎后吞入肚中，然后掏出身上背着的汉阳造手枪，向着逼近他的几名特务开枪，当场打死两名敌人，但终因弹尽而寡不敌众，被敌人抓捕。敌人以为可以从黄增员身上捞到绝密情报，对他进行残酷折磨，严刑拷打，却没有得到只言片语，最后气急败坏地将黄增员杀害于泮境乡的陈屋。

5. 龚招娣

彩霞村人，1910 年出生。1931 年参加红军，在红十二军当卫生员。在那个艰苦卓绝的战争年代，红军医院缺医少药，为此，龚招娣常常到山间采摘治疗枪伤刀伤的草药救治伤员。

有一天，龚招娣再度到野外采摘草药，回到医院突然接到通知紧急转移，她连早餐也没有吃，就跟随部队走了。路上因为遭遇敌机轰炸，她的几名战友中弹牺牲，她努力追赶队伍，依然没有找到部队。最后她杳无音信。1955 年被追认为革命烈士。

6. 王集通、王集腾

王集通，彩霞村人，1905 年出生于一个贫苦农民家庭，很小就跟着父亲下地劳动，练就了一副强壮的好身板和吃苦耐劳、坚忍不拔的精神意志。

王集腾也是彩霞村人，1901 年出生，与王集通系王氏族亲。

1930 年，已经 29 岁的王集腾和 25 岁的王集通，相邀一起参加了红军。他们同时被分配到了红十二军三十四师无线电台运输队，当上了后勤运输兵。两人凭着年轻，有的是力气，每一回运输电台设备，都专捡沉重的扛。

1930 年年底，他们跟随大部队行军至闽赣边界的山坳里。他们从马背上卸下无线电台设备。由于山路颠簸，道路崎岖，电台上的一块铁板不见了。两人顺着来路往回找，却从此在江西的地面上彻底失联，杳无音信。1955 年 2 月，王集通和王集腾同时被追认为革命烈士。

7. 林志科

彩霞村人，1890 年 12 月出生，粗通文墨。1931 年，已经 41 岁的中年大汉林志科，被选举为上杭县东一区第二十五乡苏维埃政府主席。1933 年深冬的一天，他在彩霞村口守路。突然，听到了朝他走来的急切脚步声，他大声喊叫站住，来人却不停下脚步。他问口令，对方也不应答。他警惕地掏出手枪，却被身后的敌人围上来抱住。他反转身就给敌人一枪，同时自己也被敌人用枪托打晕。敌人将他绑到僻静处审问，要求他说出红军、苏维埃的机密。他誓死不从。敌人便残忍地将他杀害。

8. 黄长维

彩霞村人，1910 年出生。1930 年 3 月，他积极报名参加红军，被分配在红十二军三十四师当战士。他虽然年龄不大，却机智灵活，打起仗来勇猛刚健，在战场上立下战功。1933 年初春，黄长维参加了著名的第四次反"围剿"中的江西宜黄黄陂战役，不论是打穿插，还是诱敌深入，以及后来的打大规模伏击战，他都听从指挥，敢打硬战。在一次战斗中，他被敌人疯狂的重武器扫射而击中，壮烈牺牲，年仅 23 岁。

9. 林荣华

彩霞村人，1903 年出生。1933 年，他已经 30 岁了，毅然参加红军，被分配在福建军区独立第八师当战士。由于他作战勇敢，经验丰富，建立战功，很快当上了班长，没多久又被组织培养、吸纳为中共党员。1934 年 5 月，正值中央苏区第五次反"围剿"战斗趋于白热化状态，林荣华所在部队参加了上杭县南阳茶树下的激烈战斗，为的是牵制、阻遏敌人增援国民党中央军的"围剿"。林荣华在战斗中勇敢杀敌，也被敌人猛烈的炮火击中而壮烈牺牲。

10. 黄玉仁

彩霞村人，1900 年 8 月出生。他向往红色革命，痛恨地主恶霸。1929 年听闻地下革命党人计划在乡村闹暴动，义无反顾地参与，成为一名暴动队队员。后又参加了打土豪分田地、烧地契的斗争。1931 年，朱毛红军离闽赴赣，闽西的敌人蠢蠢欲动。黄玉仁在上杭县泮境乡定达三层岭可以亭守路时，受到敌人偷袭，寡不敌众而被敌人杀害。

11. 林生芳

彩霞村人，1911 年 5 月出生。1930 年，林生芳在一阵阵欢天喜地的锣鼓声中，喜气洋洋地参加了红军游击队，成为上杭县东一区的一名游击队员。不久，他在游击队领导和同志们的帮助下，完成了学习训练任务。同年秋冬，在上杭庐丰茶树下战斗中，他勇敢作战，敢打敢拼，在打死打伤数名敌人后，被敌人密集的枪弹击中，光荣牺牲，年仅 19 岁。

12. 林文东

彩霞村人，1908 年出生。1930 年初，上杭县东一区二十六乡苏维埃政府成立，积极要求参加红色革命的林文东被组织安排在苏维埃政府担任交通员。交通线是生命线，送信件、送情报、传达领导指令和护送首长等，责任重大，充满危险，林文东每次都做得很好，经受了考验，加入了共产党。1933 年 3 月，林文东送信件到太拔途中，发现被人跟踪，赶忙将密件撕碎吞入腹中，然后与敌周旋，寡不敌众而被敌人残酷杀害。

13. 林崇美

彩霞村人，1906 年出生，1934 年初参加革命，成为上杭县东一区的赤卫队员。同年 5 月间，上杭县丰稔市桥角头发生战斗，林崇美英勇作战。他沉着稳健，总是瞄准了敌人再打，往往命中率高。可是赤卫队枪弹很少，子弹打光了，他就拔出背上明晃晃的大刀向敌人砍下去，但冷不防敌人密集的枪弹扫射而来，他被击中而壮烈牺牲。

14. 林占芹

彩霞村人，1907 年出生。他有文化和组织能力，1930 年初就参与了上杭县东一区二十五乡苏维埃政府的筹建工作，其后当选为该乡苏维埃政府主席。他热情似火，积极开展打土豪、分田地和发展农会干部会员的工作。1933 年 4 月，早被敌人视为眼中钉、肉中刺的林占芹主席，被敌人抓捕。敌人严刑拷打，逼迫他供出党的机密，他宁死不屈，表现了一个共产党人忠贞不渝的高尚情操，被敌人残忍地杀害于上杭城。

15. 王耀添

彩霞村人，1912 年出生。1929 年参加革命，成为杭中独立营的一名游击队员。他年轻好学，追求进步，在战场上经受了考验，很快就加入了共青团组织。他作战勇敢，面对强敌毫不畏惧。1934 年，在上杭县爆发的一场战斗中，因为弹药不足，王耀添跳出战壕用大刀与敌决一死战，砍杀了两个敌人后，被敌人击中要害而献身战场。

16. 梁燕华

彩霞村人，1902 年 6 月出生。上过几年私塾。轰轰烈烈的红色革命席卷闽西，他积极主动参与了打土豪、分田地的运动。不久就入党，当选为上杭县东一区二十六乡苏维埃政府主席。当时征兵征粮和输送药品及武器弹药任务繁重，梁燕华总能积极应对，保质保量完成任务。1931 年，在党内"左"倾错误路线的"肃反"运动中，因被误为"社会民主党"而被错杀于文馆背。1955 年 7 月被追认为革命烈士。

17. 林乃兴

彩霞村人，1903 年 8 月出生。1929 年 5 月参加革命，因为有些文化知识而被安排在上杭县庐丰区苏维埃政府当了一名宣传员。他常常根据上级的指示精神，拟定各种苏维埃建设的标语口号，口头宣传或在墙上张贴，起到积极的宣传鼓动作用。1931 年 7 月，在党内"左"倾错误路线的"肃反"运动中，因被误为"社会民主党"而被错杀于上杭县白砂。1955 年 7 月被追认为革命烈士。

18. 林国梁

彩霞村人，1904 年 4 月出生。1929 年 5 月参加革命。因为念过书，写得一手好字，打得一手好算盘，被上级组织列为培养对象。他参加了上杭县东二区千龙乡苏维埃的筹建工作，其后就当选为该乡苏维埃政府主席。林国梁积极地为党工作，受到农民和乡村农会干部的拥戴。1931 年初，在党内"左"倾错误路线的"肃反"运动中，因被误为"社会民主党"而被错杀于横岗乡。1955 年被追认为革命烈士。

19. 梁中和

彩霞村人，1899 年出生。1929 年 4 月参加革命，被组织上安排在上杭县东二区千龙乡苏维埃政府担任委员职务。他主要的工作，就是密切配合乡苏维埃政府主席林国梁，担负起上级下达的征粮征兵等工作任务。1931 年 5 月，在党内"左"倾错误路线的"肃反"运动中，因被误为"社会民主党"而被错杀于横岗乡。1955 年 7 月被追认为革命烈士。

20. 王兰清

彩霞村人，1907 年 5 月出生。1929 年 4 月参加革命，被组织上安排在上杭县东二区千龙乡苏维埃担任团支部书记。他的主要工作任务，就是团结青年并进行宣传工作、发展共青团组织，同时配合乡苏维埃政府主席林国梁，承担部分征粮征兵任务。1931 年 7 月，在党内"左"倾错误路线的"肃反"运动中，因被误为"社会民主党"而被错杀于横岗。1955 年 7 月被追认为革命烈士。

21. 王集路

彩霞村人，1906 年 6 月出生。1929 年 9 月参加革命，被组织上安排到上杭县东一区定达乡苏维埃担任团支部书记。他将工作的重心放在做好乡村青年工作方面，征兵时，鼓动广大青年男女踊跃报名，较好地完成了征兵任务。1931 年 6 月，在党内"左"倾错误路线的"肃反"运动中，因被误为"社会民主党"而被错杀于横岗。1955 年 7 月被追认为革命烈士。

22. 林崇新

彩霞村人，1914 年出生。1931 年 3 月，他响应苏维埃政府的号召，积极报名参加红军，被分配在红军新编十二军。军长左权乃一代名将。林崇新跟随这支部队，参加了第二次反"围剿"的战斗。1931 年 6 月，林崇新在部队突然患上"天花"，因为没有特效药治疗，在上杭县白砂病故。1955 年 7 月被追认为革命烈士。

23. 林德芳

彩霞村人，1915 年出生。1931 年 2 月，不满 16 岁的林德芳积极报名参加了红军。因为有文化，被安排在红十二军政治部担任宣传员。他积极要求进步，不久就加入了共青团组织。在部队辗转中，于同年 10 月患病，不治亡故。1955 年 9 月被追认为革命烈士。

24. 林信中

彩霞村人，1914 年出生。他的家境在乡村属于中等，父亲省吃俭用积攒银两供他读书，识文断字。1932 年初，林信中响应苏维埃政府号召，在战火纷飞的年代，不怕牺牲，积极报名参加红军，被分配在红军新编十二军政治部担任宣传员。同年 3 月底，林信中接到宣传工作任务，被派往上杭城。因枪支走火而被误伤，导致不治身亡。1955 年 9 月被追认为革命烈士。

25. 林茂华

1904 年 7 月出生于彩霞村，农家子弟，吃苦耐劳。1932 年初，他报名参加了红军，成为红十二军三十六师一〇六团的一名战士。部队里有很多闽西子弟，林茂华同大家一道辗转闽西、赣南，打了一些胜仗。同年5月下旬，林茂华身患"天花"，没有特效药治疗，于武平县小兰乡村病故。1955年9月被追认为革命烈士。

26. 梁占周

彩霞村人，1913年9月出生。1929年5月，在朱毛红军打下"铁上杭"城不久，红军号召广大青年参加红军，热血沸腾的梁占周积极报名应征入伍，来到了红十二军三十四师当一名士兵。1930年第一次反"围剿"战争中，首长提出需要派出一名战士前往武平送信，梁占周自告奋勇接受任务。他很快完成了任务。但他在返回追赶部队途中失去音信。1955年2月被追认为革命烈士。

27. 林崇章

彩霞村人，1899年3月出生。1929年红色风暴在闽西大地席卷，已经是而立之年的林崇章毅然告别父母妻儿，积极报名参加了红军，被分配在红十二军三十六师卫生队当战士。他勤奋好学，认真工作，不但较好地完成了勤务兵的本职工作，还向军医和卫生员学到了不少医疗卫生知识。1930年第一次反"围剿"战争爆发，林崇章跟随部队进入江西参战，救护伤员，后失去音信。1955年2月被追认为革命烈士。

28. 林善泰

1903年，林善泰出生在彩霞村一个农民家庭。1931年，他响应苏维埃政府号召，积极报名参加红军，被安排在红十二军担任运输队队员。他吃苦耐劳，责任心强，无论肩挑手提，还是马匹运输，都力保军用物资的安全和及时送达。1931年夏秋，林善泰跟随部队进入江西，参加主力红军的后勤物资运送，顺利完成任务后，返回途中被打散而再无音信。1955年2月被追认为革命烈士。

29. 梁占培

1914年，出生于彩霞村一个农民家庭。1930年，不满16岁的梁占培坚决要求参加红军，被安排在红军四都医院当了一名看护员。他工作认真热情，护理伤病员细致周到，留下很好的口碑。同年年底，跟随医院药师等数人，前往赣粤边界的南康城和南雄城内购买药品。返回途中遭遇地方民团，梁占培为了掩护药师，有意吸引团丁朝西南方向追去，最后他杳无音信。1955年2月被追认为革命烈士。

30. 林开良

彩霞村人，1899年出生。1931年初，红军征兵，已经32岁的林开良告别父母妻儿，毅然参加红军，被分配在新编红十二军无线电队。由于他经历丰富，办事牢靠，很快当上了班长。1931年底，林开良跟随大部队开往闽粤赣边界。为了掩护无线电技术人员安全转移，他带领几名战士引诱敌人朝着粤赣边界深处行进。途中，他们消灭了数名敌人，几位战士也英勇献身。林开良继续西行，再无音信。1955年2月被追认为革命烈士。

31. 王钦兆

彩霞村人，1905年出生，1930年参加红军后被分配在红十二军三十四师运输队担任运输员。那时候战斗频繁爆发，后勤物资保障十分重要。王钦兆无论在何处何时搞运输，总能够完成好任务。当年秋冬，红军主力渐渐由闽移赣，王钦兆所在运输队跟随大部队入赣集结。有一次由闽运输军用物资返回途中，他们遭遇江西地方民团，王钦兆主动提出他和两名同志引开敌人，便朝着西北方向一路奔跑。运输队安全了，两个战士献身了，王钦兆也在进入深山老林后杳无音信。1955年2月被追认为革命烈士。

32. 林志雄

彩霞村人，1907年出生。1931年闽粤赣边区战斗频繁，林志雄响应苏维埃政府的号召，积极报名应征入伍，被安排在红军新编十二军。同年底，林志雄跟随部队进入江西地界，在一次战斗中大腿负伤，被安排到一户老乡家里养伤。伤愈后，林志雄去追赶自己的部队，误入深山老林，杳无音信。1955 年 2 月被追认为革命烈士。

33. 林富华

彩霞村人，1918 年出生。1931 年，13 岁的林富华响应苏维埃政府的号召，积极报名参加红军，被安排在新编十二军，是当年年龄最小的红军战士之一。他认真学习，刻苦训练，掌握了基本的军事常识和杀敌本领。同年底，林富华跟随部队辗转于闽赣粤边界行军打仗，因掉队而迷失方向，误入深山老林，杳无音信。1955 年 2 月被追认为革命烈士。

34. 王远富

彩霞村人，1914 年秋天出生。1930 年，不满 16 岁的王远富响应苏维埃政府号召，积极报名参加红军，被分配在红十二军三十六师一〇六团。他学习认真刻苦，训练加大力度。战斗中，他勇敢杀敌，建立战功，很快被提为班长，加入了共青团组织。同年底，王远富跟随大部队穿插于闽赣边界，因掩护战友转移而负伤，杳无音信。1955 年 2 月被追认为革命烈士。

35. 黄招蓬

彩霞村人，1915 年 5 月出生。农会组织开办平民夜校，黄招蓬积极参加学习扫盲，识文断字。1929 年夏季，红军号召参军参战，黄招蓬踊跃报名参军，成为红十二军政治部的一名勤务兵。他工作勤奋，追求进步，很快被发展为共青团员，并且被选为团支部委员。1930 年冬天，红军主力部队进入江西进行第一次反"围剿"。黄招蓬按照军政治部首长要求，向前线送一份文件。完成任务后，留下来参加作战。返回追赶原部队时失去音信。1955 年 2 月被追认为革命烈士。

三、祖加村

1. 王志清

祖加村人，1915 年出生。1929 年参加红军，被分配到红十二军三十四师一〇〇团一营二连当连部通信员。1932 年秋冬之际，红十二军一〇〇团在上杭县境内驻扎。为了应对即将到来的第四次反"围剿"，红十二军抽调部分队伍参战。他所在的连队担负着进攻敌人的战斗任务。就在敌人将要被全歼的前夕，一颗子弹击中了冲锋在前的王志清前胸，他倒在了地上，壮烈牺牲，时年 17 岁。

2. 王聪宝

祖加村人，1909 年出生。1929 年，他报名参加红军，被分配在红军独立第八师。王聪宝有幸参加了首次解放上杭城的战斗。他们虽非主力攻城部队，却也在配合、策应主力部队的进攻中，积极主动地遏制住来自永定、龙岩县城方向的援敌。1930 年冬天，已经当上了排长的王聪宝，接到了师团首长攻打武平县桃溪乡小兰村的指令。王聪宝率领他的队伍急行军赶往小兰村，利用良好的地形打击敌人。敌人几次冲锋均被打退，就想猛烈地扫射一阵后逃跑。王聪宝带头跳出战壕奋勇追击。没想到躲在暗处的敌人发射一阵枪弹，他壮烈牺牲，时年 21 岁。

3. 卢汉其

祖加村人，1899 年 7 月出生。组织上让他从事秘密的地下交通员工作。经过一段时间的训练，卢汉其成为合格的地下交通员。

1935 年夏天，由于此前中央红军北上长征，留守在中央苏区的革命者遭受到日益严重的打击，输送各种情报就显得更加危险。一天，卢汉其前往上杭县城与地下交通站的同志接头，却发现后面有人跟踪，几次甩开又被沾上，使他无法接近接头目标。他急中生智，朝着他在城中开饭店的族亲兄弟走去，交代他转送情报，自己抽身将跟踪的敌人向着家乡泮境方向引开。敌人果然中计，抓到卢汉其，逼他交出情报。卢汉其说，我是个乡村农民，哪来的情报？敌人搜遍了他的全身，没有发现任何情报。他始终没有吐露半个字。敌人气急败坏地将他杀害。

4. 王德麟

祖加村人，1909 年出生。共产党为穷人闹翻身的时候，王德麟积极参加。1929 年夏季，王德麟踊跃报名参加红军，成为红十二军的士兵。他认真学习，苦练过硬本领，英勇杀敌，被提为班长，还光荣地加入了共产党。1930 年，王德麟所在的部队开往武平县桃地，与敌人展开激烈的战斗。他凭借胆大力大，集中班里战士的手榴弹投掷，炸死炸伤敌人数十名，却也被敌人密集的枪弹击中而壮烈牺牲。

5. 温成荣

祖加村人，1888 年 1 月出生。1929 年春天，老成持重的温成荣响应红军的号召，投奔革命队伍，被分配在红军第四军。那年温成荣已经 41 岁了，是当年参加红军中年龄最大者之一。部队上看他有号召力、凝聚力和组织能力，不久就让他当班长，又把他培养为共产党员。1929 年 8 月，温成荣在攻打上杭县的月光岭战斗中，勇敢杀敌，连续将数名敌人击毙，自己也被敌人的密集枪弹击中，壮烈牺牲。

6. 卢赐魁

祖加村人，1908 年出生。1929 年夏季，卢赐魁响应红军的号召，积极报名应征，被分配在红军独立第八师。他学习认真，训练刻苦，虚心向老同志请教，掌握了杀敌本领，参加战斗勇敢顽强，被吸纳为共青团员。1930 年，卢赐魁跟随部队进入武平，参加了小兰乡桃地的战斗。在杀死数名敌人后，卢赐魁身负重伤，英勇牺牲。

7. 卢国光

祖加村人，1904 年 9 月出生在乡村。闽西地下党和农会组织平民夜校，卢国光积极报名参加学习，得以扫盲，粗通文墨。1929 年夏季响应红军的号召，积极报名应征入伍，在红军独立第八师机关当了一名宣传员。书写宣传标语、散发宣传单，为红军战士鼓足干劲，为广大老百姓宣传党的方针政策，成为他的主要工作。他入党后，要求参加前线战斗，于 1930 年进入武平县小兰桃地与敌作战，打得英勇顽强，壮烈牺牲。

8. 卢汉通

祖加村人，1905 年出生。1935 年 2 月初，他在代英县东一区镇回乡苏维埃政府当交通员。输送情报和信件、传达领导指示等，成为他的主要工作。1935 年 2 月底，在上杭县马鞍山与敌人展开的激烈战斗中，他勇敢顽强，坚韧不拔，杀死数名敌人后，被敌人的枪弹击中要害而壮烈牺牲。

9. 卢昌林

祖加村人，1912 年出生。1929 年夏季，他响应红军的号召，积极报名应征入伍，在红军独立第八师当上一名普通战士。他年龄不大却机敏灵活，训练与学习都跑在别人前面。他参加对敌作战，采用计谋骗过敌人，将敌人杀死而缴获了一支长枪。1930 年，跟随部队进入武平县桃地与敌作战，利用缴获的长枪，消灭敌人数名。在战斗最激烈的时候，敌人一发炮弹落在了红军的阵地上，卢昌林为了掩护首长，冲过去压在首长身上，被弹片击中，英勇牺牲。

10. 卢荣勋

祖加村人，1912 年出生在农民家庭。1929 年夏季，卢荣勋响应红军的号召，积极报名应征入伍，在红军独立第八师当一名普通战士。他年轻好学，追求进步，很快受到组织培养，加入了共青团；又因为在对敌作战中勇敢顽强，冲锋在前，撤退在后，经历了战火考验，杀敌有功，火线入党。1930 年，卢荣勋身患重病，被抬回家中治疗，因缺医少药而病故。1955 年 2 月，他被追认为革命烈士。

11. 卢美洲

祖加村人，1906 年出生。1929 年春天，卢美洲响应红军的号召，积极报名应征入伍，在杭代军政委员会当一名游击队员。他为人厚道，做事认真，学习勤奋，训练刻苦，对敌仇恨，对友热心，时不时地为大家做些力所能及的好事，大家对他无不称誉，他很快被发展为共产党员。部队行军打仗，他抢着扛机枪。为了培养新手，他给新兵当机枪助手。多年来，他参加大小战斗十几场，屡建战功。1935 年，他在闽粤赣边界打游击，误入深山老林，迷失方向，杳无音信。1955 年 2 月被追认为革命烈士。

12. 卢汉林

祖加村人，1902 年 7 月出生。早年积极参加平民夜校的学习识字，掌握了相应的文化知识。上杭县东一区苏维埃政府筹建，卢汉林被抽调去，工作做得到位，上上下下都表示满意，1930 年 6 月，东一区苏维埃政府召开大会进行选举，卢汉林当选为苏维埃政府主席。他积极带领大家打土豪、分田地，加强农民协会工作，为农民争取利益。1931 年 5 月，在党内"左"倾错误路线的"肃反"运动中，因被误为"社会民主党"而被错杀于大燮。1955 年 2 月，被追认为革命烈士。

四、乌石村

1. 熊贵昌

乌石村人，1911 年出生。不到 8 岁就跟着父亲下地参加生产劳动，成为田园间的耕耘能手。1930 年，响应乡里苏维埃政府的号召，积极报名参军，被分配到红十二军三十四师当上了红军战士。

1933 年 3 月，参与了江西宜黄黄陂和草台冈的两次重大战斗。后在战斗中壮烈牺牲，时年 22 岁。

2. 熊裕和

乌石村人，1900 年出生。1930 年初，他响应苏维埃政府的号召，积极报名应征入伍，被分配到红十二军三十四师担任战士。他认真学习，刻苦训练，掌握了杀敌本领，提高了军事素质，在战斗中建立战功，短时间就被提为班长。1930 年夏秋，熊裕和跟随所在部队进入武平县桃地与敌作战，在战斗中被敌人枪弹击中，光荣牺牲。

五、定达村

1. 何克昌

定达村人，1911 年出生。朱毛红军首次入闽期间，何克昌积极报名参加红军，跟随部队来到长汀。战斗打响后，他英勇善战。在打扫战场的时候，何克昌看到一个军官模样的敌人侧身躺着，腰带上挂着一只驳壳枪，便一脚踢向敌人，不料这是个装死的敌人，拔出枪就朝何克昌打去，何克昌被击中下腹。但他顽强地挺立起来，朝着敌人反击一枪，击中敌人的胸膛。红军官兵纷纷向枪响处跑来，发现何克昌在击毙敌人后倒在了血泊中，时年 19 岁。

2. 邹长发

定达村人，1905 年出生。1929 年冬，邹长发参加了上杭县东一区三十一乡赤卫队，由于经验丰富，办事老道，军事斗争上又有经验，当上了赤卫队小队长。他再接再厉，再立新功，又被提为赤卫队中队长。1930 年冬天，邹长发前往泮境乡苏维埃政府参加会议。散会后返回途中，被地方民团紧盯不放。敌人将他逼入僻静的山野，他不得不进行反抗，拐入敌人背后开枪击毙两个团丁，但他也被敌人击中而英勇牺牲。

3. 邹天荣

定达村人，1908年出生。他听闻农民协会成立，便积极参加活动；农会组织平民夜校，他更是积极参与者，从中学到文化知识。1929年，上杭县部分乡区苏维埃政府成立，邹天荣参与工作，被安排到东一区三十一乡赤卫队当炊事员。他为人真诚，和蔼可亲，服务周到，深得赤卫队员们的喜爱。1929年秋天，邹天荣跟随所在的赤卫队参与攻打上杭城守敌的战斗。他在战场上勇敢顽强，但在撤退途中被敌人抓获，被杀害于上杭县西郊场。

4. 邹宝奎

定达村人，1902年出生。他积极向农会组织靠拢，时常完成联系青年参加农会活动的任务。1929年红军入闽，其后陆续建立了苏维埃红色政权。邹宝奎在上杭县东一区三十一乡当赤卫队班长。他作战勇敢，冲锋在前，退却在后，多有杀敌。1929年8月，邹宝奎带领赤卫队员参加了上杭县攻坚战。他勇于冲锋，被敌人连打数枪，英勇牺牲。

5. 凌相庆

定达村人，1911年出生。1930年，他响应苏维埃政府的号召，积极报名应征入伍，被分配在红十二军三十四师当上一名战士。他年轻，干劲大，只要看见有工作，就毫不犹豫地抢着去做；作战中勇敢杀敌，被组织发展成为共青团员。1933年中央红军进入持续的作战中，凌相庆所在部队参加了江西省宜黄县的黄陂战役。他顽强地与敌展开战斗，毙敌数名，自己也被敌人枪弹击中，壮烈牺牲。

6. 何福标

定达村人，1906年出生。恰逢闽西地下党人在乡村组织农会，何福标积极参与各种活动，特别是在平民夜校里学习认真刻苦，得以扫盲。1929年夏季，何福标响应红军的号召，踊跃报名应征入伍，被分配在红二十一军。他训练刻苦认真，入了党，还当上了排长。1930年，已经是副连长的何福标，参加了武平县桃地的战斗。看到机枪手受伤后，何福标主动端起机枪扫射敌人，打死打伤许多敌人，自己也被敌人的炮弹击中而倒地，鲜血染红土地，壮烈牺牲。

7. 邹宝洲

定达村人，1912年出生。他对农会工作充满兴趣，义务为大家服务，被发展为共青团员。1930年4月，在上杭县东一区十一乡担任团支部书记。他配合苏维埃政府主席做好打土豪、分田地的工作，培养、教育青年，组织他们参军参战。1931年6月，在党内"左"倾错误路线的"肃反"运动中，因被误为"社会民主党"而被错杀于横岗。1955年7月被追认为革命烈士。

8. 何楷贤

定达村人，1901年4月出生。他曾经参加农会举办的平民夜校，刻苦学习，得以扫盲，能够简单地识文断字。1930年3月，参加革命后，分配在上杭县东一区三十乡担任苏维埃政府文书。他工作认真积极，办事能力强，追求上进，加入了共产党。1931年6月，在党内"左"倾错误路线的"肃反"运动中，因被误为"社会民主党"而被错杀于横岗。1955年7月被追认为革命烈士。

9. 凌荣浪

定达村人，1916年7月出生。1930年9月，年仅14岁就响应苏维埃政府的号召，积极报名，应征入伍，被分配在红十二军三十四师当战士。他年龄虽小，学习训练却刻苦认真，很快上手，提升了军事素质，在多次参加对敌作战中表现勇敢，加入了共青团。1934年，凌荣浪跟随部队进入江西省瑞金县与敌作战，打得勇敢顽强。后因被派往江西其他战场送情报，返回时误入深山老林，迷失方向，杳无音信。1955年2月被追认为革命烈士。

10. 何特城

定达村人，1914 年出生。1932 年参加红军，是红十二军战士。连队有一个传统，就是组织开讲"故事会"，每次请一位班排长或者红军老战士讲战场杀敌的故事，何特城每次都听得津津有味，因此而提升素质。战斗一旦打响，他就用老红军的精神激励自己，勇敢杀敌。1933 年，何特城随部队进入江西北部与敌作战，最后撤退时失去音信。1955 年 2 月被追认为革命烈士。

11. 凌荣波

定达村人，1911 年出生。少年时代参加平民夜校学习，得以扫盲。1931 年，响应苏维埃政府的号召，积极报名，应征入伍，被分配在红十二军三十四师。他跟随所在部队，经常在闽西赣南与敌人周旋作战，从中练就了适应险恶战争环境的过硬本领和杀敌功夫。1933 年，凌荣波进入武平县桃地与敌人作战，像往常一样打得勇敢顽强。战斗胜利结束，却找不到他。1955 年 2 月被追认为革命烈士。

12. 凌灿珍

定达村人，1908 年 7 月出生。1933 年 3 月，参与了江西宜黄黄陂和草台冈的两次重大战斗。敌我双方战斗进入白热化胶着状态，"万马战尤酣"的红十二军三十四师官兵，在后援和武器弹药跟不上的情况下，拔出背上的红缨大刀，跳出战壕与敌人决一死战。这当中就有凌灿珍的身影。他和战友联手背对背，砍死了几个敌人，却不料被枪弹击中，壮烈牺牲，时年 25 岁。

六、元康村

1. 江朝裕

元康村人，1904 年出生。1930 年参加红军。他所在的红三军团，是一支具有光荣传统的英雄部队。江朝裕在参加第三次反"围剿”的战斗中，敢打硬仗，勇猛冲锋，打死打伤不少敌人，立下战功。

1934 年 10 月，江朝裕跟随着红三军团主力部队从闽西出发，走上了二万五千里长征。当年 11 月下旬，江朝裕所在的红三军团进入了桂军所在的全州地区。突然间，部队遭遇国民党的强力打击，许多战友身负重伤。就在这顽强的阻击战中，敌人的一颗子弹击中江朝裕，他永远地倒下了。

2. 伍兆明

元康村人，1910 年出生。他十几岁就参加了共产党领导的"铁血团"组织，为红军和地下党站岗放哨，被人们称为"红小鬼"。

伍兆明人小胆大，才十来岁就敢一个人跑到山头站岗放哨。有一回，伍兆明在站岗时，看到一位先生模样的人路过。伍兆明要他出示路条。来人说忘了开路条。伍兆明坚持不让他通过。后来是乡里的苏维埃主席伍步祥认出了来人，这才予以通过。事后，人们赞扬伍兆明坚持原则不让步。

1929 年朱毛红军挺进闽西后，伍兆明参加红军。1931 年 2 月，伍兆明担任上杭县少先队总队长，短时间内就发展了百多名少先队员。1934 年 6 月，在党内"左"倾错误路线的"肃反"运动中，因被误为"社会民主党"而被错杀于茶地大燮桥，年仅 22 岁。1955 年 7 月被评为革命烈士。

3. 伍能康

元康村人，1911 年出生在一个贫苦农民家庭。1929 年初春，他兴高采烈地来到红军组织的牛滚湖征兵点，积极报名参加红军，在红十二军三十四师一〇三团当战士。他在部队练就了一身勇敢杀敌、敢打敢赢的精神气质。1932 年 12 月，他参加了中央苏区第四次反"围剿"，跟随红一方面军主力前进至广昌西北地区，吸引敌人前头纵队加速南进。伍能康在战斗中表现优异，杀敌数名。在打扫战场

英烈简谱

时，被一颗流弹击中后背，穿越左胸，光荣地牺牲在战场上。

4. 李兴松

元康村人，1907 年出生。1930 年报名参军，被分配在红军第二十一军当战士。同年 6 月底，跟随部队进入广东境内，消灭那里的敌人。1930 年 11 月，红二十一军与红二十军合编为红军新十二军。1931 年夏秋之际，国民党对红军进行第三次"围剿"。当时红军弹药不足，他们每人只有 10 发子弹。李兴松充分利用子弹，每一发都消灭一个敌人。战斗中，他被敌人的枪弹击中，壮烈牺牲，时年24 岁。

5. 伍凤祥

元康村人，1912 年出生，1929 年参加红军。此前，他参加过农民赤卫队，配合红军攻打上杭城，表现勇敢，立下战功，当上了赤卫队的班长，那年才 17 岁。

1930 年冬天，伍凤祥参加第一次反"围剿"。1931 年，跟随部队参加了武平县境内的桃地战斗。在战斗中勇敢顽强，有力地消灭了敌人，却也被敌人雨点般密集的子弹击中前胸，壮烈牺牲，用自己年仅 19 岁的宝贵的青春热血书写了短暂的一生。

6. 李桐卿

20 世纪 30 年代前后，上杭与永定县交界的部分红色地区取名为代英县，并设立了秘密交通站。担任站长的李桐卿就是元康村人，1891 年 3 月出生。

交通站对外的名称叫"闽西工农通讯社"，李桐卿是社长。1931年夏秋之际，李桐卿和他的战友承担起护送上海临时中央领导同志前往中央苏区的重任。有一次，一个陌生人装成老头的模样，留长胡须，说是上海方面派来的。李桐卿让他出示证件，发现证件上的印章是假的，随即将他带到隐蔽处秘密处决，消除了隐患。还有一次，敌特乔装打扮成赣南交通站的"同志"，企图混入闽西苏区，也被李桐卿在印章上看出破绽，将计就计而灭敌。1934 年 10 月，中央红军实行战略转移，李桐卿留守在闽西大地。就在他转移到太拔的时候，被跟踪他的敌人围住。他与敌人交火后负伤被捕。敌人要求他供出上杭县的共产党人名单和红军的去处，他昂起头颅一言不发。敌人对他严刑拷打，却不能摧毁他坚强刚硬的精神意志。气急败坏的敌人只得无奈地将李桐卿捆绑到上杭县城，残酷地杀害。

7. 伍兴昭

元康村人，1903 年出生在一个贫苦农民家庭，很早就在家里从事农业生产劳动。大革命失败后，闽西地下党大力发展乡村农会组织和武装力量，伍兴昭积极参与，成为代表农民利益说话的青年农会积极分子。1929 年夏季，伍兴昭响应红军号召应征入伍，被编入福建军区独立师二十四团当战士。

1931 年春，红军主力进入吉安地区，敌人调兵遣将堵截。福建军区的首长获得军情后下令二十四团阻击敌人。伍兴昭所在营连闻风而动，急行军 200 多里，赶在敌人进攻前进行战地布防。战斗打响后，连长下令集中数枚手榴弹，派人从侧翼前行，炸掉敌人的扫射点。伍兴昭当即自告奋勇。于是捆紧了 4 枚手榴弹，在战友们猛烈枪火的掩护下，绕过敌人的射击区，匍匐前进至距敌人据点 20 多米处，立起身使出浑身大力扔出了那捆手榴弹。随着激烈的爆炸声响起，敌人的扫射点火光燃烧。伍兴昭被枪弹击中而壮烈牺牲，时年 28 岁。

8. 李石荣

元康村人，1913 年秋天出生。1931 年，福建军区征召新兵，李石荣成为福建军区战地医院的一名红军战士。

在组织的培养下，李石荣很快当上了班长、加入了党组织。因为上过私塾，会识字，提为医院干事。1934 年 10 月，中央红军实行战略转移，留守在苏区的大量伤病员急需医治，军区医院被保留在闽西。次年初夏的一天，因为医院里严重缺少药品，李石荣化装后前往外地采购，途中被敌人便衣盯上。便衣纠缠盘问。李石荣知道难逃此劫，便从身上掏出手枪朝着便衣打去，打死一个敌人。李石荣身上也连中数枪，当场被敌人杀害。

9. 伍能文

元康村人，1903 年出生。1930 年 6 月，红四军四纵队与红十二军一纵队合编为红二十一军，在上杭县等地征收新兵当红军，他报名参军。1932 年，红二十一军整编，划入红三军团，成为红军主力部队。作为一名老兵，伍能文随时听从召唤，参加第四次反"围剿"战斗，打得英勇顽强。1933 年，上杭县爆发了白砂乡科子里战斗。他积极参战，子弹打光后，他与敌人肉搏，被敌人的流弹击中，壮烈牺牲。

10. 李东卿

元康村人，1913 年出生。青年时代热心于农民协会事业，其后参加农民暴动。1931 年参加红军后，作战勇敢，建立战功，经受了战火考验，加入了共产党。不久担任政治指导员。1931 年年底，在部队身患重病，返回家中治疗，因缺医少药而病亡。1955 年 2 月被追认为革命烈士。

11. 兰万生

元康村人，1913 年出生。1931 年，他响应苏维埃政府的号召，积极报名应征入伍，被列入红十二军三十四师名单。就在准备出发时，他的母亲病重，经批准他在家乡照顾母亲。母亲病好后，他进入部队，被编入补充团当战士。他积极要求进步，训练刻苦认真，打仗英勇无畏，加入了共青团。1931 年夏天，兰万生参加反"围剿"战斗后失踪。1955 年 2 月被追认为革命烈士。

12. 江天福

元康村人，1908 年出生。1929 年朱毛红军入闽，革命烈火燃遍闽西大地，江天福受到强烈的震撼与鼓舞，积极报名应征入伍，被分配到红二十一军当战士。他训练认真刻苦，军事素质迅速提高，参加对敌作战敢于打拼，从敌人手中夺得长枪。1931年，江天福所在的部队开赴江西省南部作战，他和他的战友江朝春等追赶两个敌人时，走入密林深处，再无音信。1955年2月被追认为革命烈士。

13. 江朝春

元康村人，1908年出生。1929年夏季，江朝春邀约他的同乡好友江天福一道投奔红军，被安排在红二十一军当战士。他和江天福一样，每天总要拿出更多的时间精力进行军事训练，为的是多杀敌人多打胜仗。1931年，江朝春跟随部队进入江西南部作战，和江天福等战友在追击敌人时，误入深山老林，再无音信。1955年2月被追认为革命烈士。

14. 江朝荣

元康村人，1906年出生，早期参加农民协会组织，在平民夜校里认真学习读书，能够识文断字。其后加入共产党，积极组织农民打土豪、分田地。上杭县东一区三十乡苏维埃政府进行筹建，江朝荣积极参与，表现突出，当选为苏维埃政府主席。1930年，江朝荣被杀害。1955年7月被追认为革命烈士。

15. 伍克松

元康村人，1906年出生。1931年3月参加革命，担任杭武县苏维埃政府五区政治保卫队队员，因为工作积极认真，追求进步，做出奉献，加入共产党。1931年6月，在党内"左"倾错误路线的"肃反"运动中，因被误为"社会民主党"而被错杀于横岗河田山。1955年7月追认为革命烈士。

16. 伍友财

元康村人，1901年出生。早期参加过农会组织，在平民夜校里读书识字。1932年，他响应苏维埃政府的号召，积极报名应征入伍，被分配在红军独立第八师担任战士。他因为刻苦训练，军事素质很快得到提升，参加作战，勇于杀敌，建立战功，被组织吸纳为中共党员。1932 年秋冬，伍友财参加了上杭县白砂科子里的激烈战斗，在与敌人的殊死作战中，消灭了敌人，自己也壮烈牺牲。

17. 兰万华

元康村人，1909 年出生。1930 年，他响应苏维埃政府的号召，积极报名，应征入伍，被分配在红十二军三十四师一〇三团当战士。他谨记父母的嘱咐，听从首长指挥，刻苦练好本领，勇敢杀敌。他的表现被大家看在了眼里，很快加入了共青团。1931 年，组织上派兰万华到江西省瑞金县红军学校参加司号员短期班培训，他刻苦学习，圆满结业。此后不知去向，再无音信。1955 年 2 月被追认为革命烈士。

18. 伍文容

元康村人，1912 年出生。1930 年，伍文容响应苏维埃政府的号召，离开家乡故土，走进了部队当兵，被分配在红十二军三十四师一〇三团当战士。他训练刻苦，打仗勇敢，追求进步，很快被发展为共青团员。1931 年，伍文容跟随所在部队进入江西省境内作战，后来又从江西赣南打向福建建宁，杀敌不少，立下战功。其后未有音信。1955 年 2 月被追认为革命烈士。

19. 伍能翠

元康村人，1904 年出生。乡村闹农会那些年，伍能翠积极参加农会。1930 年 3 月，伍能翠参与东一区大燮乡苏维埃政府的筹建工作。他办事认真，被留在乡苏维埃政府担任秘书工作。1931 年 6 月，在党内"左"倾错误路线的"肃反"运动中，因被误为"社会民主党"而被错杀于茶地大燮。1955 年 7 月被追认为革命烈士。

20. 江立茂

元康村人，1914 年出生。1929 年夏季，江立茂受到红色革命风潮的洗礼，毅然报名参加红军，被分配在红十二军三十四师当一名普通战士。为了保卫家乡打土豪、分田地的胜利成果，江立茂打仗特别勇敢。1933 年，参加了第四次反"围剿"战斗。后因搀扶伤员，误入深山老林，再无音信。1955 年 2 月被追认为革命烈士。

21. 伍维盛

元康村人，1890 年出生。早年参加过乡村农会工作，反抗地方民团和地主恶霸的欺凌压迫。1929 年参加共产党领导的乡村农民暴动，随后参加了红军，成为闽西军分区独立第三团的战士。他参加战斗英勇顽强，敢打敢拼，立下战功，成为中共党员。上杭县许多乡级苏维埃政府成立，伍维盛被组织调回泮境乡苏维埃政府担任工会主席。他积极联系工矿企业和手工业者，为前线红军输送物资。1933 年，伍维盛在召集会议时，被民团抓捕，被杀害于元康村。2002 年被评为革命烈士。

22. 伍兴邦

元康村人，1927 年出生。1951 年积极响应人民政府的号召，应征入伍，成为解放军某工程部队工兵营八连七班战士。他刻苦学习工兵业务，在技术上做到精益求精。1952 年，伍兴邦在部队身患重病，经过福州部队医院救治无效，不幸病故。2002 年被评为革命烈士。

23. 伍兆容

元康村人，1879 年出生。1929 年夏季，已经 50 岁的伍兆容，带着他的族亲年轻后生，积极报名，参加了大礐乡赤卫队，担任了中队长。他年龄虽长，却依然机智灵活，协助红军打仗，照样杀敌不少。1930 年，伍兆容在家乡元康村与敌人顽强战斗，因寡不敌众而被俘，在上杭县城被敌人残酷杀害。

24. 伍群兆

元康村人，1903 年出生。农民协会成立，伍群兆积极加入，打土豪、分田地。1929年响应红军号召，积极报名应征入伍，被分配在红十二军当战士。他打起仗来英勇顽强，火线入党。1930年参加对敌作战，壮烈牺牲。

25. 伍福祥

元康村人，1904年出生。早年参加过农民协会主办的平民夜校学习，受到启蒙教育，识文断字。1929年夏季，他积极报名参加红军。考虑到他平时热心于农会工作，又是共产党员，组织上便安排他参加了苏维埃政府的筹建工作，不久他就当选为上杭县东一区大燮乡苏维埃政府主席。他积极肯干，吃苦耐劳，在征兵征粮和输送军用物资上前线的工作中，做出了很大的贡献。1931年，他在元康村组织召开会议时，被敌人围堵逮捕，虽经严刑拷打，却不肯透露任何党的机密，最后被敌人残酷地杀害于文馆背。

26. 伍上同

元康村人，1910年出生，中共党员。他家境贫寒，未成年就拜师学艺当焙纸学徒。朱毛红军打进上杭县，伍上同参加了红军。他胆略过人，机智勇敢，屡建战功，从一名普通士兵成长为排长、连长、营长，担负过瑞金中央苏区的保卫工作。1934年10月第五次反"围剿"失利后，伍上同跟随中央红军实行战略转移，参加了二万五千里长征。在湘江战役中，率领营连排指战员顽强阻击敌人；随后又在四渡赤水战役中再立新功。全面抗战爆发后，伍上同在八路军一一五师当连长、副营长，率部参加了多次战斗，取得辉煌战绩。1941年1月6日"皖南事变"爆发后，伍上同率新四军打击侵华日军和伪军，升为团长。解放战争时期，伍上同又参加了解放济南的战役。渡江战役打响后，师长伍上同指挥所部渡江作战，不幸被敌人猛烈的枪弹击中而壮烈牺牲。中华人民共和国成立初期被评为革命烈士。

27. 伍能振

元康村人，1891年出生在贫苦人家。1929年夏秋之际朱毛红军攻打"铁上杭城"胜利后，他积极报名应征入伍，被分配到福建军区特务营担任传令兵。1934年10月红军主力部队实行战略转移，福建军区所部留在苏区坚持战斗。有一天伍能振执行任务后追赶部队时迷路，不幸被捕。敌人对他进行严酷的审问，伍能振没有吐露任何机密。丧心病狂、灭绝人性的敌人失望之余，将他拖进乡村老百姓用来杀猪的木制斗榥中，用滚烫的开水活活地将他烫死。1955年2月，伍能振被追认为革命烈士。

28. 伍步祥

元康村人，1899年出生，早年读过私塾，有些文化。在平民夜校，伍步祥积极学习，吸收了许多文化知识和革命道理。1929年5月参加革命，在武装暴动中表现积极，经组织考察合格，加入了共产党，成为乡村农会干部。1931年任县苏维埃工会主席，不久又提为县苏维埃政府副主席。他在组织地方青年参军和运送粮食支援红军前线作战等方面，做出了积极贡献。1932年5月，伍步祥从县苏维埃返回泮境乡巡视工作，被当地民团抓捕送往泮境乡公所，进行严刑拷打。伍步祥坚贞不屈，被敌人杀害。1982年补评为革命烈士。

29. 伍龙祥

元康村人，1913年出生在贫苦农民家庭。1930年，17周岁不到的伍龙祥积极响应当地苏维埃政府的号召，踊跃报名参加红军，被分配在红十二军二十四师。他参加了朱德总司令亲自部署指挥的两次温坊战斗，经受了战火的考验。紧接着，又参加了松毛岭战斗，坚持7天7夜的连续作战，身负重伤，被前来支援的民工抬上担架送到了红军的长汀四都医院，但抢救无效，光荣牺牲。1955年2月被评为革命烈士。

30. 江添茂

元康村人，1906年出生，1932年参加革命，成为接头户和交通员。他在隐蔽战线上默默无闻地工作，从不透露机密。1934年10月中央红军北上长征，秘密交通线工作增大难度和危险。1934年12月，江添茂在执行紧急任务时，不幸被捕，受到严刑拷打却意志坚定，没有透露任何党的机密，被敌人残酷杀害。2002年补评为革命烈士。

31. 伍能藩

元康村人，1903年出生，1929年参加革命。他按照上级党组织的指示，在元康村平民夜校担任义务教师，向参加夜校学习的年轻学员传播革命真理，启发青年们的思想觉悟，培养了一批农民运动骨干、农会干部和参军入伍的战士。1930年1月，上杭县成立游击队，伍能藩任游击队政治委员。同年11月上杭县成立赤卫团，伍能藩又调任赤卫团政治委员。部队驻扎在东路蓝溪、稔田一线，负责保卫地方苏维埃红色政权。1931年8月，在党内"左"倾错误路线的"肃反"运动中，因被误为"社会民主党"而被错杀于横岗河田山。1955年7月被追认为革命烈士。

七、院康村

1. 吴友山

院康村人，1903年出生在一个贫苦农民家庭。先后担任赤卫队战士、班长、排长。1931年春，闽西特委根据需要决定成立杭武县委，建立了杭武县赤卫团。吴友山担任赤卫团连长期间表现积极，提为赤卫团政治委员。

1933年9月下旬，吴友山接到上级命令，率领赤卫团开赴上杭县泮境乡局部作战。吴友山同团长商量后，决定分成三路队伍，或诱敌或追击，打乱敌人的作战意图。战斗打得十分激烈。赤卫团因为有泮境乡和周边老百姓的大力支持，死死地紧咬敌人不放，逐步缩小西南北三面包围圈。无奈中，敌人只得向东面败退，又被早已埋伏在山野里的赤卫团打得鬼哭狼嚎。吴友山为全面掌握战况，靠前指挥，不料被敌人子弹击中，壮烈牺牲。

2. 吴寿和

院康村人，1895 年出生。1931 年，他响应苏维埃政府的号召，积极报名应征入伍，被分配在红十二军一〇〇团二连当炊事员。他为人谦和，做事认真，服务到位。1931 年底，吴寿和跟随所在部队进入连城县姑田休整。部队走后，他留在当地老乡家中养病。敌人进村搜查，吴寿和被敌人抓住，被残酷杀害。

3. 吴桂章

院康村人，1910 年出生。1932 年响应苏维埃政府号召，积极报名，应征入伍，被分配在红十二军三十四师一〇〇团二连三排当战士。他训练刻苦，打仗拼命，在血与火的战场上经受了考验，被组织批准火线入党。1933 年，吴桂章跟随所在部队进入江西宜黄县与敌作战，在黄陂战斗中勇敢杀敌，壮烈牺牲。

4. 吴正芳

院康村人，1916 年 2 月出生。1932 年初，闽西赣南战事频繁，吴正芳响应苏维埃政府的号召，毅然报名参加红军，被分配在红军新编十二军当战士。他在战火的考验中表现积极，勇敢杀敌，加入了共青团组织。1932 年初夏，他所在的部队参加了著名的漳州战役，他勇敢冲锋，击毙敌人数名，自己也壮烈牺牲。

5. 吴子达

院康村人，1913 年 7 月出生。1931 年 10 月，他响应苏维埃政府的号召，积极报名，应征入伍，被分配在红十二军三十四师一〇〇团三连二排当战士。吴子达学习认真，训练刻苦，参加对敌作战勇敢坚毅。1933 年 3 月，吴子达跟随所在部队进入江西省宜黄县，参加黄陂对敌战斗。他沉着镇定地向进攻的敌人发射子弹，有打有中，立下战功。敌人的枪弹十分密集，他不幸被击中而壮烈牺牲。

6. 吴寿坤

院康村人，1905年出生。1931年，他响应苏维埃政府的号召，积极报名，应征入伍，被分配在红十二军三十五师一〇三团二连当战士。他参加过平民夜校学习，有些文化，比年轻的战士有经验，更成熟，参加作战敢于亮剑，勇于杀敌，经受了战火考验，被批准加入共产党，接着又当上了班长。1932年，吴寿坤所在部队参加了在上杭县白砂乡的对敌战斗。他勇敢杀敌，击毙多名敌人。鏖战激烈时，吴寿坤突然被敌人的枪弹击中前胸，壮烈牺牲。

7. 吴子亮

院康村人，1902年出生。早年在平民夜校学习扫盲，其后加入农会，参加过打土豪、分田地的工作。1929年秋冬，组织上将他安排在县苏维埃政府警卫连当战士。同年年底，上杭县庐丰区对敌战斗打响，吴子亮在这场激烈的战斗中壮烈牺牲。

8. 吴启文

院康村人，1905年7月出生。1931年，吴启文响应苏维埃政府的号召，积极报名，应征入伍，被分配到红十二军三十四师一〇〇团二连三排当战士。1933年3月，吴启文跟随所在部队进入江西省宜黄县，参加在这里爆发的黄陂战斗。吴启文击毙敌人多名，也被敌人的枪弹打中要害而壮烈牺牲。

9. 吴沛丰

院康村人，1909年出生。闽西地下党闹农会的时候，他积极参加农会组织的平民夜校读书扫盲，颇有收获。1929年夏季，吴沛丰响应红军号召，积极报名，应征入伍，被分配到红四军当一名普通战士。他虚心请教老兵，练得一手好枪法。1929年秋天，吴沛丰跟随所在部队参加了攻打上杭城的战斗，在歼灭敌人时，不幸中弹倒地，壮烈牺牲。

10. 吴寿才

院康村人，1901 年出生于农家，是农业上的好把式。1931 年 1 月加入游击队。认真学习，刻苦训练过硬的军事技术，完成打击乡公所民团的战斗任务。1931 年 5 月，吴寿才和战友们参加了上杭县丰稔市发生的军事战斗。他勇敢杀敌，不幸中弹，英勇牺牲。

11. 吴子通

院康村人，1901 年 9 月出生。1932 年初，他响应苏维埃政府"扩红"的号召，积极报名，应征入伍，被分配在新编十二军当战士。由于他作战勇敢，经受战火考验而被党组织批准，成为共产党员。1932 年初夏，吴子通跟随部队参加了毛泽东领导指挥的漳州战役。我军大获全胜，他也立下战功。在漳州休整时，他不幸患上痢疾，因为没有特效药医治而病故。1955 年 2 月被追认为革命烈士。

参考资料：

1. 福建省民政厅编：《福建省上杭县革命烈士英名录》，1982 年。

2. 中共上杭县委党史研究室编：《上杭县人民革命简史（1926—2011）》，2011 年。

3. 福建省上杭县泮境乡编：《福建省上杭县泮境乡革命烈士英名录》，2019 年。

英烈简谱

一双筷子

男声独唱

何 英 词
李式耀 曲

红色泮境

1=G 4/4
♩=108

3. 2 3 5 │0 6 6 7 1. 1 7 6 │7 3 0 2 2 3 │4 6 1 7 6 │

一 双 筷 子， 诉说着一 段 历 史。那是 朝鲜战 场，
一 双 筷 子， 记载着忘不了的 故事，那是 老 妈 妈，

0 5 6 7 1. 1 3 │6. 5 4 3 1 │2 － － －│3. 2 3 5 │

打下的美国佬飞 机残骸打造。 一 双 筷 子，
传给 我们的 宝贵精神财富。 一 双 筷 子，

0 6 6 7 1 7 6 │7 3 0 2 2 3 │4 6 1 7 6 │0 5 6 7 1. 1 3 3 │

记载着一 段 历史。抗美 援朝老 兵， 双 手 将 它
展示着民族 情怀，为了 世界 和 平，数百万中华儿女

4. 4 4 3 2. 2 2 3 │1 － － 1 ‖: 6. 5 6 4 │1 － 0 1 4 6 │5 5 6 5. 4 │

一 锤 一 锤 地 打 造。 啊， 一双筷 子， 诉说着一段 历
出 征 朝鲜战 场。

3 － 3 2 2 3 │4 － 6 － │5 5 4 3 2 6 │0 7 7 6 │

史， 记载着一 代 军人的血泪， 铭记着

5 1 3 6 │5 5 4 3 │4 5 － 5 6 5 4 │3. 2 7 6 │

一 代 军人的奉 献， 唤起 中 华 民 族

5 5 4 4 3 2 │1 │ 1. 1 － － │1 │ 1 － － 1 ‖: 3.│ 1 － － － ‖

自 强 的 记 忆。 忆。 啊， 忆。
DC DS.

5 5 4 4 3 － │2 － │3 － － │3 － － │3 0 0 0 ‖

自 强 的 记 忆。

喊声父亲

何　英 词
李式耀 曲

1=D 4/4 4/2 4/3
♩=68

i. 6 63 6 i 76 65 6 | 7. 7 76 5. 35 6. 6 65 6 i 6. | 2 3 5 3 -｜

父亲啊父亲，我　年　年岁岁，都在　轻　声地　喊着　您。
父亲啊父亲，我　年　年岁岁，在梦中　轻　轻地　呼唤　您。

5. 35 5. 35 66 56 i - | 2. 2 26 i 23 2 | 5 5 5 3 5 5 6 77 - 7. 33 |

那一年，你　走进大山，带回蜻蜓逗着我，篓中变出黄鹂鸟，　让
那一年，你　背着大刀，告诉我　打土豪，穷人才能翻身解放，　跟着

i i i i 77 65 3 | 5 66 - - : ‖ 5 66 - 036 | i 6 3 i 2 | 23 6 - - - |

梦想在幼小的心中放飞。　希望。　啊，一九三六年夏　天
共产党闹革命才有

7 67 65 3 - | 2 2 3 i 23. 23 | 5 5 3 5 66 56 | i i 6 i | 2. 2 2. | 25 |

叛徒告密，残酷的敌人，向你胸膛连刺七刀，向你胸膛连刺七刀。　你

3. 3 2. 3 i 2 | 3 - 33 2 i | 76 53 - 06 6 i | 6 3 2 2 - | 21 2 | 3. 3 23 | 5 - 35 |

昂首高　歌，在血泊中倒下，在血泊中倒下。父　亲啊父亲，父

6. 6 56 i - - 5 | 3. 3 2. 3 i | 76 - 06 i | 6. 53 03 21 | 2. 35 |

亲啊父亲，乡亲们抬你回家，回家的那一刻，你七窍流血，

03 53 5. 66 | 05 6 3 | 2. i 2 - | 23 2 i 76 65 | 6 - 6 i 6 i |

你七窍流血，你七窍流血！那是亲情的呼　唤，苍天的

6 3 2 2 - | 21 2 | 3. 3 23 | 5 - 35 | 6. 6 56 | i - 5 | 3. 3 32 3 21 |

悲愤！父亲啊父亲，父亲啊父亲，喊声你在天的英

6 - - 6 i | 2. 3 26 i | 76 5 - | 5 6 56 i. 26 | 05 6 i 6 56 3 | 03 21 2. 35 |

灵，喊声你在天的英灵，你可曾看见，我也追随着你，你可曾看见，

0 6 56 i 76 | 2 - 25 | 3. 33 223 i 76 | 6 - - - | 25 3 23 i | i - - - | 1 0 ‖

我也追随着你，也穿上了威武的戎装，威武的戎装。

烧炭客之歌

男声合唱

何 英 词
李式耀 曲

红色泮境

1=E 4/4
♩=116

5 5 3 6·6 5 3 | 2 2 3 1 - | 2 3 5 2 6 7 | 5 - - 6 7 | 1·2 1 6· 6 5 5 3 2 |
我们是 大 山 里的 游击 队，人们称 烧炭 客，自小 在 大山里成
我们是 大 山 里的 游击 队，神秘的 烧炭 客，是 穿 越 森林的奇

2 - - - | 3·2 5 3 - | 2·3 1 6 - | 5·6 1 6·6 5 3 | 2 2 3 1 - | 1 3 5 |
长。 穿山越岭， 炭窑草寮， 是我们风餐露宿 的战 场。 啊，
兵。 缺医少食， 山果野菜， 是我们战胜敌人 的主 粮。 啊，

1·7 6 - | 2 1 3 5 - | 6 6 7 1·7 6 | 5 1 3 2 2 3 | 4·3 2 6 | 5 - - 3 5 |
忘不了， 忘不 了， 那一年红 军 北 上，敌人围追堵 截， 马
忘不了， 忘不 了， 敌人 对我们封 锁，移民并村围 缴， 我们

1·7 6 - | 2 1 3 5 - | 6·7 1·7 6 | 5·1 2 3 2 2 3 | 4·6 5 7 2 | [1.] 1 - - 0 :‖
鞍山脉， 猴子额里， 雪拦顶 上，处处留 下我 们的 足 迹。
靠信仰， 山上山下， 坚持游击战，炭窑当 屋草 寮 为

[2.] 1 - - 0 | 4 4 1 4 6 6·1 | 6 6 - - | 7 7 7 6 6·1 | 5 - - - | 6·6 6 7 1 - | 7·7 7 5 3 - |
床。 神秘的 烧炭 客哟， 神秘的 烧炭 客， 森林奇 兵， 翻山越 岭，

6 5 4 3 1 3 | 2 - - 2 3 | 4·4 4 3 2 6 | 6 5 - - | 6 6 7 1 - | 7 7 5 3 - |
那叮当的 山 泉， 是 我们取之不尽的 源泉， 虎豹窝 野猪 洞，

6 6 6 5 2 4 | 3 2 1 - | 1 0 | 4 4 1 4 6 6·1 | 6 6 - - | 7 7 7 6 6·1 | 5 - - - |
是我们制胜的 战 场。 神秘的 烧炭 客哟， 神秘的 烧炭 客，

6 6 7 1·7 6 | 5 5 6 5 3· | 5·5 5 5 6 7·6 1 | 7 1 2/5 - - - | 7 7 6 5·5 2/5 |
我们靠信 仰，把山上山下，筑成不倒的 钢铁长 城， 不倒的 钢 铁长

1 - - 0 | 7 7 6 5· 5 | 2/5 - - - | 1 - - - | 1 - - - | 1 0 0 0 ‖
城。 不倒的 钢 铁 长 城。

老 兵 之 歌

何 英 词
李式耀 曲

1=C 4/4
♩=108

（客家话，白）：禾镰挂上壁，喔头就逼赤。
五月借，六月还，一桶还一担。借一元，还二元，
地主老财赚足钱，穷人被迫（去打仗）上战场，
（去打仗）上战场。

```
3  2 1  5 6 5 | i i i 7 6 6 i | 5 - - - | 6.6 6 7 i 7 6 | 5 5 6 3 - |
```
我是 老 兵,光荣的老红 军。 当年跟随朱 毛红 军，
我是 老 兵,光荣的老红 军。 参加国共合 作打鬼 子，

```
6.6 6 5 3  3 2 1 | 2 - - 2 3 | 4.4 4 3 2 6 7 | 5 - - - | 6.6 6 7 i - |
```
参加土地革 命， 走上二万五千里长 征， 战胜五 次
再经淮南战 役， 挺进中原横渡长 江， 迎战火

```
7 7  7 7 5 3 - | 2.3 5 i 6.6 6 3 | 2 3 | 1 - - : | 1 - - 5 5 | 3 - - 2 3 |
```
大"围 剿"，走 向了革命 的 胜 利。 利。 新中国 成
挥师南 下，炮 声中迎来革命 的胜

```
i - - - | 2 2 2 3 2.3 2 1 6 | 5 6 i 6 3 6 | 5 - - 6 7 | i. 2 6 i 6 |
```
立， 再奔赴朝鲜战场,打败 美国 佬。 战争结 束,我收

```
5 5 6 3 - | 2.3 5 6 i 7 6 | 2 - - i 2 | 3 3 2 i 3 5 | 7 7 2 6 - |
```
藏起戎装， 返 回家 乡， 在 大山深处,我 从不奢望。

```
5 3 2. 6 | i - - 5 | 3 3 3 2 1 i | 3 - - - | 2 2 2 2.3 2 1 6 |
```
从不奢 望。 在 祖国的建设 中， 扛锄头 挥镰刀，

```
5 6 i 6 5 3 | 5.5 6 i 2 3 i | 2 - - 5 | 3. 3 2 1 | 3 - - 0 |
```
永远是一 名 有信仰的老 兵。 老兵哟老 兵，

```
2 2 2 2.3 2 1 6 | 5.5 6 i 6 5 3 | 5.5 6 i 2 3 i | i - - 0 |
```
战场上的勇 士， 农耕文化的奇兵， 农耕文化的奇 兵，

```
5. 5 6 i | 2 - - 2 3 | i - - - | i - - - | i 0 0 0 ‖
```
农耕文化的 奇 兵。

心中那盏灯

——代后记

何 英

一

懵懂记事时，在饭桌上一边吃饭一边和弟妹叽叽呱呱地说话，饭粒掉在桌上，爷爷常常会说："吃饭洒一桌，不珍惜粮食。你知道吗？多少人为了我们今天有饭吃被杀头，仅自家源一次就有12人被杀！"我们赶紧放下饭碗，将饭粒一粒一粒拾起，放进嘴里。虽然祖辈的教育不敢违，但那时心中那盏灯是模糊的。

上小学加入少先队举手的那一刻，辅导员教育我们：胸前的红领巾，是用革命先烈的鲜血染成的，少先队员是革命的接班人。老师为我们幼小的心灵点亮了那盏不灭的灯。

在三四年级时，正值"四清"运动，城乡都在开展忆苦思甜的教育活动，我们家乡也不例外。学校请来革命老妈妈何细妹为我们上课，手把手地教我们做糠粑、野菜粑，全班师生围在一起听她讲述革命先烈的故事，吃忆苦思甜的饭。革命老妈妈悲愤地讲述故事，我们在她的控诉中，听得两眼泪汪汪。这时，我心中的那盏灯，似乎渐渐地越来越明亮。

两年后，公社决定在我们村口的"凤碑头"小山坡建革命烈士纪念碑，各大队敲锣打鼓将所能收集到的革命烈士遗骸装在"金缸"里扛到那，统一存放在烈士纪念碑里。沿途听到锣鼓声的群众肃然起敬，纷纷停下手中的活，向烈士的英灵行注目礼。

不久，烈士纪念碑落成，公社举行隆重的落成仪式，所有的社直单位工作人员和泮境小学的师生都参加。纪念碑前摆满了大家怀着无比崇敬的心情亲自扎的花圈，落成仪式肃静、隆重。我们共同缅怀先烈，立志继承革命先烈的遗志，珍惜今天的幸福生活。

慢慢地，风碑头的烈士塔，成了我们那偏僻山旮旯里的一处景点。每年春暖花开的清明节，有人到那里祭祀；秋冬的收获季节，群众挑谷子或萝卜干、地瓜干，到那里去晒；炎热夏日的夜晚，也有青年男女到那里谈情说爱，展望着美好的明天；就连莘莘学子启程前，也到那里接受精神的洗礼。

多年来，群众常常在茶余饭后的闲聊中，口口相传着革命烈士的故事。

记忆中，人们说得比较多的是，在早年的革命活动中，陈屋的背后枪毙过什么人；当年乡苏维埃主席、江夏村的黄进兴，被敌人逮捕后关押在五谷庙里，身上连中七刀，活活被敌人的刺刀刺死；李屋村的李富东是一位传奇式的游击队队长，智勇双全，百战百胜，敌人恨之入骨，悬赏几百大洋抓捕他，将他押送刑场那一天，担心共产党人劫刑场，将距刑场几公里远的东西南北各路口，用山上砍下的大树拦住；自家源（如今的祖家村）12位革命人士，在某人家里碰头，得知有敌情，迅速躲藏在装谷物的禾仓里，结果全部遇害……

从此，心中的那盏灯，一直照亮着我前行。

改革开放后，随着村镇化的建设，风碑头革命烈士纪念碑下也慢慢地起了变化。因扩路、群众在路两旁建房，通往烈士纪念碑的小路不通了，再后来纪念碑搬迁了……

如今，家乡发生了天翻地覆的变化，照亮人们前行的灯虽然时时仍闪耀在我的眼前，但是，随着时间的飞逝，红色故事的当事人基本都作古了，能讲述这些红色故事的人也越来越少了。每当我路过那烈士塔前，一个心愿总是环绕在我的心中：中国共产党走过了风风雨雨的100年，一代又一代的革命先烈们为之奋斗、为之流血牺牲换来的今天，应如何更好地在我们的子孙后代中传播革命故事，让更多的人了解我们泮境的先辈们为党和国家所做的贡献呢？

于是，我便产生了组织撰写《红色泮境》的想法。

让我感动的是，我将此设想与省城的作家沟通后，得到了他们的大力支持。大家表示，为了弘扬革命先烈的精神，不计报酬，哪怕顶着酷暑，也随时做好前往采风的准备。革命老前辈伍洪祥的亲属，接到约稿邀请后，几易其稿。誉满全球的纪录片导演李安东老师欣然答应为本书作序。他们给了我组织创作本书的动力。

二

2020年7月17日，盛夏，烈日炎炎，作家们冒着酷暑从福州出发前往泮境采风。

第二天上午即前往白石坑。作家们怀着对革命先辈的虔诚和敬仰，拜谒泮境方圆5里的热土。大家头顶炽热的太阳，跟着当地的向导上山，朝圣先辈们在战争岁月里的英勇事迹，寻觅红军游击队那时活动在泮境周边深山老林里的足迹。

深山老林里，就连我这从大山里走出来的山妹子，都觉得多少年没有亲近深山了，行走起来感到十分吃力。可是，作家们一边挂着拐杖，一边拉着藤草，攀登前行，一起向"打石窝"的"红军洞""红军避难所""红军哨所"挺进，去探究当年红军游击队在最艰苦的战争年代风餐露宿的宿营地。

我们几乎是四肢并行来到崎岖陡峭的大山深处。在距泉水叮咚仅十来米的山涧，几棵大树旁有一块七八平方米宽的斜坡地，向导告诉我们说，这里是当年红军游击队的住所。他们风餐露宿生活在这大山里，基本是靠山泉、树皮、野果果腹。偶尔战事平定，就分批到山下群众家里吃上一顿。

　　向导建议我们在原地坐下稍息片刻。他指着周边的几棵大树告诉我们，红军游击队当年会选择这里，是利用那几棵树的树杈搭起简易的茅房。旁边还有一个废弃的炭窑，可以作为仓库来利用。下山或暂时转移时，将不方便携带的东西藏到炭窑里不易被发现。遇到敌情，从这里往北走，是群山连绵的马鞍山脉；往山顶翻过去，就是雪兰顶和猴子额。那时，这里是个易守易退的好地方。

　　听完向导富有激情的介绍，我们为当年红军游击队的智慧佩服。正当大家在这里思绪纷纷时，向导催我们再出发，下一站是要去探究"红军紧急避难处"。

　　又是一阵四肢并用的攀爬，大约只千米的距离。向导指着悬崖顶告诉我们说，那里是"红军紧急避难处"。大家顺着他指的方向望去，只见稍远处有一块圆形黑色的巨石，就像一朵硕大的牛肝菌。大家便精神抖擞地冒着山头有可能落下滚石的危险再向上攀爬。

　　我们好不容易攀爬到这块巨石前。站在它的面前，我们立刻对当年的红军游击队员和这块巨石肃然起敬！

　　这块巨石静静地立在这里，它那黑褐色的表面似乎在向我们诉说着亿万年来的沧桑。巨石周边茂密的森林，就像卫兵岿然不动地护着它。巨石斜斜地插在山头，那造型，简直就是大自然的鬼斧神工。哪怕再大的风雨，都可以同时躺两三人在巨石边避风休息。向导告诉我们说，他的爷爷是当年红军游击队的接头户，经常为红军游击队送物资和情报来这里。

　　这里不仅是当年红军游击队避风休息的地方，站在这巨石的东南侧，可将山下白砂坑和将军地方向的进村路一览无余，这里还是一个地形非常有利的岗哨所呢。

一会儿工夫，向导又催我们说："走，我们再出发，去探究红军哨所。"

大家跟着向导下山。我们看到，半山腰凸出的一座小山头，有一座从崖头上剥离而出的三层巨石。向导告诉我们说，这里就是"红军哨所"。当年，红军游击队能够在这山上坚守几年的游击战争，主要是我们白石坑的群众一心跟着共产党，村子里家家户户打开自家的后门，就溜到这大山里来给红军游击队送情报和物资。你看，站在这巨石上，那下面的全村和所有路口都尽收眼底。村子里一有情况，在家门口做一个手势，就能让红军游击队留足充分的时间。

接着，作家们小心翼翼地攀爬到那三层巨石上，亲身体验当年站岗放哨的情景。

中午，为了尽可能地采访到第一手资料，作家们穿着一身浸透了汗水的湿衣，拿着采访本飞快地记述着村子里群众讲述的那百年前的红色故事。

在接下来的几天，作家们的辛劳让我非常感动，那些深藏在民间的红色故事触动着我的灵魂并照亮着我心中的那盏灯。

三

"新春"，我们本地人称之为"罗家山"。这里，是我藏在记忆深处的地方。这里，不仅是我奶奶的娘家，还是我伯母成长的地方。

当年，我奶奶出生在这个村子里，因父母一心盼着生儿子，便将年仅四五岁的奶奶送给我的爷爷当童养媳。后来，伯父娶的妻子，也是这里人的养女。因此，自小我就每年经常和堂姐一起来这里走亲戚。

这里很早就隶属于彩霞村管辖。20世纪70年代，我曾两度到彩霞"包队"，也时常会来这里。

泮境，已经是非常偏僻的小山区了，罗家山更是偏僻小山区中的偏僻小山村。早年，我们当地人都称这里为"娄罗山"。后来"四清"时期才改称这里为"新春"。但意想不到的是，这次我们在这里采访，九旬以上的长者众口一词告诉我们说："我们村，在20世纪20年代末30年代初，仅25户100多人，但中华人民共和国成立后经政府认定的革命烈士有17位，还有2位失散红军。"

我吃惊，翻开随身携带的烈士花名册，逐个核对。

接着，长者们都说，当年朱德在攻打上杭县城前夕，在离村几里的"牛滚湖"召开过战斗部署会。当年的村子里，几乎家家户户都有人参加革命。

这是一个重大的历史史料。为了尽可能让我们撰写的内容能比较客观地反映当年的历史，我马上向县委党史研究室的领导发微信请教："现有烈士后代告诉我们，当年朱德总司令曾在攻打上杭县城之前，在泮境罗家山的牛滚湖召开了攻打县城的会议，这是什么会议？当年的朱毛红军入闽的路线是怎么走的？朱德总司令当年在罗家山召开过什么会议，有史料吗？"

县委党史研究室领导很快就回复我微信："经查阅《毛泽东年谱》《朱德年谱》《上杭人民革命史》《上杭革命基点村简史》《上杭红色遗址》……关于攻打上杭县城，据《朱德年谱》记载：1929年9月6日，率第二、第三纵队重占龙岩。之后，率部到上杭白砂，与第一、第四纵队会师，决定集中力量攻打上杭……"

哦，朱老总当年率部到过上杭白砂，我为之一振！马上回复道："如果当年朱老总到了白砂，那么这几天我们在罗家山采访中所获悉，朱德到过泮境罗家山的牛滚湖这一事实肯定成立。牛滚湖那地方，北侧翻过一座山是白砂扶福（本地人称普淑岭），往东南侧

心中那盏灯

翻过一座山就是扶福与现在的茶地相邻的上甘塘。罗家山自然村属泮境彩霞行政村管辖，历史上，泮境与扶福、上甘塘曾经合为一个乡。我离开家乡时，这里仅20户左右，当年的家庭大多仅四五人，七八个人的极少，又因罗家山偏僻，那里被群众称为'娄罗山'，不少男人娶不到老婆。但至今经政府确认的革命烈士就有17位，失散红军就有2位。可见，当初如果没有在牛滚湖开展过大规模的革命活动，这个小小的村子不会有那么多人参加革命，由此我们可以推断：当年，这里几乎是家家户户都有人参加革命！"

县委党史研究室的领导即复："有这种可能，但没找到佐证材料。"

我即复："谢谢！我们这几天的红色采风收获满满，有些革命英烈的悲壮事迹闻所未闻……现在我们来做这件事，只是希望我们泮境人民的子孙后代能知道泮境的历史上曾经有过那么重要的革命活动，泮境的先辈们，曾经为中国革命做出重大贡献……"

在接下来的采风中，我们还了解到，元康村的先烈伍上同，1928年参加革命，参加五次反"围剿"战争和二万五千里长征。解放战争时期，历任山东野战军团长、副旅长、旅长等职，1949年任第三野战军某师师长，参加了济南战役、淮海战役等，在中华人民共和国成立的黎明前英勇牺牲。元康村的伍能振，1929年参加革命。知情者说，伍能振革命意志坚定，被捕受尽酷刑，被丧心病狂的敌人丢在"斗堭"里用开水活活烫死。

在那血雨腥风的岁月中，不知有多少革命志士倒在敌人的刀枪之下，仅被杀害的各乡各村苏维埃政府正副主席，就多达13人。

几年前，我曾为家乡撰写对联一副："泮山泮水方圆五里，境邻境戚泮天功夫。"今天，应为家乡添上一副："泮山泮水方圆五里，英烈事迹感天动地。"

本书的出版，得到福州中税税务师事务所王兰群总经理的大力支持。在此，一并表示真诚的谢意！

何 英

2020 年 11 月 1 日

心中那盏灯